सआदत हसन मंटो

मई 11, 1912–जनवरी 18, 1955

भारत-विभाजन की पृष्ठभूमि में लिखी 'टोबा टेक सिंह' लेखक मंटो की सबसे मशहूर कहानी है। मई 11, 1912 को जन्मे सआदत हसन मंटो का साहित्यिक सफ़र अंग्रेज़ी, फ्रेंच और रूसी लेखकों की रचनाओं के अनुवाद से आरम्भ हुआ। शुरू के लेखन में मंटो समाजवादी और वामपंथी सोच से प्रभावित नज़र आते हैं, लेकिन देश के बँटवारे ने उन को बहुत गहरा और अमिट घाव दिया जिसकी परछाईं उनकी अनेक कहानियों में मिलती है, जिन में उन दिनों के पागलपन, क्रूरता और दहशत को दर्शाया गया है। कई बार उनकी लिखी कहानियों पर अश्लीलता के आरोप लगाए गए। 1947 में विभाजन के बाद, मंटो पाकिस्तान में जा बसे। लेकिन वहाँ उन्हें मुम्बई जैसा बौद्धिक वातावरण और दोस्त नहीं मिले और वह अकेलेपन और शराब के अँधेरे में डूबने लगे और 1955 में गुर्दे की बीमारी के कारण उनकी मौत हो गई।

टोबा टेकसिंह
और
अन्य कहानियाँ

सआदत हसन मंटो

अनुवाद व संपादन

प्रकाश पंडित

राजपाल

ISBN : 978-93-5064-176-7

प्रथम संस्करण : 2013 © राजपाल एण्ड सन्ज़
TOBA TEK SINGH AUR ANYA KAHANIYAN (Stories)
by Saadat Hasan Munto

राजपाल एण्ड सन्ज़

1590, मदरसा रोड, कश्मीरी गेट-दिल्ली-110006
फोन : 011-23869812, 23865483, 23867791
website : www.rajpalpublishing.com
e-mail : sales@rajpalpublishing.com

मंटो—एक कहानीकार के रूप में

"...मेरे जीवन की सबसे बड़ी घटना मेरा जन्म था। मैं पंजाब के एक अज्ञात गाँव 'समराला' में पैदा हुआ। यदि किसी को मेरी जन्म-तिथि में दिलचस्पी हो सकती है तो वह मेरी माँ थी, जो अब जीवित नहीं है। दूसरी घटना 1931 में हुई जब मैंने पंजाब यूनिवर्सिटी से दसवीं की परीक्षा लगातार तीन साल फेल होने के बाद पास की। तीसरी घटना वह थी जब मैंने 1939 में शादी की, लेकिन यह घटना दुर्घटना नहीं थी और अब तक नहीं है। और भी बहुत-सी घटनाएँ हुई, लेकिन उनसे मुझे नहीं दूसरों को कष्ट पहुँचा। उदाहरणस्वरूप मेरा कलम उठाना एक बहुत बड़ी घटना थी, जिससे 'शिष्ट' लेखकों को भी दुख हुआ और 'शिष्ट' पाठकों को भी।

मैंने कुछ साल बम्बई में गुज़ारे और फिल्मी कहानियाँ लिखीं। आजकल लाहौर में हूँ और फिल्मी नहीं, केवल साधारण कहानियाँ लिख रहा हूँ। लगभग दो दर्जन कहानी-संग्रह प्रकाशित हो चुके हैं, जिनके नाम गिनवाकर आपको परेशान नहीं करना चाहता। अपना मौजूदा पता भी इसीलिए नहीं लिख रहा, क्योंकि स्वयं भी परेशान नहीं होना चाहता।..."

यह संक्षिप्त परिचय मंटो ने मुझे उस समय लिख भेजा था जब 1954 में मैं उर्दू की सर्वश्रेष्ठ कहानियों का चयन कर रहा था। अब तो सचमुच मंटो के निवास-स्थान का कोई पता नहीं है क्योंकि इस ज्याले कहानीकार का 1955 में अकाल देहान्त हो गया था।

मंटो उर्दू का एकमात्र ऐसा कहानी-लेखक था, जिसकी रचनाएँ जितनी पसन्द की जाती हैं उतनी ही नापसन्द भी। और इसमें किसी सन्देह की गुञ्जायश नहीं है कि उसे गालियाँ देने वाले लोग ही सबसे अधिक उसे पढ़ते हैं। ताबड़-तोड़ गालियाँ खाने, और 'काली सलवार', 'बू', 'धुआं', 'ठंडा गोश्त' इत्यादि 'अश्लील' रचनाओं के कारण बार-बार अदालतों के कटघरों में घसीटे जाने पर भी वह बराबर उस वातावरण और उन पात्रों के सम्बन्ध में कहानियाँ लिखता रहा जिन्हें 'सभ्य' लोग

घृणा की दृष्टि से देखते हैं, और अपने समाज में कोई स्थान देने को तैयार नहीं है। यह सही है कि जीवन के बारे में मंटो का दृष्टिकोण कुछ अस्पष्ट और एक सीमा तक निराशावादी है। स्वस्थ पात्रों की बजाय उसने अधिकतर अस्वस्थ पात्रों को ही अपना विषय बनाया है और अपने युग का वह बहुत बड़ा निन्दक था लेकिन मानव-मनोविज्ञान को समझने और फिर उसके प्रकाश में बनावट और झूठ का पर्दाफाश करने की जो क्षमता मंटो को प्राप्त थी वह निःसन्देह किसी अन्य उर्दू लेखक को प्राप्त नहीं है।

जहाँ तक कलात्मक प्रौढ़ता का सम्बन्ध है, मेरे विचार में उर्दू के आधुनिक युग का कोई कहानी लेखक मंटो तक नहीं पहुँचता। हमें उसके सिद्धान्तों से मतभेद हो सकता है। हम यह कह सकते हैं कि कोई कलाकृति उस समय तक महान नहीं हो सकती जब तक कि कलात्मक प्रौढ़ता के साथ-साथ उसमें रचनात्मक पहलू न हो। लेकिन उसकी लेखनी पर उंगली रखकर भी यह नहीं कह सकते कि कला की दृष्टि से उसमें कोई झोल है या यह कि लेखक अपने सिद्धान्तों और मान्यताओं के प्रति निष्कपट नहीं।

—प्रकाश पंडित

क्रम

टोबा टेकसिंह

बँटवारे के दो-तीन साल बाद पाकिस्तान और हिन्दुस्तान की सरकारों को खयाल आया कि साधारण कैदियों की तरह पागलों की अदला-बदली भी होनी चाहिए, अर्थात् जो मुसलमान पागल हिन्दुस्तान के पागलखानों में हैं, उन्हें पाकिस्तान पहुँचा दिया जाए और जो हिन्दू और सिख पाकिस्तान के पागलखानों में हैं, उन्हें हिन्दुस्तान के हवाले कर दिया जाए।

मालूम नहीं, यह बात उचित थी या अनुचित। जो हो, समझदारों के फैसले के अनुसार ऊँचे स्तर पर कान्फ्रेंसें हुईं और अन्त में एक दिन पागलों की अदला-बदली के लिए मुकर्रर हो गया। अच्छी तरह छानबीन की गई। वे मुसलमान पागल, जिनके संरक्षक हिन्दुस्तान में थे, वहीं रहने दिए गए और जो शेष थे, उनको सीमा की ओर रवाना कर दिया गया। यहाँ पाकिस्तान से, क्योंकि करीब-करीब सब हिन्दू-सिख जा चुके थे, इसलिए किसी को रखने-रखाने का सवाल पैदा न हुआ। जितने हिन्दू-सिख पागल थे, सबके सब पुलिस के संरक्षण में सीमा पर पहुँचा दिए गए।

उधर की खबर नहीं, लेकिन इधर लाहौर के पागलखाने में इस तबादले की खबर पहुँची तो बड़ी मजेदार बातें होने लगीं। एक मुसलमान पागल से, जो बारह साल तक प्रतिदिन नियमपूर्वक 'ज़मींदार' पढ़ता रहा था, जब उसके एक दोस्त ने पूछा, 'मौलवी साब, यह पाकिस्तान क्या होता है?' तो उसने बड़े चिन्तन के बाद जवाब दिया, 'हिन्दुस्तान में एक ऐसी जगह है, जहाँ उस्तरे बनते हैं।'

यह जवाब सुनकर उसका दोस्त चुप हो गया।

इस तरह एक सिख पागल ने दूसरे सिख पागल से पूछा, 'सरदार जी, हमें हिन्दुस्तान क्यों भेजा जा रहा है? हमें तो वहाँ की बोली नहीं आती।'

दूसरा मुस्कराया, 'मुझे तो हिन्दुस्तान की बोली आती है, हिन्दुस्तानी बड़े शैतानी आकड़-आकड़ फिरते हैं...'

एक दिन नहाते-नहाते एक मुसलमान पागल ने 'पाकिस्तान ज़िन्दाबाद' का नारा इतने ज़ोर से लगाया कि फर्श पर फिसलकर गिर पड़ा और बेहोश हो गया। कुछ पागल ऐसे भी थे जो पागल नहीं थे। इनमें ऐसे खूनियों की संख्या अधिक थी, जिनके सम्बन्धियों ने अफसरों को रिश्वत दे-दिलाकर उन्हें पागलखाने भिजवा दिया था ताकि वे फांसी के फंदे से बच जाएँ।

वे कुछ-कुछ समझते थे कि हिन्दुस्तान का बँटवारा क्यों हुआ है और यह पाकिस्तान क्या है; लेकिन सभी घटनाओं का उन्हें भी कुछ पता न था। अखबारों से कुछ पता नहीं चलता था और पहरेदार सिपाही अनपढ़, उजड्ड थे। उनकी बातचीत से भी वे कोई अर्थ नहीं निकाल सकते थे। उनको केवल इतना पता था कि एक आदमी मुहम्मद अली जिन्ना है जिसको कायदे-आजम कहते हैं—उसने मुसलमानों के लिए एक अलग देश बनाया है, जिसका नाम पाकिस्तान है। यह कहाँ है और इसकी उपयोगिता क्या है, इसके सम्बन्ध में वे कुछ नहीं जानते थे। यही कारण था कि पागलखाने में वे सब पागल, जिनका दिमाग पूरी तरह से खराब नहीं था, इस असमंजस में थे कि वे पाकिस्तान में थे या हिन्दुस्तान में। अगर हिन्दुस्तान में हैं तो पाकिस्तान कहाँ है और अगर वे पाकिस्तान में हैं तो तो यह कैसे हो सकता है कि वे कुछ समय पहले यहीं रहते हुए भी हिन्दुस्तान में थे? एक पागल तो पाकिस्तान और हिन्दुस्तान तथा हिन्दुस्तान और पाकिस्तान के चक्कर में ऐसा पड़ा कि और ज़्यादा पागल हो गया। झाड़ू देते-देते एक दिन एक पेड़ पर चढ़ गया और एक टहनी पर बैठकर दो घण्टे तक लगातार भाषण देता रहा, जो पाकिस्तान और हिन्दुस्तान के नाज़ुक मसले पर था। सिपाहियों ने उसे नीचे उतरने के लिए कहा तो वह और ऊपर चढ़ गया। डराया-धमकाया गया तो उसने कहा, 'मैं न हिन्दुस्तान में रहना चाहता हूँ न पाकिस्तान में। मैं इस पेड़ पर ही रहूँगा।'

बड़ी मुश्किलों के बाद जब उसका दौरा ठण्डा पड़ा तो वह नीचे उतरा और अपने हिन्दू-सिख मित्रों से गले मिल-मिलकर रोने लगा। इस विचार से उसका दिल भर आता था कि वे उसे छोड़कर हिन्दुस्तान चले जाएँगे।

एक एम. एस-सी. पास रेडियो इंजीनियर में, जो मुसलमान था और दूसरे पागलों से बिल्कुल अलग-थलग बाग की एक खास रविश पर दिन-भर चुपचाप टहलता रहता था, यह तब्दीली आई कि उसने अपने तमाम कपड़े उतारकर दफादार के हवाले कर दिए और नंग-धड़ंग सारे बाग में घूमना शुरू कर दिया।

चिनयोट के एक मुसलमान पागल ने, जो मुस्लिम लीग का सक्रिय कार्यकर्त्ता

रह चुका था और जो दिन में पन्द्रह-सोलह बार नहाया करता था, एकाएक यह आदत छोड़ दी। उसका नाम मुहम्मद अली था, इसलिए एक दिन उसने अपने जंगले में घोषणा कर दी कि वह कायदे-आजम मुहम्मद अली जिन्ना है। उसकी देखादेखी एक सिख पागल मास्टर तारासिंह बन गया था। संभव था कि उस जंगले में खून-खराबा हो जाता, लेकिन उन्हें खतरनाक पागल करार देकर अलग-अलग स्थानों में बन्द कर दिया गया।

लाहौर का एक नौजवान हिन्दू वकील था जो प्रेम में असफल होकर पागल हो गया था—जब उसने सुना कि अमृतसर हिन्दुस्तान में चला गया है तो उसे बहुत दुःख हुआ। उसी शहर की एक हिन्दू लड़की से उसको प्रेम हो गया था। यद्यपि उसने उस वकील को ठुकरा दिया था, लेकिन पागलपन की हालत में भी वह उसे नहीं भुला सका था। इसलिए वह उन सब हिन्दू और मुस्लिम लीडरों को गालियाँ देता था, जिन्होंने मिल-मिलाकर हिन्दुस्तान के दो टुकड़े कर दिए थे। प्रेमिका हिन्दुस्तानी बन गई थी और वह पाकिस्तानी।

जब अदला-बदली की बात शुरू हुई तो वकील को पागलों ने समझाया कि वह दुखी न हो, उसको हिन्दुस्तान भेज दिया जाएगा—उस हिन्दुस्तान में, जहाँ उसकी प्रेमिका रहती है। लेकिन वह लाहौर छोड़ना नहीं चाहता था, इसलिए कि उसका खयाल था कि अमृतसर में उसकी प्रैक्टिस नहीं चलेगी। यूरोपियन वार्ड में दो ऐंग्लो इण्डियन पागल थे। उनको जब मालूम हुआ कि हिन्दुस्तान को आज़ाद करके अंग्रेज़ चले गए हैं तो उनको बड़ा दुःख हुआ। वे छिप-छिपकर घण्टों आपस में इस गम्भीर समस्या पर बातचीत करते रहते कि पागलखाने में अब उनकी हैसियत किस तरह की होगी; यूरोपियन वार्ड रहेगा या उड़ा दिया जाएगा? ब्रेकफास्ट मिला करेगा या नहीं? क्या उन्हें डबलरोटी के बजाय ब्लडी इण्डियन चपाती तो जहर मार नहीं करनी पड़ेगी?

एक सिख था जिसको पागलखाने में दाखिल हुए पन्द्रह साल हो चुके थे। हर समय उसके मुँह से ये विचित्र शब्द सुनने में आते थे, 'ओ पड़ दी गिड़गिड़ दी, ऐंक्स दी बेध्याना दी, मूँग दी दाल आव दी लालटेन।' वह दिन को सोता था न रात को। पहरेदारों का कहना था कि पन्द्रह वर्ष के इस लम्बे समय में वह एक क्षण के लिए भी न सोया था। लेटता भी नहीं था। हाँ, कभी-कभी दीवार के साथ टेक लगा लेता था। हर समय खड़े रहने से उसके पाँव सूज गए थे। पिण्डलियाँ भी फूल गई थीं। लेकिन उस शारीरिक कष्ट के बावजूद वह लेटकर आराम नहीं करता था। हिन्दुस्तान, पाकिस्तान और पागलों की अदला-बदली के बारे में जब कभी पागलखाने में बातचीत होती थी तो वह बड़े ध्यान से सुनता था। कोई उससे पूछता कि उसका क्या खयाल है तो वह बड़ी गम्भीरता से जवाब देता, 'ओ पड़

दी गिड़गिड़ दी, ऐंक्स दी बेध्याना दी, मूँग दी दाल आव दी पाकिस्तान गवर्नमेण्ट।'

लेकिन बाद में, 'आव दी पाकिस्तान गवर्नमेण्ट' की जगह 'आव दी टोबा टेकसिंह', ने ले ली और उसने दूसरे पागलों से पूछना शुरू किया कि टोबा टेकसिंह, कहाँ है, जहाँ का वह रहने वाला है? लेकिन किसी को भी मालूम नहीं था कि वह पाकिस्तान में है या हिन्दुस्तान में। जो बताने की कोशिश करते थे, खुद इस चक्कर में फँस जाते थे कि स्यालकोट पहले हिन्दुस्तान में होता था, पर अब सुना है कि पाकिस्तान में है। क्या पता है कि लाहौर जो अब पाकिस्तान में है, कल हिन्दुस्तान में चला जाए या सारा हिन्दुस्तान ही पाकिस्तान बन जाए! और यह भी कौन छाती पर हाथ रखकर कह सकता था कि हिन्दुस्तान और पाकिस्तान दोनों किसी दिन सिरे से ही गायब न हो जाएँगे।

इस सिख पागल के केश झड़ते रहने पर अब बहुत थोड़े-से रह गए थे। चूँकि वह बहुत कम नहाता था इसलिए दाढ़ी और सिर के बाल आपस में जम गए थे, जिसके कारण उसकी शक्ल बड़ी भयानक हो गई थी।

लेकिन आदमी बड़ा अहानिकारक था। पन्द्रह वर्षों में उसने किसी से झगड़ा-फिसाद नहीं किया था। पागलखाने के जो पुराने नौकर थे वे उसके बारे में इतना जानते थे कि टोबा टेकसिंह में उसकी काफी ज़मीनें थीं। अच्छा खाता-पीता ज़मींदार था कि अचानक ही दिमाग उलट गया। उसके सम्बन्धी लोहे की मोटी-मोटी ज़ंजीरों में उसे बाँधकर लाए और पागलखाने में दाखिल करा गए।

महीने में एक बार मुलाकात को वे लोग आते थे और उसकी राजी-खुशी मालूम करके चले जाते थे। एक समय तक यह सिलसिला चलता रहा, लेकिन जब पाकिस्तान-हिन्दुस्तान की गड़बड़ शुरू हो गई तो उनका आना बन्द हो गया।

उसका नाम बिशनसिंह था, मगर सब उसे टोबा टेकसिंह कहते थे। उसे यह बिलकुल मालूम न था कि दिन कौन-सा है, महीना कौन-सा है या कितने साल बीत चुके हैं। लेकिन हर महीने जब उसके सम्बन्धी उससे मिलने आते थे तो उसे अपने-आप पता चल जाता था। अतएव वह दफादार से कहता कि उसके मुलाकाती आ रहे हैं। उस दिन वह अच्छी तरह नहाता, बदन पर खूब साबुन घिसता और सिर में तेल लगाकर कंघा करता। अपने कपड़े, जो वह कभी इस्तेमाल नहीं करता था, निकलवाकर पहनता और यों सज-सँवरकर मिलने वालों के पास जाता। वे उससे कुछ पूछते तो वह चुप रहता या कभी-कभी 'ओ पड़ दी गिड़गिड़ दी, ऐंक्स दी बेध्याना दी, मूंग दी दाल आव दी लालटेन!' कह देता।

उसकी एक लड़की थी, जो हर महीने एक अंगुल बढ़ती-बढ़ती पन्द्रह वर्ष

में जवान हो गई थी। बिशनसिंह उसे पहचानता ही न था। जब वह बच्ची थी, तब भी अपने बाप को देखकर रोती थी, जब जवान हुई, तब भी आँखों से आँसू बहते थे।

पाकिस्तान और हिन्दुस्तान का किस्सा शुरू हुआ तो उसने दूसरे पागलों से पूछना शुरू किया कि टोबा टेकसिंह कहाँ है। जब सन्तोषजनक उत्तर न मिला तो उसकी चिन्ता दिनों दिन बढ़ती गई। अब मुलाकाती भी नहीं आते थे। पहले तो उसे अपने-आप पता चल जाता था कि मिलने वाले आ रहे हैं, पर अब जैसे उसके दिल की आवाज़ भी बन्द हो गई थी, जो उसे उनके आने की खबर दे दिया करती थी।

उसकी बड़ी इच्छा थी कि वे लोग आएँ, जो उसके प्रति प्रेम प्रदर्शित करते थे और उसके लिए फल-मिठाइयाँ और कपड़े लाते थे। वह अगर उनसे पूछता कि टोबा टेकसिंह कहाँ है तो वह सचमुच बता देते कि पाकिस्तान में है या हिन्दुस्तान में, क्योंकि उसका ख्याल था कि वे टोबा टेकसिंह से ही आते थे, जहाँ उसकी ज़मीनें हैं।

पागलखाने में एक पागल ऐसा भी था, जो अपने को खुदा कहता था। उससे एक दिन जब बिशनसिंह ने पूछा कि टोबा टेकसिंह पाकिस्तान में है या हिन्दुस्तान में, तो उसने अपनी आदत के मुताबिक एक कहकहा लगाया और कहा, 'वह न पाकिस्तान में है और हिन्दुस्तान में, इसलिए कि हमने अभी हुक्म ही नहीं दिया।'

बिशनसिंह ने उस खुदा से कई बार बड़ी मिन्नत-खुशामद से कहा कि वह हुक्म दे दे, ताकि झंझट खत्म हो; मगर वह बहुत व्यस्त था, क्योंकि उसे और भी बहुत-से हुक्म देने थे। एक दिन तंग आकर वह उसपर बरस पड़ा, 'ओ पड़ दी गिड़गिड़ दी, ऐंक्स दी बेध्याना दी, मूँग दी दाल आव वाहे गुरूजी दी खालसा एण्ड वाहे गुरूजी दी फतह—जो बोले सो निहाल सत सिरी अकाल!'

उसका शायद यह मतलब था कि तुम मुसलमानों के खुदा हो, सिखों के खुदा होते तो ज़रूर मेरी सुनते।

अदला-बदली से कुछ दिन पहले टोबा टेकसिंह का एक मुसलमान, जो उसका दोस्त था, मुलाकात के लिए आया। पहले वह कभी नहीं आया था। जब बिशनसिंह ने उसे देखा तो एक तरफ हट गया और वापस जाने लगा, लेकिन सिपाहियों ने उसे रोका, 'तुमसे मिलने आया है—तुम्हारा दोस्त फजलदीन है।'

बिशनसिंह ने फजलदीन को एक नज़र से देखा और कुछ बड़बड़ाने लगा। फजलदीन ने आगे बढ़कर उसके कंधे पर हाथ रख दिया। 'मैं बहुत दिनों से सोच रहा था कि तुमसे मिलूँ, लेकिन फुरसत ही न मिली। तुम्हारे सब आदमी राजी-खुशी

हिन्दुस्तान पहुँच गए हैं। मुझसे जितनी मदद हो सकती थी की, लेकिन तुम्हारी बेटी रूपकौर...’

वह कहते-कहते रुक गया। बिशनसिंह कुछ याद करने लगा। ‘बेटी रूपकौर!’

फजलदीन ने रुक-रुककर कहा, ‘हाँ...हाँ...वह भी ठीकठाक है...उनके साथ ही चली गई थी।’

बिशनसिंह चुप रहा। फजलदीन ने कहना शुरू किया, ‘उन्होंने मुझसे कहा था कि तुम्हारी राजी-खुशी पूछता रहूं। अब मैंने सुना है कि तुम हिन्दुस्तान जा रहे हो—भाई बलबीरसिंह और भाई रघावासिंह से मेरा सलाम कहना, और बहन अमृतकौर से भी। भाई बलबीरसिंह से कहना—फजलदीन राजी-खुशी है। दो भूरी-भैंसें, जो वे छोड़ गए थे, उनमें से एक ने कट्टा दिया है; दूसरी के कट्टी हुई थी, पर वह चौदह दिन की होकर मर गई और मेरे लायक जो खिदमत हो, कहना। मैं हर वक्त तैयार हूँ।...और ये तुम्हारे लिए थोड़े-से मरुण्डे लाया हूँ।’

बिशनसिंह ने मरुण्डों की पोटली लेकर पास खड़े सिपाही के हवाले कर दी और फजलदीन से पूछा, ‘टोबा टेकसिंह कहाँ है?’

फजलदीन ने आश्चर्य से कहा, ‘कहाँ है? वहीं है, जहाँ था।’

बिशनसिंह ने फिर पूछा, ‘पाकिस्तान में या हिन्दुस्तान में?’

‘हिन्दुस्तान में...नहीं-नहीं, पाकिस्तान में।’ फजलदीन बौखला-सा गया। बिशनसिंह बड़बड़ाता हुआ चला गया, ‘ओ पड़ दी गिड़गिड़ दी, ऐंक्स दी बेध्याना दी, मूँग दी दाल आव दी पाकिस्तान एण्ड हिन्दुस्तान आव दी दुर फिटे मुँह!’

अदला-बदली की तैयारियाँ पूरी तरह हो चुकी थीं। इधर से उधर और उधर से इधर आने वाले पागलों की सूचियाँ पहुँच गई थीं। और अदला-बदली की तारीख निश्चित हो चुकी थी। कड़ाके का जाड़ा पड़ रहा था, जब लाहौर के पागलखाने से हिन्दू-सिख पागलों से भरी लारियाँ पुलिस के संरक्षक दस्ते के साथ रवाना हुईं। उनसे सम्बन्धित अफसर भी उनके साथ थे। बाघा की सीमा पर दोनों ओर के सुपरिण्टेण्डेण्ट एक-दूसरे से मिले और प्रारम्भिक कार्रवाई खत्म होने के बाद अदला-बदली शुरू हो गई, जो रात-भर चलती रही।

पागलों को लारियों से निकालना और उनको दूसरे अफसरों के हवाले करना बड़ा कठिन काम था। कुछ तो बाहर निकलते ही नहीं थे, जो निकलने को तैयार होते, उनको सम्भालना मुश्किल होता; क्योंकि वे इधर-उधर भाग उठते थे। जो नंगे थे, उनको कपड़े पहनाए जाते तो वे फाड़कर अपने तन से अलग कर देते। कोई गालियाँ बक रहा है, कोई गा रहा है। आपस में लड़-झगड़ रहे हैं और रो रहे हैं,

बिलख रहे हैं। कान पड़ी आवाज़ सुनाई नहीं देती थी। पागल स्त्रियों का शोरगुल अलग था, और सर्दी इतने कड़ाके की थी कि दाँत बज रहे थे।

अधिकतर पागल इस अदला-बदली के पक्ष में नहीं थे, क्योंकि उनकी समझ में नहीं आता था कि उन्हें अपनी जगह से उखाड़कर कहाँ फेंका जा रहा है। थोड़े-से वे, जो कुछ सोच-समझ सकते थे, 'पाकिस्तान ज़िन्दाबाद' और 'पाकिस्तान मुर्दाबाद' के नारे लगा रहे थे। दो-तीन बार झगड़ा होते-होते बचा, क्योंकि कुछ एक मुसलमानों और सिखों को ये नारे सुनकर तैश आ गया था।

जब बिशनसिंह की बारी आई और जब उसे दूसरी ओर भेजने के सम्बन्ध में अधिकारी लिखत-पढ़त करने लगे तो उसने पूछा, 'टोबा टेकसिंह कहाँ है—पाकिस्तान में या हिन्दुस्तान में?'

सम्बन्धित अधिकारी सुनकर हँसा और बोला, 'पाकिस्तान में।'

यह सुनकर बिशनसिंह उछलकर एक तरफ हटा और दौड़कर अपने शेष साथियों के पास पहुँच गया। पाकिस्तानी सिपाहियों ने उसे पकड़ लिया। और दूसरी तरफ ले जाने लगे, लेकिन उसने चलने से इन्कार कर दिया, 'टोबा टेकसिंह यहाँ है' और वह ज़ोर-ज़ोर से चिल्लाने लगा, 'ओ पड़ दी गिड़गिड़ दी, ऐंक्स दी बेध्याना दी, मूँग दी दाल आव टोबा टेकसिंह एण्ड पाकिस्तान!'

उसे बहुत समझाया गया, 'देखो, टोबा टेकसिंह अब हिन्दुस्तान में चला गया है, अगर नहीं गया है तो उसे तुरन्त ही वहाँ भेज दिया जाएगा, लेकिन वह न माना। जब उसे जबरदस्ती दूसरी ओर ले जाने की कोशिशें की गईं तो वह बीच में एक स्थान पर इस प्रकार अपनी सूजी हुई टांगों पर खड़ा हो गया, जैसे अब कोई ताकत उसे वहाँ से नहीं हिला सकेगी।

आदमी चूँकि अहानिकारक था, इसलिए उसके साथ जबरदस्ती नहीं की गई। उसको वहीं खड़ा रहने दिया गया और अदला-बदली का शेष काम होता रहा।

सूरज निकलने से पहले उस स्थान पर शान्त, स्थिर खड़े बिशनसिंह के मुँह से एक भयानक चीख निकली। इधर-उधर से कई अफसर दौड़े आए और देखा कि वह आदमी, जो पन्द्रह वर्ष तक दिन-रात अपनी टांगों पर खड़ा रहा था, औंधें मुँह पड़ा है। उसकी टांगों के पीछे हिन्दुस्तान के पागलों का दायरा था और उसके सिर की ओर पाकिस्तान के पागलों का दायरा था; और बीच की भूमि में, जिसका कोई नाम न था, टोबा टेकसिंह पड़ा था।

• • • • • • •

खोल दो

अमृतसर से स्पेशल ट्रेन दोपहर दो बजे चली और आठ घण्टों के बाद मुगलपुरा पहुँची। रास्ते में कई आदमी मारे गए, बहुत-से घायल हुए और कुछ इधर-उधर भटक गए।

सुबह दस बजे कैम्प की ठण्डी ज़मीन पर जब सिराजुद्दीन ने आँखें खोलीं और अपने चारों ओर मर्द-औरतों और बच्चों का ठाठें मारता समुन्दर देखा तो उसके सोचने-समझने की शक्तियाँ और भी क्षीण हो गईं और वह काफी देर तक मटमैले आसमान को टकटकी बाँधे घूरता रहा। यों तो कैम्प में चारों ओर शोर-सा मचा हुआ था, लेकिन बूढ़े सिराजुद्दीन के कान जैसे बन्द थे; उसे कुछ सुनाई नहीं देता था। कोई उसे देखता तो यही समझता कि वह किसी गहरी सोच में डूबा हुआ है, लेकिन वास्तव में ऐसा नहीं था। असल में उसके सारे होशोहवास शिथिल हो चुके थे; बल्कि पूरा शरीर, सारा अस्तित्व शून्य में लटक गया था।

मटमैले आसमान की ओर बिना किसी उद्देश्य के देखते-देखते सिराजुद्दीन की नज़रें सूरज से जा टकराईं। तेज रोशनी उसके जर्जर शरीर की नस-नस में उतर गई और वह जाग उठा। और उसके दिमाग में एक के बाद एक कई तस्वीरें घूम गईं—लूट-मार, आग, भाग-दौड़, स्टेशन, गोलियाँ,...रात और सकीना...सिराजुद्दीन एकदम खड़ा हो गया और उसने पागलों की तरह अपने चारों ओर फैले हुए समुन्दर को खँगालना शुरू कर दिया।

पूरे तीन घण्टे वह 'सकीना-सकीना' पुकारता कैम्प की धूल छानता रहा लेकिन कहीं भी उसकी जवान इकलौती बेटी का पता नहीं चला। चारों ओर एक धाँधली-सी मची थी। कोई अपना बच्चा ढूँढ़ रहा था, कोई माँ, कोई बीवी और कोई बेटी। सिराजुद्दीन थक-हारकर एक तरफ बैठ गया और अपने दिमाग पर ज़ोर देकर सोचने

लगा कि सकीना उससे कब और कहाँ बिछुड़ी थी। इसी सोच-विचार में उसका दिमाग बार-बार सकीना की माँ की लाश पर जम जाता, जिसकी सारी अंतड़ियाँ बाहर निकली हुई थीं और...फिर इसके आगे वह कुछ न सोच पाता।

सकीना की माँ मर चुकी थी। उसने सिराजुद्दीन की आँखों के सामने दम तोड़ा था, लेकिन सकीना कहाँ थी, जिसके बारे में सकीना की माँ ने मरते समय कहा था, 'मुझे छोड़ो और सकीना को लेकर जल्दी से यहाँ से भाग जाओ।'

सकीना उसके साथ ही थी। दोनों नंगे पाँव भाग रहे थे। फिर सकीना का दुपट्टा गिर पड़ा था और उसे उठाने के लिए सिराजुद्दीन ने रुकना चाहा था, इसपर सकीना ने चिल्लाकर कहा था, 'अब्बाजी, छोड़िए...' लेकिन उसने दुपट्टा उठा लिया था, और यह सोचते-सोचते उसने अपने कोट की उभरी हुई जेब की तरफ देखा और उसमें हाथ डालकर कपड़ा निकाला—सकीना का वही दुपट्टा था, लेकिन सकीना कहाँ थी?

सिराजुद्दीन ने अपने थके हुए दिमाग पर बहुत ज़ोर दिया लेकिन वह किसी भी नतीजे पर न पहुँच सका। क्या वह सकीना को अपने साथ स्टेशन तक ले आया था? क्या वह उसके साथ ही गाड़ी में सवार थी? रास्ते में जब गाड़ी रोकी गई थी और बलवाई भीतर घुस आए थे तो क्या वह बेहोश हो गया था; जो वह सकीना को उठा ले गए?

सिराजुद्दीन के दिमाग में सवाल ही सवाल थे, जवाब कोई नहीं था। उसे हमदर्दी की ज़रूरत थी, लेकिन चारों ओर जितने भी इन्सान फैले हुए थे उन सबको हमदर्दी की ज़रूरत थी। सिराजुद्दीन ने रोना चाहा मगर आँखों ने उसकी सहायता नहीं की—आँसू न जाने कहाँ गायब हो गए थे।

छह दिन के बाद होशो-हवास कुछ ठिकाने आए तो सिराजुद्दीन उन लोगों से मिला जो उसकी सहायता करने को तैयार थे। आठ नौजवान थे जिनके पास लारी थी, बन्दूकें थीं। सिराजुद्दीन ने उन्हें लाख-लाख दुआएँ दीं और सकीना का हुलिया बताया, 'गोरा रंग है और बहुत ही खूबसूरत है...मुझपर नहीं, अपनी माँ पर थी...उम्र यही सत्रह बरस के करीब...आँखें बड़ी-बड़ी, काले बाल, दाहिने गाल पर मोटा-सा तिल...मेरी इकलौती लड़की है, ढूँढ लाओ...खुदा तुम्हारा भला करेगा।'

रजाकार (स्वयंसेवक) नौजवानों ने बड़ी हमदर्दी के साथ बूढ़े सिराजुद्दीन को विश्वास दिलाया कि अगर उसकी बेटी जिन्दा हुई तो दो-चार दिन में ही उसके पास पहुँच जाएगी।

आठों नौजवानों ने कोशिश की, जान हथेली पर रखकर वे अमृतसर गए।

कई औरतों, कई मर्दों और कई बच्चों को निकाल-निकालकर उन्हें सुरक्षित स्थानों पर पहुँचाया, लेकिन दस दिन हो गए सकीना उन्हें कहीं न मिली।

एक दिन वे इसी सेवाकार्य के सिलसिले में लारी पर अमृतसर जा रहे थे कि छरहटे के पास सड़क के किनारे उन्हें एक लड़की दिखाई दी। लारी की आवाज़ सुनकर वह बिदकी और उसने सरपट भागना शुरू कर दिया। रजाकारों ने भी तुरन्त लारी रोकी और उतरकर सबके सब उसके पीछे भागे। एक खेत में उन्होंने उस लड़की को जा पकड़ा। देखा तो बहुत खूबसूरत थी, दाहिने गाल पर एक मोटा-सा तिल भी था। एक नौजवान ने उससे कहा, 'घबराओ नहीं, क्या तुम्हारा नाम सकीना है?'

लड़की का रंग पीला पड़ गया और उसने कोई जवाब न दिया। फिर जब बारी-बारी सारे नौजवानों ने उसे दम-दिलासा दिया तो उसकी घबराहट कुछ दूर हो गई और उसने मान लिया कि उसका नाम सकीना है और वह सिराजुद्दीन की बेटी है।

आठ रजाकार नौजवानों ने हर तरह से सकीना की दिलजोई की। उसे खाना खिलाया, दूध पिलाया और लारी में बिठा लिया। एक ने अपना कोट उतारकर उसे दे दिया क्योंकि दुपट्टा न होने के कारण वह बड़ी उलझन महसूस कर रही थी और बार-बार बाँहों से अपने सीने को ढाँपने की असफल कोशिश कर रही थी।

कई दिन गुजर गए—सिराजुद्दीन को सकीना की कोई खबर न मिली। वह दिन-भर यहाँ-वहाँ कैम्पों और दफ्तरों के चक्कर काटता रहा लेकिन कहीं भी उसकी बेटी का पता न चला। रात को वह बहुत देर तक उन रजाकार नौजवानों की सफलता के लिए दुआएँ माँगता रहता, जिन्होंने उसे विश्वास दिलाया था कि अगर सकीना ज़िन्दा हुई तो वे दो-चार दिनों में ही उसे ढूँढ़ निकालेंगे।

एक दिन सिराजुद्दीन ने कैम्प में उन रजाकार नौजवानों को देखा, लारी में बैठे थे। सिराजुद्दीन भागा-भागा उनके पास गया। लारी चलने वाली ही थी कि उसने जा पूछा, 'बेटा, मेरी सकीना का कुछ पता चला?'

सबने एकसाथ कहा, 'चल जाएगा। चल जाएगा।' और लारी चला दी।

सिराजुद्दीन ने एक बार फिर उन नौजवानों की सफलता के लिए दुआ माँगी और एक हद तक उसका जी हल्का हो गया।

शाम को कैम्प के एक कोने में सिराजुद्दीन निढाल-सा चुपचाप बैठा था कि उसके पास ही कुछ गड़बड़-सी हुई। मालूम हुआ, चार आदमी कुछ उठाकर ला रहे थे। पूछने पर पता चला कि एक लड़की रेलवे लाइन के पास बेहोश पड़ी थी,

लोग उसीको उठाकर लाए हैं। सिराजुद्दीन न जाने क्यों उनके पीछे-पीछे हो लिया। लोगों ने लड़की को अस्पताल वालों के हवाले किया और चले गए। कुछ देर सिराजुद्दीन ऐसे ही अस्पताल के बाहर गड़े हुए लकड़ी के खम्भे के साथ लगकर खड़ा रहा, फिर धीरे-धीरे अन्दर चला गया। कमरे में कोई भी नहीं था। एक स्ट्रेचर था जिसपर एक लाश पड़ी थी। सिराजुद्दीन छोटे-छोटे कदम उठाता हुआ उसकी ओर बढ़ा, एकाएक कमरे में रोशनी हो गई और सिराजुद्दीन लाश के मुझाए चेहरे पर चमकता हुआ तिल देखकर चिल्लाया, 'सकीना!'

डाक्टर ने, जिसने कमरे में रोशनी की थी, सिराजुद्दीन से पूछा, 'क्या है?'

सिराजुद्दीन के कण्ठ से सिर्फ इतना निकल सका, '...जी...मैं इसका बाप हूँ।'

डाक्टर ने स्ट्रेचर पर पड़ी हुई लाश की ओर देखा और उसकी नब्ज टटोली और सिराजुद्दीन से कहा, 'खिड़की खोल दो।'

सकीना के मुर्दा शरीर में हरकत हुई। बेजान हाथों से उसने अपना नाड़ा खोला और सलवार नीचे सरका दी। बूढ़ा सिराजुद्दीन खुशी से चिल्लाया 'जिन्दा है, मेरी बेटी ज़िन्दा है।'

और डॉक्टर सिर से पैर तक पसीने में डूब गया।

• • • • • •

मोजेल

......

त्रिलोचन ने पहली बार, चार वर्षों में पहली बार, रात को आकाश देखा था और वह भी इसलिए कि उसकी तबीयत बहुत घबराई हुई थी और वह केवल खुली हवा में कुछ देर सोचने के लिए अडवानी चेम्बर्ज के टैरेस पर चला आया था।

आकाश बिल्कुल साफ था और बहुत बड़े खाकी तम्बू की तरह पूरी बम्बई पर तना हुआ था। जहाँ तक दृष्टि जा सकती थी, बत्तियाँ ही बत्तियाँ नज़र आती थीं। त्रिलोचन को ऐसा महसूस होता था कि आकाश से बहुत-से तारे झड़कर बिल्डिंगों में, जो रात के अँधेरे में बड़े-बड़े पेड़ लगती थीं, अटक गए थे और जुगनुओं की तरह टिमटिमा रहे थे।

त्रिलोचन के लिए यह एक बिल्कुल नया अनुभव, एक नई स्थिति थी—रात को खुले आकाश के नीचे सोना। उसने अनुभव किया कि वह चार वर्ष तक अपने फ्लैट में कैद रहा तथा प्रकृति की एक बहुत बड़ी देन से वंचित। लगभग तीन बजे थे। हवा बड़ी हल्की-फुल्की थी। त्रिलोचन पँखे की कृत्रिम हवा का आदी था, जो उसके पूरे शरीर को बोझिल कर देती थी। सुबह उठकर वह सदा ऐसा अनुभव करता था, मानो उसे रात-भर मारा-पीटा गया हो। लेकिन अब सुबह की प्राकृतिक हवा में उसके शरीर का रोम-रोम तरोताजगी चूसकर तृप्त हो रहा था। जब वह ऊपर आया था तो उसका दिल बेहद बेचैन था। लेकिन आधे घण्टे में ही जो बेचैनी और घबराहट उसे कष्ट दे रही थी, किसी हद तक दूर हो गई थी। अब वह स्पष्ट रूप से सोच सकता था।

कृपाल कौर और उसका सारा परिवार मुहल्ले में था, जो कट्टर मुसलमानों का केन्द्र था। यहाँ कई घरों में आग लग चुकी थी। कई जानें जा चुकी थीं। त्रिलोचन उन सबको वहाँ से ले आया होता, लेकिन मुसीबत यह थी कि कर्फ्यू लग गया

था और वह भी न जाने कितने घण्टों के लिए। शायद अड़तालीस घण्टों के लिए। और त्रिलोचन विवश था। आसपास सब मुसलमान थे, वे भी बड़े भयानक किस्म के मुसलमान। पंजाब से धड़ाधड़ खबरें आ रही थीं कि वहाँ सिख मुसलमानों पर बहुत जुल्म ढा रहे हैं। कोई भी हाथ—मुसलमान हाथ—बड़ी आसानी से नरम व नाजुक कृपाल कौर की कलाई पकड़कर उसे मौत के मुँह की तरफ ले जा सकता था।

कृपाल की माँ अन्धी थी और बाप अपाहिज। भाई था, लेकिन कुछ समय से वह देवलाली में था और उसे वहाँ नए-नए लिए हुए ठेके की देखभाल करनी थी।

त्रिलोचन को कृपाल के भाई निरंजन पर बहुत गुस्सा आता था। उसने, जो रोज अखबार पढ़ता था, उपद्रवों की तीव्रता के बारे में एक सप्ताह पहले चेतावनी दे दी थी और स्पष्ट शब्दों में कह दिया था, 'निरंजन, ये ठेके-वेके अभी रहने दो, हम एक बहुत ही नाजुक दौर से गुज़र रहे हैं। अगरचे तुम्हारा वहाँ रहना बहुत ज़रूरी है, लेकिन वहाँ मत रहो और मेरे यहाँ आ जाओ। इसमें कोई शक नहीं कि जगह कम है, लेकिन मुसीबत के दिनों में आदमी जैसे-तैसे गुजारा कर लिया करता हैं, लेकिन वह न माना। उसका इतना बड़ा लेक्चर सुनकर केवल अपनी घनी मूँछों में मुस्करा दिया, 'यार, तुम बेकार फिक्र करते हो। मैंने यहाँ ऐसे कई फिसाद देखे हैं। यह अमृतसर या लाहौर नहीं, बौम्बे है, बौम्बे। तुम्हें यहाँ आए सिर्फ चार साल हुए हैं और मैं बारह बरस से यहाँ रह रहा हूँ, बारह बरस से।'

न जाने निरंजन बम्बई को क्या समझता था। उसका खयाल था कि यह ऐसा शहर है कि अगर उपद्रव हों भी तो उनका असर अपने-आप खत्म हो जाता है, मानो उसके पास छूमन्तर हो—या वह कहानियों का कोई ऐसा किला हो, जिसपर कोई आपत्ति नहीं आ सकती। लेकिन त्रिलोचन प्रातःकालीन वायु में साफ देख रहा था कि...मुहल्ला बिल्कुल सुरक्षित नहीं। वह तो सुबह के अखबारों में यह भी पढ़ने को तैयार था कि कृपाल कौर और उसके माँ-बाप कत्ल हो चुके हैं।

उसको कृपाल कौर के अपाहिज बाप और उसकी माँ की कोई परवाह नहीं थी। वे मर जाते और कृपाल कौर बच जाती तो त्रिलोचन के लिए अच्छा था। वहाँ देवलाली में उसका भाई निरंजन भी मारा जाता तो और भी अच्छा था, क्योंकि इस तरह त्रिलोचन के लिए मैदान साफ हो जाता। खासकर निरंजन उसके रास्ते में रोड़ा ही नहीं, बहुत बड़ा पत्थर था। और इसीलिए जब कभी कृपाल कौर से उसके बारे में बातें होतीं तो वह उसे निरंजनसिंह के बजाय अलखनिरंजनसिंह कहा करता था।

सुबह की हवा धीरे-धीरे बह रही थी और त्रिलोचन का पगड़ी रहित सिर बड़ी प्रिय ठण्डक महसूस कर रहा था; लेकिन उसमें अनेकों अन्देशे एक-दूसरे से

टकरा रहे थे। कृपाल कौर नई-नई उसकी ज़िन्दगी में आई थी। यों तो वह हट्टे-कट्टे निरंजनसिंह की बहन थी, लेकिन बहुत ही नरम, नाज़ुक और लचकीली थी। वह देहात में पली थी। वहाँ की कई गर्मियाँ-सर्दियाँ देख चुकी थी, फिर भी उसमें वह सख्ती और मरदानापन नहीं था, जो देहात की आम सिख लड़कियों में होता है, जिन्हें कड़े से कड़ा परिश्रम करना पड़ता है।

उसके नैन-नक्श कच्चे-कच्चे थे, मानो अभी अधूरे हों। आम देहाती सिख लड़कियों की अपेक्षा उसका रंग गोरा था, मगर कोरे लट्ठे की तरह, और बदन चिकना था, मर्सराइज्ड कपड़े की तरह। और वह बहुत लजीली थी। त्रिलोचन उसीके गाँव का था, लेकिन वह अधिक दिन वहाँ नहीं रहा था। प्राइमरी से निकलकर जब वह शहर के हाई स्कूल में गया तो बस, फिर वहीं का होकर रह गया। स्कूल से छुट्टी पाई तो कालेज की पढ़ाई शुरू हो गई। इस बीच वह कई बार—अनेकों बार अपने गाँव गया, लेकिन उसने कृपाल कौर नाम की किसी लड़की का नाम न सुना। शायद इसलिए कि हर बार वह इस अफरा-तफरी में रहता था कि शीघ्र से शीघ्र शहर लौट जाए।

कालेज का ज़माना बहुत पीछे रह गया था। अडवानी चेम्बर्ज के टैरेस और कालेज की इमारत में शायद दस वर्ष का फासला था, और यह फासला त्रिलोचन के जीवन की विचित्र घटनाओं से भरा हुआ था। बर्मा, सिंगापुर, हाँगकाँग, फिर बम्बई, जहाँ वह चार वर्ष से रह रहा था, इन चार वर्षों में उसने पहली बार रात को आकाश की शक्ल देखी थी, जो बुरी नहीं थी—खाकी रंग के तम्बू में हज़ारों दीये टिमटिमा रहे थे और हवा ठण्डी और हल्की-फुल्की थी।

कृपाल कौर के विषय में सोचते-सोचते वह मोजेल के बारे में सोचने लगा। उस यहूदी लड़की के बारे में, जो अडवानी चेम्बर्स में रहती थी। उससे त्रिलोचन का गोडे-गोडे[1] इश्क हो गया था। ऐसा इश्क, जो उसने अपनी पैंतीस वर्ष की ज़िन्दगी में कभी नहीं किया था।

जिस दिन उसने अडवानी चेम्बर्स में अपने एक ईसाई मित्र की सहायता से दूसरे माले पर फ्लैट लिया, उसी दिन उसकी मुठभेड़ मोजेल से हुई, जो पहली नज़र में उसे खौफनाक हद तक दीवानी मालूम हुई थी। कटे हुए भूरे बाल उसके सिर पर बिखरे हुए थे—बेहद बिखरे हुए। होंठों पर लिपस्टिक ऐसे जमा थी, जैसे गाढ़ा खून, और वह भी जगह-जगह चटखी हुई। वह ढीला-ढाला सफेद चोगा पहने हुए थी, जिसके खुले गिरेबान से उसकी नीली पड़ी बड़ी-बड़ी छातियों का लगभग

---

1. घुटने-घुटने

चौथाई भाग नज़र आ रहा था। बाँहें जो कि नंगी थीं, उनपर महीन-महीन बालों की तह जमी हुई थी, जैसे वह अभी-अभी किसी सैलून से बाल कटवाकर आई हो और उनकी नन्ही-नन्ही हवाइयाँ उनपर जम गई हों।

होंठ अधिक मोटे नहीं थे, लेकिन गहरे उन्नाबी रंग की लिपस्टिक कुछ इस तरीके से लगाई गई थी कि वे मोटे और भैंसे के गोश्त के टुकड़े जैसे मालूम होते थे।

त्रिलोचन का फ्लैट उसके फ्लैट के बिल्कुल सामने था। बीच में एक तंग गली थी, बहुत ही तंग। जब त्रिलोचन अपने फ्लैट में घुसने के लिए आगे बढ़ा तो मोजेल बाहर निकली। खड़ाऊँ पहने थी। त्रिलोचन उसकी आवाज़ सुनकर रुक गया। मोजेल ने अपने बिखरे बालों की चिकों में से अपनी बड़ी-बड़ी आँखों से त्रिलोचन की ओर देखा और हँसी—त्रिलोचन बौखला गया। जेब से चाबी निकालकर वह जल्दी से दरवाज़े की ओर बढ़ा। मोजेल की एक खड़ाऊँ सीमेण्ट के चिकने फ़र्श पर फिसली और वह उसके ऊपर आ गिरी।

अब त्रिलोचन सम्भला तो मोजेल उसके ऊपर थी, कुछ इस तरह कि उसका लम्बा चोगा ऊपर चढ़ गया था और उसकी दो नंगी, बड़ी तगड़ी टाँगें उसके इधर-उधर थीं और...जब त्रिलोचन ने उठने की कोशिश की तो वह बौखलाहट में कुछ इस तरह मोजेल—सारी मोजेल से उलझा, जैसे वह साबुन की तरह उसके सारे बदन पर फिर गया हो।

त्रिलोचन ने हाँफते हुए बड़े शिष्ट शब्दों में उससे क्षमा माँगी। मोजेल ने अपना चोगा ठीक किया और मुस्करा दी, 'यह खड़ाऊँ एकदम कण्डम चीज़ है।' और वह उतरी हुई खड़ाऊँ में अपना अँगूठा और उसके साथ वाली उँगली फँसाती हुई कारीडोर से बाहर चली गई।

त्रिलोचन का खयाल था कि मोजेल से दोस्ती पैदा करना शायद मुश्किल हो, लेकिन वह बहुत ही थोड़े समय में उससे घुलमिल गई। हाँ, एक बात थी कि बहुत उद्दण्ड और मुँहज़ोर थी और त्रिलोचन की कुछ परवाह नहीं करती थी। वह उससे खाती थी, उससे पीती थी, उसके साथ सिनेमा जाती थी। सारा-सारा दिन उसके साथ जुहू पर नहाती थी, लेकिन जब वह बाँहों और होंठों से कुछ आगे बढ़ना चाहता तो वह उसे डाँट देती। कुछ इस तरह उसे घुड़कती कि उसके सारे मन्सूबे दाढ़ी और मूँछों में चक्कर काटते रह जाते।

त्रिलोचन को पहले किसी के साथ प्रेम नहीं हुआ था। लाहौर में, बर्मा में, सिंगापुर में वह लड़कियाँ कुछ समय के लिए खरीद लिया करता था। उसे कभी स्वप्न में भी खयाल न था कि बम्बई पहुँचते ही वह एक बहुत ही अल्हड़ किस्म

की यहूदी लड़की के प्रेम में गोडे-गोडे धंस जाएगा। वह उससे कुछ विचित्र प्रकार की विमुखता बरतती थी। उसके कहने पर तुरन्त सज-धजकर सिनेमा जाने के लिए तैयार हो जाती थी, लेकिन जब वे अपनी सीट पर बैठते तो इधर-उधर वह निगाहें दौड़ाना शुरू कर देती। यदि कोई उसका परिचित निकल आता तो ज़ोर से हाथ हिलाती और त्रिलोचन से पूछे बिना उसकी बगल में जा बैठती।

होटल में बैठे हैं। त्रिलोचन ने मोजेल के लिए विशेष रूप से उमदा खाने मँगवाए हैं, लेकिन उसे अपना कोई पुराना दोस्त दिखाई पड़ गया है—और वह अपना निवाला छोड़कर उसके पास जा बैठी है और त्रिलोचन की छाती पर मूँग दल रही है।

त्रिलोचन कभी-कभी भिन्ना जाता था, क्योंकि वह उसे अकेला छोड़कर अपने उन पुराने दोस्तों और परिचितों के साथ चली जाती थी और कई-कई दिन तक उससे मुलाकात नहीं करती थी। कभी सिर-दर्द का बहाना, कभी पेट की खराबी, जिसके बारे में त्रिलोचन को अच्छी तरह मालूम था कि वह फौलाद की तरह कड़ा था और कभी खराब नहीं हो सकता था।

जब उससे मुलाकात होती तो वह उससे कहती, 'तुम सिख हो; ये नाज़ुक बातें तुम्हारी समझ में नहीं आ सकतीं।'

यह सुनकर त्रिलोचन जल-भुन जाता और पूछता, 'कौन-सी नाज़ुक बातें—तुम्हारे पुराने यारों की?'

मोजेल दोनों हाथ अपने चौड़े-चकले कूल्हों पर लटकाकर अपनी तगड़ी टाँगें चौड़ी कर देती और कहती, 'यह तुम मुझे उनके ताने क्या देते हो। हाए, वे मेरे यार हैं, और मुझे अच्छे लगते हैं। तुम जलते हो तो जलते रहो।'

त्रिलोचन एक कुशल वकील की तरह पूछता, 'इस तरह तुम्हारी-मेरी कैसे निभेगी?'

मोजेल ज़ोर से कहकहा लगाती, 'तुम सचमुच सिख हो। ईडियट, तुमसे किसने कहा है कि मेरे साथ निभाओ। अगर निभाने की बात है तो जाओ अपने देश में, किसी सिखनी से ब्याह कर लो। मेरे साथ तो इसी तरह चलेगा।'

त्रिलोचन नरम पड़ जाता। वास्तव में मोजेल उसकी बड़ी कमज़ोरी बन गई थी। वह हर हालत में उसके सामीप्य का इच्छुक था। इसमें कोई सन्देह नहीं कि मोजेल की वजह से उसकी प्रायः बेइज़्ज़ती होती थी। मामूली-मामूली क्रिश्चियन छोकरों के सामने, जिनकी कोई हस्ती नहीं थी, उसे लज्जित होना पड़ता था। लेकिन दिल से मजबूर होकर उसने यह सब कुछ सहने का निश्चय कर लिया था।

आम तौर पर तौहीन और बेइज़्ज़ती की प्रतिक्रिया प्रतिशोध होता है, लेकिन त्रिलोचन के मामले में ऐसा नहीं था। उसने अपने दिल और दिमाग की बहुत-सी आँखें मीच ली थीं और कानों में रूई ठूँस ली थी। उसको मोजेल पसन्द थी। पसन्द ही नहीं, जैसा कि वह अक्सर अपने दोस्तों से कहा करता था, गोडे-गोडे उसके प्रेम में धँस गया था। अब इसके सिवा और कोई चारा नहीं था कि उसके शरीर का जितना भाग शेष रह गया था, वह भी इस प्रेम की दलदल में चला जाए और किस्सा खत्म हो।

दो वर्ष तक वह इसी तरह बेइज़्ज़ती का जीवन बिताता रहा, लेकिन सुदृढ़ रहा। आखिर एक दिन, जबकि मोजेल मौज में थी, उसने अपनी भुजाओं में उसे समेटकर पूछा, 'क्या तुम मुझसे प्रेम नहीं करती हो?'

मोजेल उसकी भुजाओं से निकल गई और कुर्सी पर बैठकर अपने फ्राक का घेरा देखने लगी, फिर उसने अपनी मोटी-मोटी यहूदी आँखें उठाईं और घनी पलकें झपकाकर कहा, 'मैं सिख से प्रेम नहीं कर सकती।'

त्रिलोचन ने ऐसा महसूस किया कि उसकी पगड़ी के नीचे किसी ने दहकती चिनगारियाँ रख दी हों। उसके तन-बदन में आग लग गई, 'मोजेल, तुम हमेशा मेरा मज़ाक उड़ाती हो; यह मेरा मज़ाक नहीं, मेरे प्रेम का मज़ाक है।'

मोजेल उठी और उसने अपने भूरे कटे हुए बालों को एक दिलफरेब झटका दिया, 'तुम शेव करा लो और अपने सिर के बाल खुले छोड़ दो तो मैं शर्त लगाती हूँ कि कई छोकरे तुम्हें आँख मारेंगे—तुम सुन्दर हो।

त्रिलोचन के केशों में और भी चिनगारियाँ पड़ गईं। उसने आगे बढ़कर ज़ोर से मोजेल को अपनी ओर खींचा और उसके उन्नाबी होंठों में अपने मूँछों-भरे होंठ गाड़ दिए।

मोजेल ने एकदम 'फूँ-फूँ' की और उससे अपने को छुड़ा लिया। 'मैं सुबह ही अपने दाँतों पर ब्रश कर चुकी हूँ—तुम कष्ट न करो।'

त्रिलोचन चिल्लाया, 'मोजेल!'

मोजेल वैनिटी बैग से छोटा-सा आईना निकालकर अपने होंठ देखने लगी जिनपर लगी गाढ़ी लिपस्टिक पर खराशें पड़ गई थीं। 'खुदा की कसम, तुम अपनी मूँछों और दाढ़ी का सही इस्तेमाल नहीं करते। इनके बाल ऐसे अच्छे हैं कि मेरा नेवी ब्ल्यू स्कर्ट अच्छी तरह साफ कर सकते हैं—बस, थोड़ा-सा पेट्रोल लगाने की ज़रूरत होगी।'

त्रिलोचन क्रोध की उस सीमा तक पहुँच चुका था, जहाँ वह बिल्कुल ठण्डा हो गया था। वह आराम से सोफे पर बैठ गया। मोजेल भी आ गई और उसने त्रिलोचन की दाढ़ी खोलनी शुरू कर दी। उसमें जो पिनें लगी थीं, वे उसने एक-एक करके अपने दाँतों में दबा लीं।

त्रिलोचन सुन्दर था। जब उसके दाढ़ी-मूँछ नहीं उगी थीं तो लोग उसे खुले केशों में देखकर धोखा खा जाते थे कि वह कोई कम उम्र की सुन्दर लड़की है। मगर अब बालों के इस ढेर ने उसके नैन-नक्श साड़ियों की तरह अन्दर छिपा लिए थे और इस बात को वह स्वयं भी जानता था। लेकिन वह धार्मिक प्रवृत्ति का एक सुशील युवक था। उसके दिल में धर्म के प्रति सम्मान था। वह नहीं चाहता था कि वह उन चीज़ों को अपने अस्तित्व से अलग कर दे, जिनसे उसके धर्म की पहचान होती थी।

जब दाढ़ी पूरी खुल गई और उसके सीने पर लटकने लगी तो उसने मोजेल से पूछा, 'यह तुम क्या कर रही हो?'

दाँतों में पिनें दबाए वह मुस्कराई, 'तुम्हारे बाल बहुत मुलायम हैं। मेरा अनुमान गलत था कि इनसे मेरा नेवी ब्ल्यू स्कर्ट साफ हो सकेगा। त्रिलोचन! तुम ये मुझे दे दो, मैं इन्हें गूँथकर अपने लिए एक फर्स्ट क्लास बटुआ बनवाऊँगी।'

अब त्रिलोचन की दाढ़ी में फिर चिनगारियाँ भड़कने लगीं। वह बड़े गम्भीर स्वर में मोजेल से बोला, 'मैंने आज तक कभी तुम्हारे मजहब का मज़ाक नहीं उड़ाया, तुम क्यों उड़ाती हो? देखो, किसी की धार्मिक भावना से खेलना अच्छा नहीं होता। मैं यह कभी बर्दाश्त न करता, सिर्फ इसलिए करता रहा कि मुझे तुमसे अथाह प्रेम है। क्या तुम्हें इसका पता नहीं?'

मोजेल ने त्रिलोचन की दाढ़ी से खेलना बन्द कर दिया और बोली, 'मुझे मालूम है।'

'फिर?' त्रिलोचन ने अपनी दाढ़ी के बाल बड़ी सफाई से तह किए और मोजेल के दाँतों से पिनें निकाल लीं। 'तुम अच्छी तरह जानती हो कि मेरा प्रेम बकवास नहीं—मैं तुमसे शादी करना चाहता हूँ।'

'मुझे मालूम है।' बालों को एक हल्का-सा झटका देकर वह उठी और दीवार से लटकी हुई तस्वीर की तरफ देखने लगी। 'मैं भी लगभग यही फैसला कर चुकी हूँ कि तुमसे शादी करूँगी।'

त्रिलोचन उछल पड़ा, 'सच?'

मोजेल के उन्नाबी होंठ बड़ी मोटी मुस्कराहट के साथ खुले और उसके सफेद मजबूत दाँत एक क्षण के लिए चमके। 'हाँ।'

त्रिलोचन ने अपनी आधी लिपटी दाढ़ी ही से उसको अपने सीने के साथ भींच लिया। 'तो...तो, कब?'

मोजेल अलग हट गई। 'जब तुम अपने ये बाल कटवा दोगे।'

त्रिलोचन उस समय 'जो हो सो हो' बन गया। उसने कुछ न सोचा और कह दिया, 'मैं कल ही कटवा दूँगा।'

मोजेल फर्श पर टेप डांस करने लगी। 'तुम बकवास करते हो त्रिलोचन! तुममें इतनी हिम्मत नहीं है।'

उसने त्रिलोचन के दिमाग से मजहब के रहे-सहे खयाल को बाहर निकाल फेंका। 'तुम देख लोगी।'

'देख लूँगी।' और वह तेजी से आगे बढ़ी। त्रिलोचन की मूँछों को चूमा और 'फूँ-फूँ' करती बाहर निकल गई।

त्रिलोचन ने रात-भर क्या सोचा और वह किन-किन यातनाओं से गुज़रा इसकी चर्चा व्यर्थ है, इसलिए दूसरे दिन उसने फोर्ट में अपने केश कटवा दिए और दाढ़ी भी मुड़वा दी। यह सब कुछ होता रहा और वह आँखें मींचे रहा। जब सारा मामला साफ हो गया तो उसकी आँखें खुलीं और वह देर तक अपनी शक्ल शीशे में देखता रहा, जिस पर बम्बई की सुन्दर से सुन्दर लड़की भी कुछ देर के लिए ध्यान देने पर मजबूर हो जाती।

इस समय भी त्रिलोचन वही एक विचित्र ठण्डक महसूस करने लगा, जो सैलून से बाहर निकलकर उसको लगी थी। उसने टैरेस पर तेज-तेज चलना शुरू कर दिया, जहाँ टंकियों और नलों की भरमार थी। वह चाहता था कि उस कहानी का शेष भाग उसके दिमाग में न आए, लेकिन वह आए बिना न रहा।

बाल कटवाकर वह पहले दिन घर से बाहर नहीं निकला। उसने अपने नौकर के हाथ दूसरे दिन एक चिट लिखकर मोजेल को भेजी कि उसकी तबीयब खराब है, थोड़ी देर के लिए आए। मोजेल आई। त्रिलोचन को बालों के बगैर देखकर पहले वह क्षण-भर ठिठकी, फिर 'माई डार्लिंग त्रिलोचन!' कहकर उसके साथ लिपट गई और उसका सारा चेहरा उन्नाबी कर दिया। उसने त्रिलोचन के साफ और मुलायम गालों पर हाथ फेरा, उसके छोटे अंग्रेज़ी किस्म के कटे हुए बालों में अपनी उंगलियों से कंघी की और अरबी भाषा में नारे लगाती रही। उसने इतना शोर मचाया कि उसकी नाक से पानी बहने लगा। मोजेल ने जब इसे महसूस किया तो उसने अपनी

स्कर्ट का घेरा उठाया और उसे पोंछना शुरू कर दिया। त्रिलोचन शरमा गया। उसने जब स्कर्ट नीची की तो उसने डपटते हुए कहा, 'नीचे कुछ पहन तो लिया करो।' मोजेल पर इसका कुछ असर नहीं हुआ। बासी और जगह-जगह से उखड़ी हुई लिपस्टिक लगे होठों से मुस्कराकर उसने केवल इतना ही कहा, 'मुझे बड़ी घबराहट होती है—ऐसे ही चलता है।'

त्रिलोचन को वह पहला दिन याद आ गया, जब वह और मोजेल दोनों टकरा गए थे और आपस में कुछ अजीब तरह गड्डमड्ड हो गए थे। मुस्कराकर उसने मोजेल को अपने सीने से लगाया। 'शादी कल होगी?'

'ज़रूर।' मोजेल ने त्रिलोचन की मुलायम ठोढ़ी पर अपने हाथ की पुश्त फेरी।

तय यह हुआ कि शादी पूने में हो। क्योंकि सिविल मैरिज थी, इसलिए उसको दस-पन्द्रह दिन का नोटिस देना था। अदालती कार्रवाई थी, इसलिए उचित समझा गया कि पूना बेहतर है, पास है और त्रिलोचन के वहाँ कई मित्र भी हैं। दूसरे दिन उन्हें प्रोग्राम के अनुसार पूना रवाना हो जाना था। मोजेल फोर्ट के एक स्टोर में सेल्सगर्ल थी, उससे कुछ दूरी पर टैक्सी स्टैण्ड था। बस, वहीं उसको मोजेल ने इन्तज़ार करने के लिए कहा था। निश्चित समय पर त्रिलोचन वहाँ पहुँच गया। डेढ़ घण्टा इन्तज़ार करता रहा, लेकिन वह न आई। दूसरे रोज उसे मालूम हुआ कि वह अपने एक पुराने मित्र के साथ, जिसने नई-नई मोटर खरीदी थी, देवलाली चली गई थी और अनिश्चित समय तक वहीं रहेगी।

त्रिलोचन पर क्या गुज़री, यह एक बड़ी लम्बी कहानी है। सार इसका यह है कि उसने जी कड़ा कर लिया और उसको भूल गया। इतने में उसकी मुलाकात कृपाल कौर से हो गई और वह उससे प्रेम करने लगा, और कुछ ही समय में उसने अनुभव किया कि मोजेल बहुत वाहियात लड़की थी, जिसके दिल के साथ पत्थर लगे हुए थे, जो चिड़े के समान एक जगह से दूसरी जगह फुदकता रहता था। उसे इस बात से बड़ा सन्तोष हुआ कि वह मोजेल से शादी करने की गलती न कर बैठा।

लेकिन इस पर भी कभी-कभी मोजेल की याद एक चुटकी की तरह उसके दिल को पकड़ लेती थी और फिर छोड़कर कुदकड़े लगाती गायब हो जाती थी, वह बेशरम थी, बेलिहाज थी। उसे किसी की भावनाओं का खयाल नहीं था, फिर भी वह त्रिलोचन को पसन्द थी। इसलिए वह कभी-कभी उसके बारे में सोचने पर मजबूर हो जाता था कि वह देवलाली में इतने दिनों से क्या कर रही है? उसी आदमी के साथ है, जिसने नई-नई कार खरीदी थी या उसे छोड़कर किसी दूसरे

के पास चली गई है? उसको इस विचार से दुख होता था कि वह उसके बजाय किसी दूसरे के पास थी, यद्यपि उसको मोजेल की प्रकृति का पूरा-पूरा ज्ञान था।

वह उस पर सैकड़ों नहीं, हज़ारों रुपए खर्च कर चुका था। लेकिन अपनी इच्छा से, वरना मोजेल महँगी नहीं थी। उसको बहुत सस्ती किस्म की चीज़ें पसन्द आती थीं। एक बार त्रिलोचन ने उसे सोने के टाप्स देने का इरादा किया जो उसे बहुत पसन्द थे, लेकिन उसी दुकान में मोजेल झूठे भड़कीले और बहुत सस्ते आवेजों पर मर मिटी और सोने के टाप्स छोड़कर त्रिलोचन से मिन्नतें करने लगी कि वह उन्हें खरीद दे।

त्रिलोचन अब तक न समझ सका कि मोजेल किस प्रकार की लड़की है। किस मिट्टी की बनी है। वह घण्टों उसके साथ लेटी रहती थी, उसको चूमने की इजाज़त देती थी। वह सारा का सारा साबुन की तरह उसके शरीर पर फिर जाता था, लेकिन इससे आगे वह उसको एक इन्च बढ़ने नहीं देती थी। उसको चिढ़ाने के लिए इतना कह देती थी, 'तुम सिख हो, मुझे तुमझे घृणा है।'

त्रिलोचन अच्छी तरह जानता था कि मोजेल को उससे घृणा नहीं थी। यदि ऐसा होता तो वह वह उससे कभी न मिलती। सहनशक्ति उसमें तनिक भी नहीं थी। वह कभी दो वर्ष उसके साथ न गुजारती। दो टूक फैसला कर देती। अण्डरवीयर उसको नापसन्द थे, इसलिए कि उनसे उसको उलझन होती थी। त्रिलोचन ने कई बार उसको इनकी अनिवार्यता के बारे में बताया था, शरम-हया का वास्ता दिया था, लेकिन उसने यह चीज़ कभी न पहनी।

त्रिलोचन जब उससे शरम-हया की बात करता तो वह चिढ़ जाती थी। 'यह हया-वया क्या बकवास है?—अगर तुम्हें उसका कुछ खयाल है तो आँखें बन्द कर लिया करो। तुम मुझे यह बताओ, कौन-सा ऐसा लिबास है, जिसमें आदमी नंगा नहीं हो सकता, या जिसमें से तुम्हारी नज़रें पार नहीं हो सकतीं, मुझसे ऐसी बकवास मत किया करो, तुम सिख हो—मुझे मालूम है कि तुम पतलून के नीचे एक सिली-सा अण्डरवीयर पहनते हो, जो निकर से मिलता-जुलता होता है। यह भी तुम्हारी दाढ़ी और सिर के बालों की तरह तुम्हारे मजहब में शामिल है—शरम आनी चाहिए तुम्हें, इतने बड़े हो गए हो और अब तक यही समझते हो कि तुम्हारा मजहब अण्डरवीयर में छिपा बैठा है।

त्रिलोचन को शुरू-शुरू में ऐसी बातें सुनकर क्रोध आया था लेकिन बाद में सोचने-विचारने पर वह कभी-कभी लुढ़क जाता और सोचता कि मोजेल की बातें शायद गलत नहीं हैं। और जब उसने अपने केशों और दाढ़ी का सफाया करा दिया

तो उसे सचमुच ऐसा लगा कि वह बेकार इतने दिन बालों का बोझ उठाए-उठाए फिरा, जिसका कुछ मतलब ही नहीं था।

पानी की टंकी के पास पहुँचकर त्रिलोचन रुक गया। मोजेल को एक मोटी गाली देकर उसने उसके बारे में सोचना बन्द कर दिया। कृपाल कौर एक पवित्र लड़की थी, जिससे उसको प्रेम हो गया था, और जो खतरे में थी। वह ऐसे मुहल्ले में थी, जिसमें कट्टर किस्म के मुसलमान रहते थे और वहाँ दो-तीन वारदातें भी हो चुकी थीं—लेकिन मुसीबत यह थी कि उस मुहल्ले में अड़तालीस घण्टे का कर्फ्यू था। मगर कर्फ्यू की कौन परवाह करता है? उस चाल के मुसलमान ही अगर चाहते तो अन्दर ही अन्दर कृपाल कौर और उसकी माँ तथा उसके बाप का बड़ी आसानी से सफाया कर सकते थे।

त्रिलोचन सोचता-सोचता पानी के मोटे नल पर बैठ गया। उसके सिर के बाल अब काफी लम्बे हो गए थे। उसको विश्वास था कि वे एक वर्ष के अन्दर-अन्दर पूरे केशों में बदल जाएंगे। उसकी दाढ़ी तेजी से बढ़ रही थी, किन्तु वह उसे बढ़ाना नहीं चाहता था। फोर्ट में एक बारबर था, वह इस सफाई से उसे तराशता था कि तराशी हुई दिखाई नहीं देती थी।

उसने अपने नरम और मुलायम बालों में उँगलियाँ फेरीं और एक ठण्डी साँस ली। उठने का इरादा कर ही रहा था कि उसे खड़ाऊँ की कर्कश आवाज़ सुनाई दी। उसने सोचा, कौन हो सकता है? बिल्डिंग में कई यहूदी औरतें थीं, जो सबकी सब घर में खड़ाऊँ पहनती थीं। आवाज़ और करीब आती गई। एकाएक उसने दूसरी टंकी के पास मोजेल को देखा, जो यहूदियों के विशेष ढंग का ढीला-ढाला कुर्ता पहने बड़े ज़ोर की अंगड़ाई ले रही थी—इस ज़ोर की कि त्रिलोचन को महसूस हुआ कि उसके आस-पास की हवा चटख जाएगी।

त्रिलोचन पानी के नल पर से उठा। उसने सोचा, यह एकाएक कहाँ से टपक पड़ी—और इस समय टैरेस पर क्या करने आई है? मोजेल ने एक और अंगड़ाई ली—अब त्रिलोचन की हड्डियाँ चटखने लगीं।

ढीले-ढाले कुर्ते में उसकी मजबूत छातियाँ धड़कीं—त्रिलोचन की आँखों के सामने कई गोल-गोल और चपटे-चपटे नील उभर आए। वह ज़ोर से खाँसा। मोजेल ने पलटकर उसकी ओर देखा। कुछ विशेष प्रतिक्रिया नहीं हुई। वह खड़ाऊँ घसीटती उसके पास आई और उसकी नन्ही-मुन्नी दाढ़ी देखने लगी, 'तुम फिर सिख बन गए, त्रिलोचन?'

दाढ़ी के बाल त्रिलोचन को चुभने लगे।

मोजेल ने आगे बढ़कर उसकी ठोढ़ी के साथ अपने हाथ की पुश्त रगड़ी और मुस्कराकर कहा, 'अब यह ब्रश इस योग्य है कि मेरी नेवी ब्ल्यू स्कर्ट साफ कर सके। मगर वह तो वहीं देवलाली में रह गई है।'

त्रिलोचन चुप रहा।

मोजेल ने उसकी बाँह की चुटकी ली। 'बोलते क्यों नहीं सरदार साहब?'

त्रिलोचन अपनी पुरानी मूर्खताओं को दोहराना नहीं चाहता था, फिर भी उसने सुबह के धुंधले अँधेरे में देखा कि मोजेल में कोई खास परिवर्तन नहीं हुआ था, सिर्फ वह कुछ कमज़ोर नज़र आती थी।

त्रिलोचन ने उससे पूछा, 'बीमार रही हो?'

'नहीं।' मोजेल ने अपने कटे हुए बालों को एक हल्का-सा झटका दिया।

'पहले से कमज़ोर दिखाई देती हो।'

'मैं डाइटिंग कर रही हूँ।' मोजेल पानी के मोटे नल पर बैठ गई और खड़ाऊँ फर्श के साथ बजाने लगी। 'तुम, मतलब यह कि अब फिर नए सिरे से सिख बन रहे हो?'

त्रिलोचन ने एक प्रकार की ढिठाई से कहा, 'हाँ।'

'मुबारक हो।' मोजेल ने एक खड़ाऊँ पैर से उतार ली और पानी के नल पर बजाने लगी। 'किसी और लड़की से प्रेम करना शुरू कर दिया है?'

त्रिलोचन ने धीमे से कहा, 'हाँ।'

'मुबारक हो—इसी बिल्डिंग की है कोई?'

'नहीं।'

'यह बहुत बुरी बात है।' मोजेल खड़ाऊँ अपनी उँगलियों में उड़सकर उठी। 'आदमी को हमेशा अपने पड़ोसियों का खयाल रखना चाहिए।'

त्रिलोचन चुप रहा। मोजेल ने उसकी दाढ़ी को अपनी पाँचों उँगलियों से छेड़ा। 'क्या उसी लड़की ने तुम्हें ये बाल बढ़ाने की राय दी है?'

'नहीं।'

त्रिलोचन बड़ी उलझन में था, जैसे कंघा करते-करते उसकी दाढ़ी के बाल आपस में उलझ गए हों। जब उसने 'नहीं' कहा तो उसके कहने में तीखापन था।

मोजेल के होंठों पर लिपस्टिक बासी गोश्त की तरह मालूम होती थी। वह

मुस्कराई तो त्रिलोचन को ऐसा लगा कि उसके गाँव में झटके की दुकान पर कसाई ने छुरी से गोश्त के दो टुकड़े कर दिए हों।

मुस्कराने के बाद वह हँसी। 'तुम अब यह दाढ़ी मुंड़ा डालो तो किसी-की भी कसम ले लो, मैं तुमसे शादी कर लूँगी।'

त्रिलोचन के जी में आई कि उससे कह दे कि वह एक बड़ी शरीफ, सुशील और लजीली क्वांरी लड़की से प्रेम कर रहा है और उससे ही शादी करेगा। मोजेल उसके मुकाबले में निर्लज्ज है, बदसूरत, बेवफा और कपटी है। लेकिन वह इस तरह का ओछा आदमी नहीं था। उसने मोजेल से केवल इतना ही कहा, 'मोजेल, मैं अपनी शादी का फैसला कर चुका हूँ। मेरे गाँव की एक सीधी-सादी लड़की है, जो मजहब की पाबन्द है। उसी के लिए मैंने बाल बढ़ाने का फैसला कर लिया है।'

मोजेल सोच-विचार की आदी नहीं थी; लेकिन उसने कुछ देर सोचा और खड़ाऊँ पर आधे दायरे में घूमकर त्रिलोचन से कहा, 'अगर वह मजहब की पाबन्द है तो वह तुम्हें कैसे स्वीकार करेगी? क्या उसे मालूम नहीं कि तुम एक बार अपने बाल कटवा चुके हो?'

'उसको अभी मालूम नहीं—दाढ़ी मैंने तुम्हारे देवलाली जाने के बाद ही बढ़ानी शुरू कर दी थी, केवल प्रायश्चित्त के रूप में। उसके बाद मेरी कृपाल कौर से मुलाकात हुई। लेकिन मैं पगड़ी इस तरह से बाँधता हूँ कि सौ में से एक ही आदमी मुश्किल से जान सकता है कि मेरे केश कटे हुए हैं। लेकिन अब ये बहुत जल्दी ठीक हो जाएँगे।' त्रिलोचन ने अपने मुलायम बालों में उँगलियों से कंघी करना शुरू की। 'यह बहुत अच्छा है—लेकिन ये कम्बख्त मच्छर यहाँ भी मौजूद हैं। देखो, किस ज़ोर से काटा है!'

त्रिलोचन ने दूसरी ओर देखना शुरू कर दिया। मोजेल ने उस जगह, जहाँ मच्छर ने काटा था, उँगली से थूक लगाया और कुर्ता छोड़कर सीधी खड़ी हो गई। 'कब हो रही है तुम्हारी शादी?'

'अभी कुछ पता नहीं।' यह कहकर त्रिलोचन चिन्तित हो गया।

कुछ देर तक चुप्पी रही, फिर मोजेल ने उसकी चिन्ता का अनुमान लगाकर बड़ी गम्भीरता से पूछा, 'त्रिलोचन, तुम क्या सोच रहे हो?'

त्रिलोचन को उस समय किसी हितैषी की जरूरत थी, चाहे वह मोजेल ही क्यों न हो। इसलिए उसने उसको सारा किस्सा सुना दिया। मोजेल हँसी, 'तुम अव्वल दर्जे के ईडियट हो। जाओ, उसको ले आओ, ऐसी क्या मुश्किल है?'

'मुश्किल! मोजेल, तुम इस मामले की नजाकत को कभी नहीं समझ सकतीं—किसी भी मामले की नजाकत को समझने के लिए तुम बहुत ही छिछली लड़की हो। यही वजह है कि मेरे और तुम्हारे सम्बन्ध टूट गए, जिसका मुझे सारी उम्र अफसोस रहेगा।'

मोजेल ने ज़ोर से अपनी खड़ाऊँ पानी के नल के साथ मारी, 'अफसोस...बी डेम्ड...सिली, ईडियट! तुम यह सोचो कि तुम्हारी उसको...क्या नाम है उसका...उस मुहल्ले से बचा लाना कैसे हो...और तुम बैठ गए हो सम्बन्धों का रोना रोने... तुम्हारे-मेरे सम्बन्ध कभी बने नहीं रह सकते थे...तुम एक सिली किस्म के आदमी हो...और बहुत डरपोक! मुझे निडर आदमी चाहिए...लेकिन छोड़ो इन बातों को...चलो, आओ, तुम्हारी उसको ले आएँ।'

उसने त्रिलोचन की बाँह पकड़ ली। त्रिलोचन ने घबराहट में उससे पूछा, 'कहाँ से?'

'वहीं से, जहाँ वह है। मैं उस मुहल्ले की एक-एक ईंट को जानती हूँ—चलो, आओ मेरे साथ।'

'मगर सुनो तो—कर्फ्यू है।'

'मोजेल के लिए नहीं—चलो, आओ।'

वह त्रिलोचन को खींचती उस दरवाज़े तक ले गई, जो नीचे सीढ़ियों की ओर खुलता था। दरवाज़ा खोलकर वह उतरने वाली थी कि रुक गई और त्रिलोचन की दाढ़ी की ओर देखने लगी।

त्रिलोचन ने पूछा, 'क्या बात है?'

मोजेल ने कहा, 'यह तुम्हारी दाढ़ी...लेकिन, खैर, ठीक है। इतनी बड़ी नहीं है—नंगे सिर चलोगे तो कोई नहीं समझेगा कि तुम सिख हो।'

'नंगे सिर?' त्रिलोचन ने कुछ बौखलाकर कहा, 'मैं नंगे सिर नहीं जाऊँगा।'

मोजेल ने बड़ी भोली सूरत बनाकर पूछा, 'क्यों?'

त्रिलोचन ने अपने बालों की एक लट ठीक की और बोला, 'तुम समझती नहीं हो। मेरा वहाँ पगड़ी के बिना जाना ठीक नहीं।'

'क्यों ठीक नहीं?'

'तुम समझती क्यों नहीं हो उसने अभी तक मुझे नंगे सिर नहीं देखा—वह यही समझती है कि मेरे केश हैं। मैं उसे यह भेद नहीं जानने देना चाहता।'

मोजेल ने ज़ोर से अपनी खड़ाऊँ दरवाज़े की दहलीज पर मारी, 'तुम सचमुच अव्वल दर्जे के ईडियट हो...गधे कहीं के! उसकी ज़िन्दगी का सवाल है—क्या नाम है तुम्हारी उस कौर का, जिससे तुम प्रेम करते हो?'

त्रिलोचन ने उसे समझाने की कोशिश की, 'मोजेल, वह बड़ी धार्मिक प्रवृत्ति की लड़की है—अगर उसने मुझे नंगे सिर देख लिया तो मुझसे नफरत करने लगेगी।'

मोजेल चिढ़ गई। 'ओह, तुम्हारा प्रेम बी डेम्ड—मैं पूछती हूँ, क्या सारे सिख तुम्हारी तरह के बेवकूफ होते हैं?—उसकी जान खतरे में है और तुम कहते हो कि पगड़ी ज़रूर पहनोगे और शायद अपना अण्डरवीयर भी, जो निकर से मिलता-जुलता है!'

त्रिलोचन ने कहा, 'वह तो मैं हर वक्त पहने रहता हूँ।'

'बहुत अच्छा करते हो लेकिन अब तुम यह सोचो कि मामला उस मुहल्ले का है, जहाँ मियाँ भाई ही मियाँ भाई रहते हैं, और वह भी बड़े-बड़े दादा। तुम पगड़ी पहनकर गए तो वहीं कत्ल कर दिए जाओगे?'

त्रिलोचन ने संक्षिप्त-सा उत्तर दिया, 'मुझे उसकी परवाह नहीं। अगर मैं तुम्हारे साथ वहाँ जाऊँगा तो पगड़ी पहनकर जाऊँगा। मैं अपने प्रेम को खतरे में डालना नहीं चाहता।'

मोजेल झुँझला गई। उसमें इस ज़ोर से उफान आया कि उसकी छातियाँ आपस में भिड़भिड़ा गईं। 'गधे कहीं के! तुम्हारा प्रेम ही कहाँ रहेगा जब तुम न रहोगे। तुम्हारी वह...क्या नाम है उस भंड़वी का...जब वह न रहेगी, उसका परिवार तक न रहेगा। तुम सिख हो...खुदा की कसम, तुम सिख हो और बड़े ईडिएट हो।'

त्रिलोचन भिन्ना गया। 'बकवास न करो।'

मोजेल ज़ोर से हँसी और उसने अपनी नरम रोएंदार बाँहें उसके गले में डाल दीं और थोड़ा-सा झूलकर बोली, 'डार्लिंग, चलो, जैसी तुम्हारी मर्ज़ी। आओ, पगड़ी पहन आओ; मैं नीचे बाज़ार में खड़ी हूँ।'

यह कहकर वह नीचे जाने लगी। त्रिलोचन ने उसे रोका, 'तुम कपड़े नहीं पहनोगी?'

मोजेल ने अपने सिर को झटका दिया। 'नहीं...चलेगा इसी तरह।' यह कहकर वह खट-खट करती नीचे उतर गई। त्रिलोचन निचली मंजिल की सीढ़ियों पर भी उसकी खड़ाऊँओं की आवाज़ सुनता रहा। फिर उसने अपने लम्बे बाल उँगलियों से पीछे की तरह समेटे और नीचे उतरकर अपने फ्लैट में चला गया। जल्दी-जल्दी

उसने कपड़े बदले। पगड़ी बँधी-बँधाई रखी थी, उसे अच्छी तरह सिर पर जमाया और फ्लैट के दरवाज़े में कुँजी घुमाकर नीचे उतर गया।

बाहर फुटपाथ पर मोजेल अपनी तगड़ी टाँगें चौड़ी किए सिगरेट पी रही थी, बिलकुल पुरुषों की तरह। जब त्रिलोचन उसके पास पहुँचा तो उसने शरारत से मुँह भरकर धुआँ उसके मुँह पर दे मारा। त्रिलोचन ने गुस्से में कहा, 'तुम बहुत जलील हो।'

मोजेल मुस्कराई। 'यह तुमने कोई नई बात नहीं कही...इससे पहले मुझे और भी कई लोग जलील कह चुके हैं।' फिर उसने त्रिलोचन की पगड़ी की ओर देखा। 'यह पगड़ी तुमने सचमुच अच्छी तरह बाँधी है। ऐसा मालूम होता है, तुम्हारे केश हैं।'

बाज़ार बिल्कुल सुनसान था, केवल हवा चल रही थी और वह भी बहुत धीरे-धीरे, जैसे वह भी कर्फ्यू से डरती हो। बत्तियाँ जल रही थीं, लेकिन उनका प्रकाश बीमार-सा मालूम होता था। आम तौर पर इस समय ट्रेनें चलनी शुरू हो जाती थीं और लोगों का आवागमन भी शुरू हो जाता था। अच्छी-खासी चहल-पहल हो जाती थी; लेकिन अब ऐसा मालूम होता था कि सड़क पर से न कोई आदमी गुज़रा है और न गुज़रेगा।

मोजेल आगे-आगे थी। फुटपाथ के पत्थरों पर उसकी खड़ाऊँ खट-खट कर रही थी। यह आवाज़ उस निस्तब्ध वातावरण में एक बहुत बड़ा शोर थी। त्रिलोचन दिल ही दिल में मोजेल को बुरा-भला कह रहा था कि दो मिनट में और कुछ नहीं तो अपनी बेहूदा खड़ाऊँ उतारकर कोई और चीज़ पहन सकती थी। उसने चाहा कि मोजेल से कहे, खड़ाऊँ उतार दो और नंगे पाँव चलो मगर उसे विश्वास था कि वह कभी नहीं मानेगी, इसलिए चुप रहा।

त्रिलोचन बहुत डरा हुआ था, कोई पत्ता भी खड़कता तो उसका दिल धक् से रह जाता; लेकिन मोजेल सिगरेट का धुआँ उड़ाती बिलकुल निडरता से चली जा रही थी, मानो बेफिक्री से चहलकदमी कर रही हो।

चौक में पहुँचे तो पुलिस मैन की आवाज़ गरजी, 'ऐ, किधर जा रहा है?'

त्रिलोचन डर गया। मोजेल आगे बढ़ी और पुलिस मैन के पास पहुँच गई और अपने बालों को एक हल्का-सा झटका देकर कहा, 'ओह, तुम, हमको पहचाना नहीं? तुमने...मोजेल...' फिर उसने एक गली की तरफ इशारा किया, 'उधर, उस बाजू हमारा बहन रहता है, उसकी तबीयत खराब है...डाक्टर लेकर जा रहा है।'

सिपाही उसे पहचानने की कोशिश कर रहा था कि उसने न जाने कहाँ से सिगरेट की डिबिया निकाली और एक सिगरेट निकालकर उसको दिया। 'लो, पियो!'

सिपाही ने सिगरेट ले लिया। मोजेल ने अपने मुँह से सुलगा हुआ सिगरेट निकाला और उसने कहा, 'हीयर इज लाइट।'

सिपाही ने सिगरेट का कश लिया, मोजेल ने दाईं आँख उसको और बाईं आँख त्रिलोचन को मारी और खट-खट करती उस गली की ओर चल दी, जिसमें से गुज़रकर उन्हें मुहल्ले में जाना था।

त्रिलोचन चुप था, लेकिन वह महसूस कर रहा था कि मोजेल कर्फ्यू की अवज्ञा करके एक विचित्र प्रकार की प्रसन्नता का अनुभव कर रही है। खतरों से खेलना उसे पसन्द था। जब वह जुहू पर उसके साथ जाती थी तो उसके लिए एक मुसीबत बन जाती थी। समुद्र की बड़ी-बड़ी लहरों से टकराती-भिड़ती वह दूर तक निकल जाती थी और उसको हमेशा इस बात का धड़का रहता था कि कहीं वह डूब न जाए। जब वापस आती तो उसका शरीर नीलों और घावों से भरा होता था, और उसे इसकी कोई परवाह नहीं होती थी।

मोजेल आगे-आगे थी और त्रिलोचन उसके पीछे-पीछे डर-डर के इधर-उधर देखता चल रहा था कि कहीं उसकी बगल में से कोई छुरीमार न निकल आए।

सहसा मोजेल रुक गई। जब त्रिलोचन पास आया तो उसने उसे समझाने के स्वर में कहा, 'डियर त्रिलोचन, इस तरह डरना अच्छा नहीं। तुम डरोगे तो ज़रूर कुछ न कुछ होके रहेगा। सच कहती हूँ, यह मेरी आजमाई हुई बात है।'

त्रिलोचन चुप रहा।

जब वे उस गली को पार करके दूसरी गली में पहुँचे, जो उस मुहल्ले की ओर निकलती थी, जिसमें कृपाल कौर रहती थी तो मोजेल चलते-चलते एकदम रुक गई, कुछ दूरी पर बड़े इतमीनान से एक मारवाड़ी की दुकान लूटी जा रही थी। एक क्षण के लिए उसने मामले को समझने की कोशिश की और त्रिलोचन से कहा, 'कोई बात नहीं—चलो, आओ।'

दोनों चलने लगे। एक आदमी, जो सिर पर बहुत बड़ी परात उठाए चला आ रहा था, त्रिलोचन से टकरा गया। परात गिर गई। उस आदमी ने ध्यान से त्रिलोचन की ओर देखा। साफ मालूम होता था कि वह सिख है। उस आदमी ने जल्दी से अपने नेफे में हाथ डाला कि मोजेल आ गई लड़खड़ाती हुई, मानो नशे में चूर हो। उसने ज़ोर से उस आदमी को धक्का दिया और नशीले स्वर में कहा, 'ऐ, क्या करता है—अपने भाई को मारता है! हम इससे शादी बनाने को मांगता है!' फिर त्रिलोचन की ओर मुड़ी। 'करीम, उठाओ यह परात और रख दो इसके सिर पर।'

उस आदमी ने नेफे से अपना हाथ हटा लिया और ललचाई नज़रों से मोजेल की ओर देखा। फिर आगे बढ़कर अपनी कोहनी से उसकी छातियों में एक टहोका दिया। 'ऐश कर साली, ऐश कर।' फिर उसने परात उठाई और यह जा, वह जा।

त्रिलोचन बड़बड़ाया, 'हरामजादे ने कैसी जलील हरकत की!' मोजेल ने अपनी छातियों पर हाथ फेरा। 'कोई जलील हरकत नहीं, सब चलता है। आओ।'

और वह तेज-तेज चलने लगी। त्रिलोचन ने भी कदम तेज कर दिए।

वह गली पार करके वे दोनों उस मुहल्ले में पहुँच गए, जहाँ कृपाल कौर रहती थी। मोजेल ने पूछा, 'किस गली में जाना है?'

त्रिलोचन ने धीरे-से कहा, 'तीसरी गली में, नुक्कड़ वाली बिल्डिंग।'

मोजेल ने उसी ओर चलना शुरू कर दिया। उस ओर बिलकुल निस्तब्धता थी। आसपास इतनी घनी आबादी थी, लेकिन किसी बच्चे तक के रोने की आवाज़ सुनाई नहीं देती थी।

जब वे उस गली के पास पहुँचे तो कुछ गड़बड़ दिखाई दी। एक आदमी बड़ी तेजी से इस किनारे वाली बिल्डिंग में घुस गया। इस बिल्डिंग से थोड़ी देर के बाद तीन आदमी निकले। फुटपाथ पर उन्होंने इधर-उधर देखा और बड़ी फुर्ती से दूसरी बिल्डिंग में चले गए। मोजेल ठिठक गई। उसने त्रिलोचन को इशारा किया कि अँधेरे में हो जाए, फिर उसने धीमे से कहा, 'त्रिलोचन डियर, यह पगड़ी उतार दो।'

त्रिलोचन ने जवाब दिया, 'मैं यह किसी सूरत में भी नहीं उतार सकता।'

मोजेल झुंझला गई। 'तुम्हारी मर्जी, लेकिन तुम देखते नहीं, सामने क्या हो रहा है?'

सामने जो कुछ हो रहा था, दोनों की आँखों के सामने था—साफ गड़बड़ हो रही थी और बड़ी रहस्यमय ढंग की। बाएँ हाथ की बिल्डिंग से जब दो आदमी अपनी पीठ पर बोरियाँ उठाए निकले तो मोजेल सारी की सारी काँप गई। उनमें से कुछ गाढ़ी-गाढ़ी तरल चीज़ टपक रही थी। मोजेल अपने होंठ काटने लगी। शायद वह कुछ सोच रही थी। जब वे दोनों आदमी गली के दूसरे सिरे पर पहुँचकर गायब हो गए तो उसने त्रिलोचन से कहा, 'देखो ऐसा करो—मैं भागकर नुक्कड़ वाली बिल्डिंग में जाती हूँ, तुम मेरे पीछे आना, बड़ी तेजी से, जैसे तुम मेरा पीछा कर रहे हो, समझे? मगर यह सब एकदम जल्दी-जल्दी में हो।'

मोजेल ने त्रिलोचन के जवाब की प्रतीक्षा न की और नुक्कड़ वाली बिल्डिंग

की ओर खड़ाऊँ खटखटाती हुई तेजी से भागी। त्रिलोचन भी उसके पीछे दौड़ा। कुछ ही क्षणों में वे बिल्डिंग के अन्दर थे। सीढ़ियों के पास त्रिलोचन हाँफ रहा था, मगर मोजेल बिलकुल ठीक-ठाक थी। उसने त्रिलोचन से पूछा, 'कौन-सा माला?'

त्रिलोचन ने अपने सूखे होंठ पर जीभ भेरी। 'दूसरा।'

'चलो।'

यह कहकर यह खट-खट सीढ़ियाँ चढ़ने लगी। त्रिलोचन उसके पीछे हो लिया। सीढ़ियों पर खून के बड़े-बड़े धब्बे पड़े हुए थे। उनको देख-देखकर उसका खून सूख रहा था।

दूसरे माले पर पहुँचे तो कारीडोर में कुछ दूर जाकर त्रिलोचन ने धीमे से एक दरवाज़े को खटखटाया। मोजेल दूर सीढ़ियों के पास खड़ी रही।

त्रिलोचन ने एक बार फिर से दरवाज़ा खटखटाया और उसके साथ मुँह लगाकर आवाज़ दी, 'महंगासिंह जी, महंगासिंह जी!'

अन्दर से बारीक-सी आवाज़ आई, 'कौन!'

'त्रिलोचन'

दरवाज़ा धीरे से खुला। त्रिलोचन ने मोजेल को इशारा किया। वह लपककर आई। दोनों अन्दर चले गए। मोजेल ने अपनी बगल में एक दुबली-पतली लड़की को देखा, जो बहुत ही भयभीत थी। मोजेल ने उसे एक क्षण के लिए ध्यान से देखा। पतले-पतले नक्श थे। नाक बहुत ही प्यारी थी, लेकिन जुकाम से ग्रस्त। मोजेल ने उसे अपने चौड़े-चकले सीने से लगाया और अपने ढीले-ढाले कुर्ते का पल्ला उठाकर उसकी नाक पोंछी।

त्रिलोचन लाल पड़ गया।

मोजेल ने कृपाल कौर से बड़े स्नेह से कहा, 'डरो नहीं, त्रिलोचन तुम्हें लेने आया है।'

कृपाल कौर ने त्रिलोचन की ओर अपनी सहमी हुई आँखों से देखा और मोजेल से अलग हो गई।

त्रिलोचन ने उससे कहा, 'सरदार साहब से कहो कि जल्दी तैयार हो जाएँ, और माताजी से भी—लेकिन जल्दी करो।'

इतने में ऊपर की मंजिल से ज़ोर-ज़ोर की आवाज़ें आने लगीं, जैसे कोई चीख-चिल्ला रहा हो और धींगा-मुश्ती हो रही हो।

कृपाल कौर के मुँह से हल्की-सी चीख निकल गई। 'उसे पकड़ लिया उन्होंने!'

त्रिलोचन ने पूछा, 'किसे?'

कृपाल कौर उत्तर देने ही वाली थी कि मोजेल ने उसको बाँह से पकड़ा और घसीटकर एक कोने मे ले गई। 'पकड़ लिया तो अच्छा हुआ। तुम ये कपड़े उतार दो।'

कृपाल कौर अभी कुछ सोचने भी न पाई थी कि मोजेल ने पलक झपकते में उसकी कमीज़ उतारकर एक तरफ रख दी। कृपाल कौर ने अपनी बाँहों में अपने नंगे शरीर को छिपा लिया तथा और भयभीत हो गई। त्रिलोचन ने मुँह दूसरी ओर फेर लिया। मोजेल ने अपना ढीला-ढाला कुर्ता उतारकर उसे पहना दिया, और स्वयं नंग-धड़ंग हो गई। फिर जल्दी-जल्दी उसने कृपाल कौर का नाड़ा ढीला किया और उसकी सलवार उतारकर त्रिलोचन से बोली, 'जाओ, इसे ले जाओ—लेकिन ठहरो!'

यह कहकर उसने कृपाल कौर के बाल खोल दिए और उससे कहा, 'जाओ—जल्दी निकल जाओ।'

त्रिलोचन ने उससे कहा, 'आओ।' लेकिन फिर तुरन्त ही रुक गया। पलटकर उसने मोजेल की ओर देखा, जो धुले हुए दीदे की तरह नंगी खड़ी थी। उसकी बाँहों पर महीन-महीन बाल सरदी के कारण जागे हुए थे।

'तुम जाते क्यों नहीं?' मोजेल के स्वर में चिड़चिड़ापन था।

त्रिलोचन ने धीमे से कहा, 'इसके माँ-बाप भी तो हैं।'

'जहन्नुम में जाएँ वे—तुम इसे ले जाओ।'

'और तुम?'

'मैं आ जाऊँगी।'

एकदम ऊपर की मंज़िल से कई आदमी धड़ाधड़ नीचे उतरने लगे और फिर दरवाज़े पर आकर उन्होंने उसे कूटना शुरू कर दिया, जैसे वे उसे तोड़ ही डालेंगे।

कृपाल कौर की अँधी माँ और उसका अपाहिज बाप दूसरे कमरे में पड़े कराह रहे थे।

मोजेल ने कुछ सोचा और बालों को एक हल्का-सा झटका देकर त्रिलोचन से कहा, 'सुनो, अब सिर्फ एक ही तरकीब मेरी समझ में आती है। मैं दरवाज़ा खोलती हूँ...'

कृपाल कौर के सूखे कण्ठ से चीख निकलते-निकलते रहे गई, 'दरवाज़ा!'

मोजेल त्रिलोचन की ओर मुँह किए कहती रही, 'मैं दरवाज़ा खोलकर बाहर निकलती हूँ—तुम मेरे पीछे भागना। मैं ऊपर चढ़ जाऊँगी और तुम भी ऊपर चले आना। ये लोग जो दरवाज़ा तोड़ रहे हैं, सब कुछ भूल जाएँगे और हमारे पीछे चले आएँगे।'

त्रिलोचन ने पूछा, 'फिर?'

मोजेल ने कहा, 'यह तुम्हारी—क्या नाम है इसका—मौका पाकर निकल जाए। इस वेश में इसे कोई कुछ नहीं कहेगा।'

त्रिलोचन ने जल्दी-जल्दी कृपाल को सारी बात समझा दी। मोजेल ज़ोर से चिल्लाई। दरवाज़ा खोला और धड़ाम से बाहर लोगों पर जा गिरी। सब बौखला गए। उठकर वह ऊपर सीढ़ियों की ओर लपकी। त्रिलोचन उसके पीछे भागा। सब एक ओर हट गए।

मोजेल अंधाधुंध सीढ़ियाँ चढ़ रही थी—खड़ाऊँ उसके पैरों में थी। वे लोग, जो दरवाज़ा तोड़ने की कोशिश कर रहे थे, सम्भलकर उनके पीछे दौड़े। एकाएक मोजेल का पाँव फिसल गया और ऊपर के जीने से वह कुछ इस तरह लुढ़की कि हर पथरीले जीने से टकराती, लोहे के जंगले से उलझती नीचे आ गिरी—पथरीले फर्श पर।

त्रिलोचन एकदम नीचे उतरा। झूलकर उसने देखा तो उसके नाक से खून बह रहा था, मुँह से खून बह रहा था कानों से खून निकल रहा था। वे जो दरवाज़ा तोड़ने आए थे, इर्द-गिर्द जमा हो गए। किसी ने भी नहीं पूछा कि क्या हुआ। सब चुप थे और मोजेल के नंगे शरीर को देख रहे थे, जिस पर जगह-जगह खराशें पड़ी थीं।

त्रिलोचन ने उसकी बाँह हिलाई और आवाज़ दी, 'मोजेल-मोजेल!'

मोजेल ने अपनी बड़ी-बड़ी यहूदी आँखें खोलीं, जो बीर बहूटी की तरह लाल हो रही थीं और मुस्कराई। त्रिलोचन ने अपनी पगड़ी उतारी और खोलकर उसका नंगा शरीर ढक दिया। मोजेल फिर मुस्कराई और आँख मारकर मुँह से खून के बुलबुले छोड़ती हुई त्रिलोचन से बोली, 'जाओ, देखो मेरा अण्डरवीयर वहाँ है कि नहीं। मेरा मतलब है कि वह...'

त्रिलोचन उसका मतलब समझ गया, लेकिन उसने उठना न चाहा। इस पर मोजेल ने क्रोध से कहा, 'तुम सचमुच सिख हो...जाओ, देखकर आओ।'

त्रिलोचन उठकर कृपाल कौर के फ्लैट की ओर चला गया। मोजेल ने अपनी

धुंधली है आँखों से अपने आसपास खड़े लोगों की ओर देखा और कहा, 'यह मियाँ भाई...लेकिन बहुत दादा किस्म का...मैं इसे सिख कहा करती हूँ।'

त्रिलोचन वापस आ गया। उसने आँखों ही आँखों में मोजेल को बता दिया कि कृपाल कौर जा चुकी है। मोजेल ने संतोष की साँस ली—लेकिन ऐसा करने से बहुत-सा खून उसके मुँह से बह निकला और 'डैम्इट...' यह कहकर उसने अपनी रोयेंदार कलाई से अपना मुँह पोंछा और त्रिलोचन की ओर देखकर बोली, 'आल राइट डार्लिंग—बाई-बाई।'

त्रिलोचन ने कुछ कहना चाहा, लेकिन शब्द उसके कण्ठ में ही अटक गए।

मोजेल ने अपने शरीर से त्रिलोचन की पगड़ी हटाई। 'ले जाओ इसको, अपने इस मजहब को।' और उसकी बाँह उसकी मजबूत छातियों पर निर्जीव होकर गिर पड़ी।

• • • • • •

नंगी आवाज़ें

भोलू और गामा दो भाई थे। बेहद मेहनती। भोलू कलईगर था। सुबह धौंकनी सिर पर रखकर निकलता और दिन-भर शहर की गलियों में, 'बर्तन कलई करा लो' की आवाज़ें लगाता रहता था। शाम को घर लौटता तो उसकी तहमद की टेंट में तीन-चार रुपए की रेज़गारी ज़रूर होती।

गामा खोंचा लगाता था। उसको भी दिन-भर छाबड़ी सिर पर उठाए घूमना पड़ता था। तीन-चार रुपए वह भी कमा लेता था; पर उसे शराब की लत थी। शाम को खाना खाने से पहले दीने के भटियारखाने में रौनक हो जाती। सबको मालूम था कि वह पीता है और इसी के सहारे जीता है।

भोलू ने गामा को, जो उससे दो साल बड़ा था, बहुत समझाया कि देखो, यह शराब की लत बहुत बुरी है; शादीशुदा हो; बेकार पैसे बरबाद करते हो; यही जो तुम रोज़ एक पाव शराब पर खर्च करते हो, बचाकर रखो तो भाभी ठाठ से रहा करे; नंगी-बुच्ची अच्छी लगती है, तुम्हें अपनी घरवाली?...गामा इस कान सुनता उस कान उड़ा देता। भोलू जब थक-हार गया, तो उसने कहना-सुनना ही छोड़ दिया।

दोनों शरणार्थी थे। एक बड़ी बिल्डिंग के साथ नौकरों के क्वार्टर थे। इनपर, जहाँ औरों ने कब्जा जमा रखा था, वहाँ इन दोनों भाइयों ने भी एक क्वार्टर को, जो दूसरी मंज़िल पर था, अपने रहने के लिए कब्ज़े में कर रखा था।

सर्दियाँ आराम से कट गईं। गर्मियाँ आईं तो गामा को बहुत तकलीफ हुई। भोलू तो ऊपर कोठे पर खाट बिछाकर सो जाता, पर गामा क्या करता? बीवी थी और ऊपर पर्दे का कोई बन्दोबस्त ही न था। एक गामा ही को यह तकलीफ न थी, उन क्वार्टरों में जो भी शादीशुदा था, इसी मुसीबत में फँसा था।

कल्लन को एक बात सूझी। उसने कोठे पर कोने में, अपनी और अपनी

बीवी की चारपाई के इर्द-गिर्द, टाट तान दिया। इस तरह पर्दे का इन्तज़ाम हो गया। कल्लन की देखा-देखी दूसरों ने भी इस तरकीब से काम लिया। भोलू ने भाई की मदद की और कुछ ही दिनों में बाँस वगैरा लगाकर, टाट और कम्बल जोड़कर, पर्दे का इन्तज़ाम कर दिया। यों हवा तो रुक जाती थी, पर नीचे क्वार्टर के नरक से हर हालत में यह जगह अच्छी थी।

ऊपर कोठे पर सोने से भोलू की तबीयत में एक अजीब बदलाव आ गया। वह शादी-ब्याह का बिलकुल कायल नहीं था। उसने मन में ठान रखी थी कि यह जंजाल कभी नहीं पालेगा। जब कभी गामा उसके ब्याह की बात छेड़ता तो वह कहा करता, 'ना भाई, मैं यह जंजाल नहीं पालना चाहता। अपने शरीर पर जोंकें नहीं लगवाना चाहता।' लेकिन जब गर्मियाँ आईं और उसने ऊपर खाट बिछाकर सोना शुरू किया तो दस-पन्द्रह दिन ही में उसके विचार बदल गए। एक शाम को दीने के भटियारखाने में उसने अपने भाई से कहा, 'मेरी शादी कर दो, नहीं तो मैं पागल हो जाऊँगा।'

गामा ने जब यह सुना तो उसने कहा, 'यह क्या मज़ाक सूझा है तुम्हें?'

भोलू बहुत गम्भीर हो गया। बोला, 'तुम्हें नहीं मालूम...पन्द्रह रातें हो गई हैं मुझे जागते हुए।'

'क्यों, क्या हुआ?' गामा ने पूछा।

'कुछ नहीं यार...दाएँ-बाएँ जिधर नज़र डालो, कुछ न कुछ हो रहा होता है...अजीब-अजीब आवाज़ें आती हैं। नींद क्या आएगी, खाक!'

गामा ज़ोर से अपनी घनी मूँछों में हँसा।

भोलू शरमा गया। फिर बोला, 'वह जो कल्लन है, उसने तो हद ही कर दी...साला रात-भर बकवास करता रहता है...साली उसकी बीवी की जबान तालू से नहीं लगती...बच्चे रो रहे हैं, पर वह...''

गामा हमेशा की तरह नशे में था। भोलू चला गया तो उसने दीने के भटियारखाने में अपने सब याद-दोस्तों को चहक-चहककर बताया कि उसके भाई को आजकल नींद नहीं आती। इसकी वजह जब उसने अपने खास अन्दाज में बयान की तो सुनने वालों के पेट में हँसते-हँसते बल पड़ गए। जब वे लोग भोलू से मिले तो उन्होंने उसका खूब मजाक उड़ाया। कोई उससे पूछता, 'हाँ भाई, कल्लन अपनी जोरू से क्या बातें करता है?' कोई कहता, 'यार, मुफ्त में मजे लेते हो...सारी रात फिल्में देखते रहते हो...सौ फीसदी बोलती-गाती।'...कुछ ने उससे गन्दे-गन्दे मज़ाक किए। भोलू बेतरह चिढ़ गया।

दूसरे दिन उसने गामा को उस वक्त पकड़ा, जब वह नशे में नहीं था और बोला, 'तुमने तो यार, मेरा मज़ाक बना दिया है।...देखो, जो कुछ मैंने तुमसे कहा है, झूठ नहीं है। मैं भी इन्सान हूँ। खुदा की कसम, मुझे नींद नहीं आती। आज भी बीस दिन हो गए हैं मुझे जागते हुए...तुम मेरी शादी का बन्दोबस्त कर दो, नहीं तो, कसम खुदा की, कसम पंजतन पाक की, मेरा खाना-खराब हो जाएगा। भाभी के पास मेरा पाँच सौ रुपया जमा है...जल्दी कर दो बन्दोबस्त!'

गामा ने मूँछ मरोड़कर पहले कुछ सोचा, फिर कहा, 'अच्छा, हो जाएगा बन्दोबस्त। तुम्हारी भाभी से आज ही बात करता हूँ कि वह अपनी मिलने-जुलने वालियों से पूछताछ करे।'

डेढ़ महीने के अन्दर-अन्दर बात पक्की हो गई। समद कलईगर की लड़की आयशा गामा की बीवी को बहुत पसन्द आई। खूबसूरत थी, घर का कामकाज जानती थी। वैसे समद भी भला आदमी था। मुहल्ले वाले उसकी इज़्ज़त करते थे। भोलू मेहनती था, तन्दुरुस्त था। जून के महीने में ही शादी की तारीख पक्की हो गई। समद ने बहुत कहा कि वह इतनी गर्मियों में लड़की नहीं ब्याहेगा, पर गामा ने जब बहुत ज़ोर दिया, तब वह मान गया।

शादी से चार दिन पहले भोलू ने अपनी दुलहन के लिए ऊपर कोठे पर टाट के पर्दे का बन्दोबस्त किया। बाँस बड़ी मजबूती से चारपाइयों के पायों से बाँधे। टाट खूब कसकर लगाए। चारपाइयों पर नए खेस बिछाए। नई सुराही मुण्डेर पर रखी। शीशे का गिलास बाज़ार से खरीद लाया। सब काम उसने बड़े शौक से किए।

रात को जब वह टाट के पर्दे में घिरकर सोया तो उसको अजीब-सा लगा। वह खुली हवा में सोने का आदी था, पर अब उसको बिलकुल उलटी आदत डालनी थी। यही वजह थी कि शादी से चार दिन पहले ही उसने यों सोना शुरू कर दिया था। पहली रात जब वह लेटा और उसने अपनी बीवी के बारे में सोचा तो वह पसीने से तरबतर हो गया। उसके कानों में वे आवाज़ें गूँजने लगीं, जो उसे सोने नहीं देती थीं और दिमाग में तरह-तरह के परेशान खयाल दौड़ाती थीं।

'क्या हम भी ऐसी ही आवाज़ें पैदा करेंगे?...क्या आसपास के लोग हमारी आवाज़ें भी सुनेंगे?...क्या वे मेरी तरह, रातें जाग-जागकर काटेंगे? किसी ने अगर झाँककर देख लिया तो क्या होगा?'

भोलू पहले से भी ज़्यादा परेशान हो गया। हर वक्त उसको यही बात सताती रहती कि टाट का पर्दा कोई पर्दा है। फिर चारों तरफ लोग बिखरे पड़े हैं। रात

के सन्नाटे में हल्की-सी कानाफूसी भी दूसरे कानों तक पहुँच जाती है। लोग कैसे यह नंगी ज़िन्दगी जीते हैं?...एक कोठा है, इस चारपाई पर बीवी लेटी है, उस चारपाई पर शौहर पड़ा है। सैकड़ों आँखें-कान आसपास खुले हैं। नज़र न आने पर भी आदमी सब कुछ देख लेता। हलकी-सी आहट पूरी तसवीर बनकर सामने आ जाती है...यह टाट का पर्दा क्या है? सूरज निकलता है तो उसकी रोशनी सारी चीज़ों पर से पर्दा हटा देती है। वह सामने कल्लन अपनी बीवी की छातियाँ दबा रहा है। वह कोने में उसका भाई गामा लेटा है। तहमद खुलकर एक ओर जा पड़ा है। उधर ईदू हलवाई की कुंआरी बेटी शादां का पेट छिहरे टाट से झाँक-झांककर देख रहा है।

शादी का दिन आया तो भोलू का जी चाहा, वह कहीं भाग जाए। पर कहाँ जाता? अब तो वह जकड़ा जा चुका था। गायब हो जाता तो समद ज़रूर खुदकुशी कर लेता। उसकी लड़की पर जाने क्या बीतती! जो तूफान मचता, वह अलग।

'अच्छा! जो होता है, होने दो—मेरे और साथी भी तो हैं। धीरे-धीरे आदत हो जाएगी मुझे भी—भोलू ने अपने-आपको ढाढ़स दिया और नई-नवेली दुलहन की डोली घर ले आया।

क्वार्टरों में चहल-पहल पैदा हो गई। लोगों ने भोलू और गामा को खूब बधाइयाँ दीं। भोलू के जो खास दोस्त थे, उन्होंने उसको छेड़ा और पहली रात के लिए कई सफल गुर बताए। भोलू चुपचाप सुनता रहा। उसकी भाभी ने ऊपर कोठे पर टाट के पर्दे के नीचे बिस्तर का बन्दोबस्त कर दिया। गामा ने मोतिए के चार बड़े-बड़े हार तकिए के पास रख दिए। एक दोस्त उसके लिए जलेबियों वाला दूध ले आया।

देर तक वह नीचे क्वार्टर में अपनी दुलहन के पास बैठा रहा। वह बेचारी शर्म के मारे, सिर झुकाए, घूँघट काढ़े, सिमटी हुई थी। सख्त गर्मी थी। भोलू का नया कुर्ता उसके जिस्म के साथ पसीने से चिपका हुआ था। वह पँखा झल रहा था, पर हवा जैसे बिलकुल गायब हो गई थी। भोलू ने पहले सोचा था कि वह ऊपर कोठे पर नहीं जाएगा, नीचे क्वार्टर में ही रात काटेगा; पर जब गर्मी असह्य हो गई, तब वह उठा और उसने दुलहन से चलने के लिए कहा।

रात आधी से ज़्यादा बीत चुकी थी। सारे क्वार्टर खामोशी में लिपटे हुए थे। भोलू को इस बात का सन्तोष था कि सब लोग सो रहे होंगे। कोई उसको नहीं देखेगा। चुपचाप, दबे पाँव, वह अपने टाट के पर्दे के पीछे, अपनी दुलहन समेत घुस जाएगा और सुबह मुँह-अँधेरे ही नीचे उतर आएगा।

जब वह कोठे पर पहुँचा तो बिलकुल सन्नाटा था। दुलहन ने शरमाए हुए कदम उठाए तो पायल के रुपहले घुँघरू बजने लगे। एकदम भोलू ने महसूस किया

कि चारों तरफ जो नींद बिखरी हुई थी, वह जैसे चौंककर जाग पड़ी है। चारपाइयों पर लोग करवटें बदलने लगे। खाँसने-खँखारने की आवाज़ें इधर-उधर उभरने लगीं। भोलू ने घबराकर अपनी बीवी का हाथ पकड़ा और तेजी से टाट की ओट में चला गया। दबी-दबी एक हँसी की आवाज़ उसके कानों के साथ टकराई। उसकी घबराहट बढ़ गई। बीवी से बात की, तो पास ही खुसुर-फुसुर शुरू हो गई। दूर कोने में, जहाँ कल्लन की जगह थी, चारपाई की चर्र-चूँ, चर्र-चूँ होने लगी। वह धीमी पड़ी, तो गामा की लोहे की चारपाई बोलने लगी।

ईदू हलवाई की कुँआरी लड़की शांदा ने दो-तीन बार उठकर पानी पिया। घड़े के साथ उसका गिलास टकराता तो एक छनाका-सा पैदा होता। खैरे कसाई के लड़के की चारपाई से बार-बार माचिस जलाने की आवाज़ आती थी।

भोलू अपनी दुलहन से कोई बात न कर सका। उसे डर था कि आस-पास के खुले हुए कान फौरन उसकी बात निगल जाएँगे और सारी चारपाइयाँ 'चर्र-चूँ चर्र-चूँ' करने लगेंगी। दम साधे वह चुपचाप लेटा रहा। कभी-कभी सहमी हुई निगाह से अपनी जोरू की तरफ देख लेता, जो गठरी-सी बनी दूसरी चारपाई पर पड़ी थी। कुछ देर वह जागती रही, फिर सो गई।

भोलू ने चाहा कि वह भी सो जाए, पर उसे नींद न आई। थोड़ी-थोड़ी देर के बाद उसके कानों में आवाज़ें आती थीं...आवाज़ें, जो फौरन तस्वीरें बनकर उसकी आँखों के सामने से गुज़र जाती थीं।

उसके मन में बड़ी उमंगें थीं, बड़ा जोश था। जब उसने शादी का इरादा किया था तो वे सारे मजे, जिनसे वह अपरिचित था, उसके दिल-दिमाग में चक्कर लगाते रहते थे। उसे एक गर्मी महसूस होती थी—बड़ी सुर्ख गर्मी। मगर अब जैसे 'पहली रात' से उसे कोई दिलचस्पी ही न थी। उसने रात में कई बार यह दिलचस्पी पैदा करने की कोशिश की, लेकिन आवाज़ें—वे तसवीरें खींचने वाली आवाज़ें—सब कुछ अस्तव्यस्त कर देतीं। वह अपने आपको नंगा महसूस करता, बिलकुल नंगा, जिसको चारों ओर से लोग, आँखें फाड़-फाड़कर देख रहे हों और हँस रहे हों।

सुबह चार बजे के करीब वह उठा। बाहर निकलकर उसने ठण्डे पानी का एक गिलास पिया। कुछ सोचा, वह झिझक, जो उसके मन में बैठ गई थी, उसको किसी हद तक दूर किया। अब ठण्डी हवा चल रही थी, जो काफी तेज़ थी।... भोलू की निगाहें कोने की तरफ घूमीं। कल्लन का घिसा हुआ टाट हिल रहा था। वह अपनी बीवी के पास बिलकुल नंग-धड़ंग लेटा था। भोलू को बड़ी घिन लगी। साथ ही गुस्सा भी आया कि हवा ऐसे कोठों पर क्यों चलती है? चलती है तो

टाटों को क्यों छेड़ती है? जी में आया कि कोठे पर जितने टाट हैं, सब नोच डाले और नंगा होकर नाचने लगे।

भोलू नीचे उतर आया। जब काम पर निकला तो कई दोस्त मिले। सबने उससे सुहागरात का हाल पूछा। फूजे दर्जी ने उसको दूर ही से आवाज़ दी, 'क्यों उस्ताद भोलू, कैसे रहे? कहीं हमारे नाम पर बट्टा तो नहीं लगा दिया?'

छागे टीनसाज ने उससे बड़े भेद-भरे स्वर में कहा, 'देखो, अगर कुछ गड़बड़ है तो बता दो, एक बड़ा अच्छा नुस्खा मेरे पास है।'

बाले ने उसके कन्धे पर ज़ोर का हाथ मारा और पूछा, 'कहो पहलवान, कैसे रहा दंगल?'

भोलू चुप रहा।

सुबह उसकी बीवी मायके चली गई। पाँच-छः दिन के बाद लौटी तो भोलू को फिर उसी मुसीबत का सामना करना पड़ा। कोठे पर सोने वाले जैसे उसकी बीवी के आने का इन्तज़ार कर रहे थे। कुछ रातें खामोश रही थीं, लेकिन जब वे ऊपर सोए तो फिर वही खुसुर-फुसुर, वही 'चर्र-चूँ, चर्र-चूँ', वही खाँसना-खँखारना, वही घड़े के साथ गिलास के टकराने के छनाके, करवटों पर करवटें, दबी-दबी हँसी। भोलू सारी रात अपनी चारपाई पर लेटा आसमान की ओर देखता रहा। कभी-कभी एक ठण्डी आह भरकर अपनी दुलहन को देख लेता और मन में कुढ़ता...'मुझे क्या हो गया है?...मुझे क्या हो गया है?...—यह मुझे क्या हो गया है?'

सात रातों तक यही होता रहा। आखिर तंग आकर भोलू ने अपनी दुलहन को मायके भेज दिया। बीस-पच्चीस दिन बीत गए तो गामा ने भोलू से कहा, 'तुम अजीब आदमी हो! नई-नई शादी, और बीवी को मायके भेज दिया! इतने दिन हो गए, उसे गए हुए, तुम अकेले सोते कैसे हो?'

भोलू ने सिर्फ इतना कहा, 'ठीक है।'

गामा ने पूछा, 'ठीक क्या है? जो बात है, बताओ! क्या तुम्हें पसन्द नहीं आई आयशा?'

'यह बात नहीं है।'

'यह बात नहीं है तो और क्या बात है?'

भोलू बात गोल कर गया। पर थोड़े ही दिनों बाद उसके भाई ने फिर बात छेड़ी। भोलू उठकर क्वार्टर के बाहर चला गया। बाहर एक चारपाई पड़ी थी, उसपर बैठ गया। भीतर से उसकी भाभी की आवाज़ सुनाई दी। वह गामा से कह रही

थी, ‘तुम जो कहते हो ना कि भोलू को आयशा पसन्द नहीं आई, यह गलत है।’

गामा की आवाज़ आई, ‘तो और क्या बात है? भोलू को उसमें कोई दिलचस्पी ही नहीं।’

‘दिलचस्पी क्या हो?’

‘क्यों?’

गामा की बीवी ने इसका जो जवाब दिया, भोलू न सुन सका; लेकिन इसके बावजूद उसको ऐसा लगा, मानो उसकी सारी हस्ती किसी ने ओखली में डालकर कूट दी हो।

गामा एकदम ज़ोर से बोला, ‘नहीं, नहीं! यह तुमसे किसने कहा?’

गामा की बीवी बोली, ‘आयशा ने अपनी किसी सहेली से कहा...बात उड़ते-उड़ते मुझ तक पहुँच गई।’

बड़े दुख-भरे स्वर में गामा ने कहा, ‘यह तो बहुत बुरा हुआ!’

भोलू के दिल में छुरी-सी उतर गई। उसका दिमागी सन्तुलन बिगड़ गया। वह उठा और कोठे पर चढ़कर, जितने टाट लगे थे, उन्हें उसने उखाड़ना शुरू कर दिया। ‘खट-खट, फट-फट’ सुनकर लोग ऊपर जमा हो गए। उन्होंने उसको रोकने की कोशिश की तो वह लड़ने लगा। बात बढ़ गई। कल्लन ने बाँस उठाकर उसके सिर पर दे मारा। भोलू चकराकर गिरा और बेहोश हो गया। जब उसे होश आया, तो उसका दिमाग चल चुका था।

अब वह बिलकुल नंग-धड़ंग बाज़ारों में घूमता-फिरता है। कहीं टाट देखता है तो उसको उतारकर टुकड़े-टुकड़े कर देता है।

• • • • • •

ठण्डा गोश्त

ईशरसिंह ने होटल के कमरे में प्रवेश किया ही था कि कुलवन्त कौर तुरन्त पलंग पर से उठ खड़ी हुई। अपनी तेज़-तेज़ नज़रों से उसने घूरकर ईशरसिंह की ओर देखा और बढ़कर दरवाज़े की चटखनी चढ़ा दी। रात के बारह बज चुके थे। चारों ओर बड़ा रहस्यपूर्ण सन्नाटा छाया हुआ था।

कुलवन्त कौर पलंग पर आलथी-पालथी मारकर बैठ गई। ईशरसिंह जो शायद अपने छिन्न-भिन्न विचारों के उलझे हुए धागे खोल रहा था। अभी तक हाथ में किरपान लिए एक कोने में खड़ा था। कुछ क्षणों तक इसी प्रकार चुप्पी छाई रही। कुलवन्त कौर को थोड़ी देर के बाद अपना आसन पसन्द न आया और वह दोनों टाँगें पलंग से नीचे लटकाकर उन्हें हिलाने लगी। ईशरसिंह फिर भी कुछ न बोला।

कुलवन्त कौर भरे-भरे हाथ-पैरों की औरत थी। चौड़े-चकले कूल्हे थलथलाते गोश्त से भरे हुए। कुछ बहुत ही ज़्यादा ऊपर को उठे हुए सीने, तेज़ आँखों, ऊपर के होंठ पर सुरमई गुबार और ठोड़ी की बनावट से पता चलता था कि बड़ी धड़ल्लेदार औरत है।

ईशरसिंह यद्यपि कोने में सिर झुकाए चुपचाप खड़ा था, सिर पर कसकर बँधी हुई पगड़ी कुछ ढीली हो रही थी और उसका किरपान वाला हाथ भी कुछ-कुछ काँप रहा था फिर भी उसके नैन-नक्श और डीलडौल से पता चलता था कि वह कुलवन्त कौर जैसी औरत के लिए योग्यतर पुरुष था।

कुछ क्षण जब इसी तरह चुप्पी में निकल गए तो कुलवन्त कौर छलक पड़ी। लेकिन तेज़-तेज़ आँखों को नचाकर वह केवल इतना कह सकी, 'ईशरसिंह!'

ईशरसिंह ने गर्दन उठाकर कुलवन्त कौर की ओर देखा फिर उसकी नज़रों की ताब न लाकर मुँह दूसरी ओर मोड़ लिया।

कुलवन्त कौर चिल्लाई, 'ईशरसिंहा', फिर तुरन्त ही स्वर को भींचते हुए पलंग पर से उठकर उसकी ओर बढ़ते हुए बोली, 'कहाँ गायब रहे तुम इतने दिन?'

ईशरसिंह ने अपने सूखे होंठों पर जबान फेरी, 'मुझे मालूम नहीं।'

कुलवन्त कौर भिन्ना गई, 'यह कोई माँ-या जवाब है?'

ईशरसिंह ने किरपान एक ओर फेंक दी और पलंग पर लेट गया। ऐसा मालूम होता था कि वह कई दिनों का बीमार है। कुलवन्त कौर ने पलंग की ओर देखा जो अब ईशरसिंह से लबालब भरा हुआ था, उसके मन में सहानुभूति पैदा हो गई, उसके माथे पर हाथ रखकर उसने बड़े प्यार से पूछा, 'जानी, क्या हुआ है तुम्हें?'

ईशरसिंह छत की ओर देख रहा था। उसने नज़रें हटाकर कुलवन्त कौर के चिरपरिचित चेहरे की ओर देखा, 'कुलवन्त', वह बस इतना ही कह पाया।

आवाज़ में पीड़ा थी। कुलवन्त कौर सारी-की-सारी सिमटकर अपने ऊपर के होंठ में आ गई। 'हाँ जानी' कहकर वह उसे हल्के-हल्के दाँतों से काटने लगी।

ईशरसिंह ने पगड़ी उतार दी। फिर कुलवन्त कौर की ओर सहारा लेने वाली नज़रों से देखा। उसके गोश्त-भरे कूल्हे पर ज़ोर से धप्पा मारा और सिर को झटका देकर अपने-आपसे कहा, 'यह कुड़ी-या दिमाग ही खराब है।'

झटका देने से उसके केश खुल गए। कुलवन्त कौर उँगलियों से उनमें कँघी करने लगी। ऐसा करते हुए उसने बड़े प्यार से पूछा, 'ईशरसिंहा, कहाँ रहे तुम इतने दिन?'

'बुरे की माँ के घर,' ईशरसिंह ने कुलवन्त कौर को घूरकर देखा और फिर एकाएक उसके उभरे हुए सीने को मलने लगा, 'कसम वाह गुरु की, बड़ी जानदार औरत हो।'

कुलवन्त कौर ने एक अदा के साथ ईशरसिंह के हाथ झटक दिए और पूछा, 'तुम्हें मेरी कसम है, बताओ, कहाँ रहे? शहर गए थे?'

ईशरसिंह ने एक ही लपेट में अपने बालों का जूड़ा बनाते हुए उत्तर दिया, 'नहीं।'

कुलवन्त कौर चिढ़ गई, 'नहीं, तुम ज़रूर शहर गए थे, और तुमने बहुत-सा रुपया लूटा है, जो मुझसे छुपा रहे हो।'

'वह अपने बाप की तुखम न हो जो तुम्हें झूठ बोले।'

कुलवन्त कौर थोड़ी देर के लिए मौन हो गई, फिर एकदम भड़ककर बोली,

'लेकिन मेरी समझ में नहीं आता, उस रात तुम्हें क्या हुआ था? अच्छे-भले मेरे साथ लेटे थे। मुझे तुमने वह सारे गहने पहना रखे थे जो तुम शहर से लूटकर लाए थे, मेरी भप्पियाँ ले रहे थे, पर न जाने तुम्हें एकदम क्या हुआ, उठे और कपड़े पहनकर बाहर निकल गए।'

ईशरसिंह का चेहरा उतर गया। यह परिवर्तन देखते ही कुलवन्त कौर ने कहा, 'देखा, कैसे रंग पीला पड़ गया है—ईशरसिंहा, कसम वाह गुरु की, ज़रूर दाल में कुछ काला है।'

'तेरी जान की कसम, कुछ भी नहीं!'

ईशरसिंह की आवाज़ बेजान थी। कुलवन्त कौर का सन्देह और भी दृढ़ हो गया। ऊपर का होंठ भींचकर उसने एक-एक शब्द पर ज़ोर देते हुए कहा, 'ईशरसिंहा, क्या बात है? तुम वह नहीं रहे जो आज से आठ दिन पहले थे।'

ईशरसिंह एकदम उठ बैठा, जैसे किसी ने उस पर हमला कर दिया हो। कुलवन्त कौर को अपनी शक्तिशाली बाँहों में समेटकर उसने पूरे ज़ोर से उसे भंभोड़ना शुरू कर दिया, 'जानी, वही हूँ...घुट-घुट पा जफ्फियाँ, तेरी निकले हड्डां दी गर्मी...'

कुलवन्त कौर ने कोई हस्तक्षेप न किया, लेकिन वह शिकायत करती रही, 'तुम्हें उस रात क्या हो गया था?'

'बुरे की माँ का वह हो गया था।'

'बताओगे नहीं?'

'कोई बात हो तो बताऊँ।'

'मुझे अपने हाथ से जलाओ, जो झूठ बोलो।'

ईशरसिंह ने अपनी बाँहें उसकी गर्दन के गिर्द डाल दीं और होंठ उसके होंठों में गाड़ दिए। मूँछों के बाल कुलवन्त कौर के नथुनों में धसे तो उसे छींक आ गई।

दोनों हँसने लगे।

ईशरसिंह ने अपनी फतूही उतार दी और कुलवन्त कौर की ओर वासना-भरी नज़रों से देखकर कहा, 'आओ जानी, एक बाज़ी ताश की हो जाए।'

कुलवन्त कौर के ऊपरी होंठ पर पसीने की नन्ही-नन्हीं बूँदें फूट आईं। एक अदा के साथ उसने अपनी आँखों की पुतलियाँ घुमाईं और बोली, 'चल दफान हो।'

ईशरसिंह ने उसके भरे हुए कूल्हे पर ज़ोर से चुटकी भरी। कुलवन्त कौर तड़पकर एक ओर हट गई, 'न कर ईशरसिंह, मेरे दर्द होता है।'

ईशरसिंह ने आगे बढ़कर कुलवन्त कौर का ऊपरी होंठ अपने दाँतों तले दबा लिया और कचकचाने लगा। कुलवन्त कौर बिलकुल पिघल गई। ईशरसिंह ने अपना कुर्ता उतारकर फेंक दिया और कहा, 'लो, फिर हो जाए तुर्प चाल...'

कुलवन्त कौर का ऊपरी होंठ कंपकंपाने लगा। ईशरसिंह ने दोनों हाथों से कुलवन्त कौर की कमीज़ का घेरा पकड़ा और जिस तरह बकरे की खाल उतारते हैं, कमीज़ उतारकर एक ओर रख दी। फिर उसने घूरकर उसके नंगे बदन को देखा और ज़ोर से उसके बाजू पर चुटकी भरते हुए कहा, 'कुलवन्त, कसम वाह गुरु की, बड़ी करारी औरत है तू।'

कुलवन्त कौर अपने बाजू पर उभरते हुए लाल धब्बे को देखते हुए बोली, 'बड़ा जालिम है तू ईशरसिंह।'

ईशरसिंह अपनी घनी काली मूंछों में मुस्कराया, 'होने दे आज जुल्म' और यह कहकर उसने और अधिक जुल्म ढाने शुरू किए। कुलवन्त कौर का ऊपरी होंठ दाँतों तले कचकचाया, कान की लवों को काटा, उभरे हुए सीने को भंभोड़ा, भरे हुए कूल्हों पर आवाज़ पैदा करने वाले चाँटें मारे, गालों के मुँह भर-भरके चुम्बन लिए। चूस-चूस के उसका सारा सीना थूकों से लथेड़ दिया। कुलवन्त कौर तेज़ आँच पर चढ़ी हुई हाण्डी की तरह उबलने लगी, लेकिन यह सब करने पर भी ईशरसिंह अपने-आपमें गर्मी पैदा न कर सका। जितने गुर और जितने दाँव उसे याद थे सबके सब उसने पिट जाने वाले पहलवान की तरह आजमा डाले पर कोई भी कारगर न हुआ। कुलवन्त कौर जिसके बदन में सारे तान तनकर आप ही आप बज रहे थे—आवश्यक छेड़-छाड़ से तंग आकर बोली, 'ईशरसिंह, काफी फेंट चुका, अब पत्ता फेंक।'

यह सुनते ही ईशरसिंह के हाथ से जैसे ताश की सारी गड्डी नीचे फिसल गई। हाँफता हुआ वह कुलवन्त कौर के पहलू में लेट गया और उसके माथे पर ठण्डे पसीने के लेप होने लगे।

कुलवन्त कौर ने उसे गर्माने की बहुत कोशिश की लेकिन असफल रही। अब तक सब कुछ मुँह से कहे बिना होता रहा था, लेकिन जब कुलवन्त कौर के तने हुए अंगों को घोर निराशा हुई तो वह झल्लाकर पलंग से उतर गई। सामने खूँटी पर चादर पड़ी थी, उसे उतारकर उसने जल्दी-जल्दी अपने शरीर के गिर्द लपेटा और नथुने फुलाकर बिफरे हुए स्वर में बोली, 'ईशरसिंह, वह कौन हरामजादी है, जिसके पास तू इतने दिन रहकर आया है, जिसने तुझे निचोड़ डाला है?'

ईशरसिंह उसी तरह पलंग पर लेटा हाँफता रहा। उसने कोई उत्तर नहीं दिया।

कुलवन्त कौर क्रोधवश उबलने लगी, 'मैं पूछती हूँ, कौन है वह चुड़ैल, कौन है वह लिफ्ती, कौन है वह चोर पत्ता?'

ईशरसिंह ने निढाल स्वर में उत्तर दिया, 'कोई भी नहीं कुलवन्त, कोई भी नहीं।'

कुलवन्त कौर ने अपने भरे हुए कूल्हों पर हाथ रखकर बड़ी दृढ़ता से कहा, 'ईशरसिंहा, आज सच-झूठ जानकर रहूँगी—खाओ वाह गुरुजी की कसम—क्या इसकी तह में कोई औरत नहीं?'

ईशरसिंह ने कुछ कहना चाहा, लेकिन कुलवन्त कौर ने उसके बोलने से पहले एक बार फिर कड़े स्वर में कहा, 'कसम खाने से पहले सोच ले कि मैं भी सरदार निहालसिंह की बेटी हूँ, बोटी-बोटी नोच डालूँगी अगर तूने झूठ बोला—ले अब खा वाह गुरुजी की कसम...क्या इसकी तह में कोई औरत नहीं।'

ईशरसिंह ने बड़े दुःख के साथ 'हाँ' में अपना सिर हिलाया। कुलवन्त कौर बिलकुल दीवानी हो गई। लपककर कोने में से किरपान उठाई। म्यान को केले के छिलके की तरह उतारकर एक ओर फेंका और ईशरसिंह पर वार कर दिया।

दूसरे ही क्षण लहू का फव्वारा छूट पड़ा। कुलवन्त कौर की इससे भी तसल्ली न हुई तो उसने जंगली बिल्लियों की तरह ईशरसिंह के बाल नोचने शुरू कर दिए। साथ ही साथ वह अपनी अज्ञात सौत को मोटी-मोटी गालियाँ देती रही। ईशरसिंह ने थोड़ी देर के बाद क्षीण स्वर में प्रार्थना की, 'जाने दे कुलवन्त, अब जाने दे।'

आवाज़ पीड़ा से परिपूर्ण थी। कुलवन्त कौर पीछे हट गई।

लहू ईशरसिंह के गले से उड़-उड़कर उसकी मूँछों पर गिर रहा था। उसने अपने काँपते हुए होंठ खोले और कुलवन्त कौर की ओर धन्यवाद और उलाहने की मिली-जुली नज़रों से देखते हुए बोला, 'मेरी जान, तुमने बहुत जल्दी की, लेकिन जो हुआ ठीक ही हुआ।'

कुलवन्त कौर की ईर्ष्या फिर भड़की, 'मगर वह कौन है, तुम्हारी माँ?'

लहू ईशरसिंह की जबान तक पहुँच गया। जब उसने उसका स्वाद चखा तो उसके बदन में झुरझुरी-सी दौड़ गई।

'और मैं...मैं...भैनी-या छः आदमियों को कत्ल कर चुका हूँ...इसी किरपान से...'

कुलवन्त कौर के दिमाग में केवल दूसरी औरत थी, 'मैं पूछती हूँ, कौन है वह हरामजादी?'

ईशरसिंह की आँखें धुँधला रही थीं। एक हल्की-सी चमक उनमें पैदा हुई और उसने कुलवन्त कौर से कहा, 'गाली न दे उस भड़वी को।'

कुलवन्त चिल्लाई, 'मैं पूछती हूँ, वह है कौन?'

ईशरसिंह के गले में आवाज़ रुंध गई, 'बताता हूँ,' कहकर उसने अपनी गर्दन पर हाथ फेरा और उसपर अपना ज़िन्दा लहू देखकर मुस्कराया, 'इन्सान माँ-या भी अजीब चीज़ है।'

कुलवन्त कौर उसके उत्तर की प्रतीक्षा में थी, 'ईशरसिंह, तू मतलब की बात कर।'

ईशरसिंह की मुस्कराहट उसकी लहू भरी-मूँछों में और अधिक फैल गई, 'मतलब ही की बात कर रहा हूँ...गला चिरा हुआ है माँ-या मेरा, अब धीरे-धीरे ही सारी बात बताऊँगा।'

और जब वह बात बताने लगा तो उसके माथे पर फिर ठण्डे पसीने के लेप होने लगे, 'कुलवन्त! मेरी जान...मैं तुम्हें नहीं बता सकता, मेरे साथ क्या हुआ... इन्सान कुड़ी-या भी अजीब चीज़ है...शहर में लूट मची तो सब लोगों की तरह मैंने भी उसमें हिस्सा लिया...गहने-पाते और रुपए-पैसे जो भी हाथ लगे, वह मैंने तुम्हें दे दिए...लेकिन एक बात तुम्हें न बताई।'

ईशरसिंह के घाव में पीड़ा हुई और वह कराहने लगा। कुलवन्त कौर ने उसकी ओर कोई ध्यान न दिया और बड़ी निर्दयता से पूछा, 'कौन-सी बात?'

ईशरसिंह ने मूँछों पर टपकते लहू को फूँक मारकर उड़ाते हुए कहा, 'जिस मकान पर मैंने धावा बोला था...उसमें सात...उसमें सात आदमी थे...छ: मैंने कत्ल कर दिए...इसी किरपान से, जिससे तूने मुझे...छोड़ इसे...सुन...एक लड़की थी बहुत सुन्दर...उसको उठाकर मैं अपने साथ ले आया।'

कुलवन्त कौर चुपचाप सुनती रही। ईशरसिंह ने एक बार फिर फूँक मारकर मूँछों पर से लहू उड़ाया, 'कुलवन्त जानी, मैं तुमसे क्या कहूँ, कितनी सुन्दर थी, मैं उसे भी मार डालता, पर मैंने कहा, नहीं ईशरसिंह, कुलवन्त कौर के तू हर रोज मजे लेता है, यह मेवा भी चख देख।'

कुलवन्त कौर ने केवल इतना कहा, 'हूँ!'

और मैं उसे कँधे पर डालकर चल दिया...रास्ते में...क्या कह रहा था मैं?...हाँ, रास्ते में...नहर की पटरी के पास बीहड़ की झाड़ियों तले मैंने उसे लिटा दिया... पहले सोचा कि फेंटूं, लेकिन खयाल आया कि नहीं...' यह कहते-कहते ईशरसिंह की जबान सूख गई।

कुलवन्त कौर ने थूक निगलकर अपना कण्ठ तर किया और पूछा, 'फिर क्या हुआ?'

ईशरसिंह के कण्ठ से बड़ी मुश्किल से ये शब्द निकले, 'मैंने पत्ता फेंका लेकिन ...लेकिन...' उसकी आवाज़ डूब गई।

कुलवन्त कौर ने उसे झंझोड़ा, 'फिर क्या हुआ?'

ईशरसिंह ने अपनी बन्द होती हुई आँखें खोलीं और कुलवन्त कौर के शरीर की ओर देखा, जिसकी बोटी-बोटी फड़क रही थी 'वह...मरी हुई थी...लाश थी... बिलकुल ठण्डा गोश्त...जानी मुझे अपना हाथ दे...'

कुलवन्त कौर ने अपना हाथ ईशरसिंह के हाथ पर रखा, जो बर्फ से भी ज़्यादा ठण्डा था।

● ● ● ● ● ●

हतक

दिन भर की थकी-माँदी वह अभी अपने बिस्तर पर लेटी थी और लेटते ही सो गई थी। म्युनिसिपल कमेटी का सफाई-दरोगा, जिसे वह 'सेठ' के नाम से पुकारा करती थी, अभी-अभी उसकी हड्डियाँ-पसलियाँ झँझोड़कर, शराब के नशे में चूर, घर को चला गया था। वह रात को यहीं ठहर जाता, पर उसे अपनी धर्मपत्नी का बहुत खयाल था, जो उससे बेहद 'प्रेम' करती थी।

वे रुपए, जो उसने अपने शारीरिक परिश्रम के बदले में, उस दारोगा से वसूल किए थे, उसकी चुस्त और थूक-भरी चोली के नीचे से ऊपर को उभरे हुए थे। कभी-कभी साँस के उतार-चढ़ाव से चाँदी के ये सिक्के खनखनाने लगते, तो उनकी खनखनाहट उसके दिल की बेसुरी धड़कनों में घुल-मिल जाती। ऐसा मालूम होता था कि इन सिक्कों की चाँदी पिघलकर उसके दिल के खून में टपक रही है।

उसका सीना अन्दर से तप रहा था। यह गर्मी, कुछ तो उस ब्रान्डी की वजह से थी, जिसका अद्धा दारोगा अपने साथ लाया था और कुछ उस 'ब्योड़े का नतीजा' थी, जिसको, सोड़ा खत्म होने पर, दोनों ने पानी मिलाकर पिया था।

वह सागौन के लम्बे-चौड़े पलंग पर औंधे मुँह लेटी हुई थी। उसकी बाँहें, जो कन्धों तक नंगी थीं, पलंग की उस काँप की तरह फैली हुई थीं, जो ओस में भीग जाने के कारण पतले कागज़ से अलग हो जाए। दाएँ बाजू की बगल में झुर्रियों-भरा माँस उभरा हुआ था, जो बार-बार मुँड़ने की वजह से नीली-काली रंगत का हो गया था। लगता था, जैसे नुची हुई मुर्गी की खाल का एक टुकड़ा वहाँ पर रख दिया गया है।

कमरा बहुत छोटा था ,जिसमें अनगिनत चीज़ें बेतरतीबी के साथ बिखरी हुई थीं। तीन-चार सूखी-सड़ी चप्पलें पलंग के नीचे पड़ी थीं, जिनके ऊपर मुँह रखकर

एक खाज-मारा कुत्ता सो रहा था और नींद में किसी अन्जान चीज़ को मुँह चिढ़ा रहा था। इस कुत्ते के बाल खुजली के कारण जगह-जगह से उड़े हुए थे। दूर से अगर कोई कुत्ते को देखता तो समझता कि पैर पोंछने वाला पुराना टाट दोहरा कर ज़मीन पर रखा हुआ है।

उस तरफ, छोटे-सी दीवारगीर पर, सिंगार का सामान रखा था—गालों पर लगाने की सुर्खी, लाल रंग की लिपस्टिक, पाउडर, कंघी और लोहे के पिन, जिन्हें शायद वह अपने जूड़े में लगाया करती थी। पास ही एक लम्बी खूँटी के साथ तोते का पिंजरा लटक रहा था, जिसमें तोता गर्दन को अपनी पीठ के बालों में छिपाए सो रहा था। पिंजरा कच्चे अमरूद के टुकड़ों और गले हुए सन्तरे के छिलकों से भरा पड़ा था। उन बदबूदार टुकड़ों पर छोटे-छोटे काले रंग के मच्छर या पतंगे उड़ रहे थे।

पलंग के पास ही बेंत की कुर्सी पड़ी थी, जिसकी पीठ लगातार सिर टेकने की वजह से बेहद मैली हो रही थी। कुर्सी के दाएँ हाथ को एक सुन्दर तिपाई थी, जिस पर 'हिज़ मास्टर्स वायस' का पोर्टेबल ग्रामोफोन पड़ा था। उस ग्रामोफोन पर मढ़े हुए काले कपड़े की बहुत बुरी हालत थी। सुइयाँ तिपाई के अलावा कमरे के हर कोने में बिखरी हुई थीं। उस ग्रामोफोन के ठीक ऊपर, दीवार पर चार फ्रेम लटक रहे थे, जिनमें अलग-अलग व्यक्तियों की तस्वीरें जड़ी थीं।

इन तस्वीरों से ज़रा इधर हटकर, यानी दरवाज़े में दाखिल होते ही, बाईं तरफ की दीवार के कोने में, चौखटे से जड़ा, गणेशजी का, बड़े ही भड़कीले रंग का चित्र था, जो ताज़ा और सूखे फलों से लदा हुआ था। लगता था, यह चित्र कपड़े के किसी थान से उतारकर फ्रेम कराया गया था। उस चित्र के साथ, छोटे-से ताक पर, जोकि बेहद चिकना हो रहा था, तेल की एक प्याली धरी थी, जो दीये को जलाने के लिए वहाँ रखी गई थी। पास ही दीया पड़ा था, जिसकी लौ, हवा बन्द होने की वजह से, माथे के तिलक की तरह सीधी खड़ी थी। उस दीवारगीर पर धूप-बत्ती की छोटी-बड़ी मरोड़ियाँ भी पड़ी थीं।

जब वह बोहनी करती थी तो दूर से गणेशजी की इस मूर्ति से रुपए छुआकर और फिर अपने माथे के साथ लगाकर, उन्हें अपनी चोली में रख लिया करती थी। उसकी छातियाँ चूँकि काफी उभरी हुई थीं, इसलिए वह जितने रुपए भी अपनी चोली में रखती, सुरक्षित पड़े रहते थे। अलबत्ता कभी-कभी जब माधो पूने से छुट्टी लेकर आता तो उसे अपने कुछ रुपए पलंग के पाए के नीचे उस छोटे-से गड्ढे में छिपाने पड़ते थे, जो उसने खास तौर पर इसी काम के लिए खोद रखा था। माधो से रुपए बचाए रखने का यह तरीका सुगन्धी को रामलाल दलाल ने बताया था।

उसने जब यह सुना था कि माधो पूने से आकर सुगन्धी पर धावे बोलता है तो उसने कहा था, उस साले को तूने कब से यार बनाया है?...यह बड़ी अनोखी आशिकी-माशूकी है।...साला एक पैसा अपनी जेब से निकालता नहीं और तेरे साथ मज़े उड़ाता रहता है। मजे अलग रहे, तुझसे कुछ ले भी मरता है...सुगन्धी, मुझे कुछ दाल में काला नज़र आता है। उस साले में कोई बात ज़रूर है, जो वह तुझे पा गया है...सात साल से यह धन्धा कर रहा हूँ। मैं तुम छोकरियों की सारी कमज़ोरियाँ जानता हूँ।'

यह कहकर रामलाल दलाल ने, जो बम्बई शहर के विभिन्न भागों में दस रुपए से लेकर सौ रुपए लेनेवाली एक सौ बीस छोकरियों का धंधा करता था, सुगन्धी को बताया था, 'साली, अपना धन यों बरबाद न कर...तेरे तन पर से कपड़े भी उतारकर ले जाएगा वह तेरी माँ का यार!...इस पलंग के पाये के नीचे छोटा-सा गड्ढा खोदकर, उसमें सारे पैसे दबा दिया कर और जब वह आया करे तो उससे कहाकर—'तेरी जान की कसम माधो, आज सुबह से एक धेले का मुँह नहीं देखा। बाहर वाले से कहकर एक 'कोप' चाय और अफलातून बिस्कुट तो मँगा। भूख से मेरे पेट में चूहे दौड़ रहे हैं।—समझीं? समय बहुत खराब आ गया है मेरी जान... इस साली कांग्रेस ने शराब बन्द करके बाज़ार बिलकुल मन्दा कर दिया है, पर तुझे तो कहीं न कहीं से पीने को मिल ही जाती है। भगवान कसम, जब तेरे यहाँ कभी रात की खाली की हुई बोतल देखता हूँ और दारू की बास सूँघता हूँ तो जी चाहता है, तेरी जून में चला जाऊँ।'

सुगन्धी को अपने जिस्म में सबसे ज़्यादा अपना सीना पसन्द था। एक बार जमुना ने उससे कहा था, 'नीचे से इन बम के गोलों को बाँधकर रखा कर। अँगिया पहना करेगी तो इसकी सख़्ताई ठीक रहेगी।'

सुगन्धी यह सुनकर हँस दी थी, 'जमुना, तू सबको अपने सरीखा समझती है। दस रुपए में लोग तेरी बोटियाँ तोड़कर चले जाते हैं तो तू समझती है कि सबके साथ ऐसा ही होता होगा...कोई मुआ लगाए तो ऐसी-वैसी जगह हाथ। अरे हाँ, कल की बात तुझे सुनाऊँ। रामलाल रात के दो बजे एक पंजाबी को लाया। रात का तीस रुपया तय हुआ। जब सोने लगे तो मैंने बत्ती बुझा दी। अरे, वह तो डरने लगा। सुनती हो जमुना! तेरी कसम, अँधेरा होते ही उसका सारा ठाठ हवा हो गया। वह डर गया। मैंने कहा, चलो-चलो! देर क्यों करते हो? तीन बजने वाले हैं, अभी दिन चढ़ आएगा। बोला, रोशनी करो!...रोशनी करो! मैंने कहा, यह रोशनी क्या हुआ? बोला, लाइट...लाइट। उसकी भिंची हुई आवाज़ सुनकर मुझसे हँसी न रुकी। मैंने कहा, भई, मैं तो लाइट न करूँगी।...और यह कहकर मैंने उसकी

माँस-भरी रान में चुटकी ली।...वह तड़पकर उठ बैठा और लाइट आन कर दी। मैंने झट से चादर ओढ़ ली और कहा, तुझे शर्म नहीं आती मरदुए!... वह पलंग पर आया तो मैं उठी और लपककर लाइट बुझा दी। वह फिर घबराने लगा...तेरी कसम, बड़े मजे में रात कटी। कभी अँधेरा, कभी उजाला; कभी उजाला, कभी अँधेरा। ट्राम की खड़खड़ाहट हुई तो पतलून-वतलून पहनकर वह उठ भागा...साले ने तीस रुपए सट्टे में जीते होंगे, जो यूँ मुफ्त दे गया...जमुना, तू बिल्कुल अल्हड़ है। बड़े-बड़े गुर याद हैं मुझे इन लोगों को ठीक करने के लिए।'

सुगन्धी को सचमुच बहुत-से गुर याद थे, जो उसने अपनी एक-दो सहेलियों को बताए भी थे। आम तौर पर वह यह गुर सबको बताया करती थी, 'अगर आदमी भला हो, ज़्यादा बातें न करने वाला हो, तो उससे खूब शरारतें करो, अनगिनत बातें करो, उसे छेड़ो, सताओ, उसके गुदगुदी करो, उससे खेलो...अगर दाढ़ी रखता हो तो उसमें उँगलियों से कंघी करते-करते दो-चार बाल भी नोच लो; पेट बड़ा हो तो उसे थपथपाओ...उसको इतनी मोहलत ही न दो कि वह अपनी मर्जी के मुताबिक कुछ करने पाए...वह खुश-खुश चला जाएगा और तुम भी बची रहोगी... ऐसे मर्द जो गुपचुप रहते हैं, बड़े खतरनाक होते हैं बहन, हड्डी-पसली तोड़ देते हैं, अगर उनका दाँव चल जाए।

सुगन्धी उतनी चालाक नहीं थी, जितनी वह खुद को जाहिर करती थी। उसके गाहक बहुत कम थे। वह एक बहुत ही भावुक लड़की थी। यही वजह है कि वे सारे गुर, जो उसे याद थे, उसके दिमाग से फिसलकर उसके पेट में आ जाते थे, जिस पर एक बच्चा हो जाने के कारण कई लकीरें पड़ गई थीं।...इन लकीरों को पहली बार देखकर उसे ऐसा लगा था कि उसके खाज-मारे कुत्ते ने अपने पंजे से ये निशान बना दिए हैं।...जब कोई कुतिया बड़ी उपेक्षा से उसके पालतू कुत्ते के पास से गुज़र जाती थी तो वह शर्मिन्दगी दूर करने के लिए ज़मीन पर अपने पंजों से इसी किस्म के निशान बनाया करता था।

सुगन्धी दिमाग में ज़्यादा रहती थी, लेकिन जैसे ही कोई नर्म-नाज़ुक बात, कोई कोमल बोल उससे कहता, वह झट पिघलकर अपने शरीर के दूसरे हिस्सों में फैल जाती। हालांकि उसका दिमाग मर्द-औरत के शारीरिक सम्बन्ध को एकदम बेकार की चीज़ समझता था, पर उसके शरीर के बाकी अंग सबके सब इसके बुरी तरह कायल थे। वे थकन चाहते थे—ऐसी थकन जो उन्हें झकझोरकर, उन्हें मारकर, सोने पर मजबूर कर दे। ऐसी नींद जो थककर चूर-चूर होने के बाद आए, कितनी मज़ेदार होती है...वह बेहोशी, जो मार खाकर, जोड़-जोड़ ढीले हो जाने पर छा जाती है! कितना आनन्द देती है! कभी ऐसा लगता है कि तुम हो, कभी ऐसा लगता

है कि तुम नहीं हो और इस होने और न होने के बीच में कभी-कभी ऐसा महसूस होता है कि तुम हवा में बहुत ऊँची जगह लटके हुए हो। ऊपर हवा, नीचे हवा, दाएँ हवा, बाएँ हवा—बस, हवा ही हवा! और फिर इस हवा में दम घुटना भी एक खास मज़ा देता है।

बचपन में, जब वह आँख-मिचौली खेला करती थी और अपनी माँ का बड़ा सन्दूक खोलकर उसमें छुप जाया करती थी तो नाकाफी हवा में दम घुटने के साथ-साथ पकड़े जाने के डर से वह तेज धड़कन, जो उसके दिल में पैदा हो जाया करती थीं, कितना मज़ा दिया करती थी!

सुगन्धी चाहती थी कि अपनी सारी ज़िन्दगी किसी ऐसे ही सन्दूक में छुपकर गुजार दे, जिसके बाहर ढूँढ़ने वाले फिरते रहें। कभी-कभी उसको ढूँढ़ निकालें, ताकि वह भी उनको ढूँढ़ने की कोशिश करे। यह ज़िन्दगी, जो वह पाँच बरस से बिता रही थी, आँख-मिचौली ही तो थी।...कभी वह किसी को ढूँढ़ लेती थी और कभी कोई उसे ढूँढ़ लेता था... बस, यों ही उसका जीवन बीत रहा था। वह खुश थी, इसलिए कि उसको खुश रहना पड़ता था। हर रोज रात को कोई न कोई मर्द उसके चौड़े सागौनी पलंग पर होता था और सुगन्धी, जिसको मर्दों को ठीक करने के अनगिनत गुर याद थे, इस बात का बार-बार निश्चय करने पर भी कि वह उन मर्दों की कोई ऐसी-वैसी बात नहीं मानेगी और उनके साथ बड़े रूखेपन से पेश आएगी, हमेशा अपनी भावनाओं की धारा में बह जाया करती थी और सिर्फ एक प्यासी औरत रह जाया करती थी।

हर रोज़ रात को उसका पुराना या नया मुलाकाती उससे कहा करता था, 'सुगन्धी! मैं तुमसे प्यार करता हूँ।' और सुगन्धी, यह जानते हुए भी कि वह झूठ बोलता है, मोम हो जाती थी और ऐसा महसूस करती थी, जैसे सचमुच उससे प्यार किया जा रहा है! प्यार, कितना सुन्दर शब्द है! वह चाहती थी, उसको पिघलाकर अपने सारे अंगों पर मल ले, उसकी मालिश करे, ताकि यह सारे का सारा उसके जिस्म में रच जाए...या फिर वह खुद उसके अन्दर चली जाए...सिमट-सिमटकर उसके अन्दर दाखिल हो जाए और ऊपर से ढकना बन्द कर दे। कभी-कभी जब प्यार करने और प्यार किए जाने की इच्छा उसके अन्दर शिद्दत से उठती तो कई बार उसके मन में आता कि अपने पास पड़े हुए आदमी को गोद में लेकर थपथपाना शुरू कर दे और लोरियाँ देकर उसे अपनी गोद में ही सुला दे।

प्यार कर सकने की शक्ति उसके अन्दर इतनी ज़्यादा थी कि हर उस मर्द से, जो उसके पास आता था, वह प्यार कर सकती थी और फिर उसको निभा सकती थी। अब तक चार मर्दों से (जिनकी तस्वीरें उसके सामने दीवार पर लटक रही

थीं) वह प्यार निभा ही तो रही थी। हर समय यह एहसास उसके दिल में बना रहता था कि वह बहुत अच्छी है। लेकिन यह अच्छापन मर्दों में क्यों नहीं होता, यह बात उसकी समझ में न आती थी।...एक बार आईना देखते हुए अनायास उसके मुँह से निकल गया था—'सुगन्धी! तुझसे ज़माने ने अच्छा सुलूक नहीं किया!'

यह ज़माना, यानी पाँच बरसों के दिन और उनकी रातें, उसके जीवन के हर तार के साथ जुड़ा हुआ था। हालाँकि उस ज़माने से उसको वह खुशी नसीब नहीं हुई थी, जिसकी इच्छा उसके मन में मौजूद थी, फिर भी वह चाहती थी कि यों ही उसके दिन बीतते चले जाएँ। उसे कौन-से महल खड़े करने थे, जो रुपए-पैसे का लालच करती। दस रुपए उसका आम रेट था, जिसमें से अढ़ाई रुपए रामलाल अपनी दलाली के काट लेता था। साढ़े सात रुपए उसे रोज़ मिल ही जाया करते थे, जो उसकी अकेली जान के लिए काफी थे, और माधो जब पूने से, बकौल रामलाल दलाल, सुगन्धी पर धावे बोलने के लिए आता था, तो वह दस-पन्द्रह रुपए टैक्स-स्वरूप भी अदा करती थी। यह टैक्स सिर्फ इस बात का था कि सुगन्धी को उससे कुछ 'वह' हो गया था। रामलाल दलाल ठीक कहता था, उसमें कुछ ऐसी बात ज़रूर थी, जो सुगन्धी को बहुत भा गई थी। अब उसको छिपाना क्या? बता ही क्यों न दे।

सुगन्धी से जब माधो की पहली मुलाकात हुई तो उसने कहा था, 'तुझे लाज नहीं आती अपना भाव करते? जानती है, तू मेरे साथ किस चीज़ का सौदा कर रही है?...और मैं तेरे पास क्यों आया हूँ?...छिः-छिः-छिः! दस रुपए, और जैसा कि तू कहती है, ढाई रुपए दलाल के, बाकी रहे साढ़े सात—रहे न साढ़े सात?... अब इन साढ़े सात रुपल्लियों पर तू मुझे ऐसी चीज़ देने का वचन देती है, जो तू दे ही नहीं सकती और मैं ऐसी चीज़ लेने आया हूँ, जो मैं ले ही नहीं सकता... मुझे औरत चाहिए, पर तुझे क्या इसी वक्त, इसी घड़ी मर्द चाहिए...मुझे तो कोई भी औरत भा जाएगी, पर क्या मैं तुझे जँचता हूँ?...तेरा-मेरा नाता ही क्या है, कुछ भी नहीं...बस, ये दस रुपए, जिसमें से ढाई दलाली में चले जाएँगे और बाकी इधर-उधर बिखर जाएँगे, तेरे और मेरे बीच बज रहे हैं...तू भी इनका बजना सुन रही है और मैं भी। तेरा मन कुछ और सोचता है, मेरा मन कुछ और...क्यों न कोई ऐसी बात करें कि तुझे मेरी ज़रूरत हो और मुझे तेरी! पूने में हवलदार हूँ। महीने में एक बार आया करूँगा, तीन-चार दिन के लिए...यह धन्धा छोड़...मैं तुझे खर्च दे दिया करूँगा...क्या भाड़ा है इस खोली का?'

माधो ने और भी बहुत कुछ कहा था, जिसका असर सुगन्धी पर इतना ज्यादा हुआ था कि वह कुछ क्षणों के लिए अपने आपको हवलदारनी समझने लगी थी।

बातें करने के बाद माधो ने उसके कमरे की बिखरी हुई चीज़ें करीने से रखी थीं और वह नंगी तस्वीरें, जो सुगन्धी ने अपने सिरहाने लगा रखी थीं, बिना पूछे फाड़ दी थीं और कहा था, 'सुगन्धी, भई मैं ऐसी तस्वीरें यहाँ नहीं रखने दूँगा...और पानी का यह घड़ा...देखो तो, कितना मैला है और ये...ये चीथड़े, ये चिन्दियाँ...उफ़... कितनी बुरी बास आती है...उठा के बाहर फेंक इनको...और तूने अपने बालों का ये क्या सत्यानास कर रखा है और...और... ।'

तीन घण्टे की बातचीत के बाद सुगन्धी और माधो दोनों आपस में घुलमिल गए थे और सुगन्धी को तो ऐसा महसूस हुआ था, जैसे वह बरसों से हवलदार को जानती है। उस वक्त तक किसी ने भी कमरे में बदबूदार चीथड़ों, मैले घड़े और नंगी तस्वीरों की मौजूदगी का ख्याल नहीं किया था और न कभी किसी ने उसको यह महसूस करने का मौका दिया था कि उसका एक घर है, जिसमें घरेलूपन आ सकता है। लोग आते थे और बिस्तर तक की गन्दगी को महसूस किए बिना चले जाते थे। कोई सुगन्धी से यह नहीं कहता था, 'देख तो, आज तेरी नाक लाल हो रही है। कहीं जुकाम न हो जाए तुझे...ठहर, मैं तेरे लिए दवा लाता हूँ।' माधो कितना अच्छा था। उसकी हर बात बावन तोला और पाव रत्ती की थी। क्या खरी-खरी सुनाई थी उसने सुगन्धी को। उसे महसूस होने लगा था कि उसे माधो की ज़रूरत है, और इसलिए उन दोनों का सम्बन्ध हो गया।

महीने में एक बार माधो पूने से आता था और वापस जाते हुए सुगन्धी से कहा करता था, 'देख सुगन्धी! अगर तूने फिर से अपना धन्धा शुरू किया तो बस तेरी-मेरी टूट जाएगी।...अगर तूने एक बार भी किसी मर्द को अपने यहाँ ठहराया तो चुटिया से पकड़कर बाहर निकाल दूँगा...देख, इस महीने का खर्च मैं तुझे पूना पहुँचते ही मनीआर्डर कर दूँगा...हाँ, क्या भाड़ा है इस खोली का?'

न माधो ने कभी पूने से खर्च भेजा था और न सुगन्धी ने अपना धन्धा बंद किया था। दोनों अच्छी तरह जानते थे, कि क्या हो रहा है। न सुगन्धी ने माधो से यह कहा था, 'तू यह टर-टर क्या करता है! एक फूटी कौड़ी भी दी है कभी तूने?' और न माधो ने कभी सुगन्धी से पूछा था, 'यह माल तेरे पास कहाँ से आता है, जबकि मैं तुझे कुछ देता ही नहीं!' दोनों झूठे थे। दोनों एक गिलट की हुई ज़िन्दगी बिता रहे थे।...लेकिन सुगन्धी खुश थी। जिसको असली सोना पहनने को न मिले, वह गिलट किए हुए गहनों पर ही सन्तोष कर लिया करता है।

उस समय सुगन्धी थकी-माँदी सो रही थी। बिजली का हण्डा, जिसे वह ऑफ करना भूल गई थी, उसके सिर के ऊपर लटक रहा था। उसकी तेज़ रोशनी उसकी मुँदी हुई आँखों के साथ टकरा रही थी, मगर वह गहरी नींद सो रही थी।

दरवाज़े पर दस्तक हुई।...रात के दो बजे यह कौन आया था? सपनों में डूबे हुए सुगन्धी के कानों में दस्तक की आवाज़ भनभनाहट बनकर पहुँची। दरवाज़ा जब ज़ोर से खटखटाया गया तो वह चौंककर उस बैठी।...दो मिली-जुली शराबों और दाँतों की रीखों में फँसे हुए मछली के रेशों ने उसके मुँह के अंदर ऐसा लुआब पैदा कर दिया था, जो बेहद कसैला और लेसदार था। धोती के पल्लू से उसने यह बदबूदार लुआब साफ किया और आँखें मलने लगी। पलंग पर वह अकेली थी। झुककर उसने पलंग के नीचे देखा तो उसका कुत्ता, सूखी हुई चप्पलों पर मुँह रखे, सो रहा था और नींद में किसी अनजान चीज़ को मुँह चिढ़ा रहा था। तोता पीठ के बालों में सिर दिए सो रहा था।

दरवाज़े पर फिर दस्तक हुई। सुगन्धी बिस्तर पर से उठी। उसका सिर दर्द के मारे फटा जा रहा था। घड़े से पानी का एक डोंगा निकालकर उसने कुल्ली की और दूसरा डोंगा गटागट पीकर उसने दरवाज़े का पट थोड़ा-सा खोला और कहा, 'रामलाल!'

रामलाल, बाहर दस्तक देते-देते थक गया था, भन्नाकर बोला, 'तुझे साँप सूँघ गया था या क्या हो गया था? एक घण्टे से बाहर खड़ा दरवाज़ा खटखटा रहा हूँ। कहाँ मर गई थी?' फिर आवाज़ दबाकर उसने हौले-से पूछा, 'अंदर कोई है तो नहीं?"

जब सुगन्धी ने कहा 'नहीं' तो रामलाल की आवाज़ फिर ऊँची हो गई, "तू दरवाज़ा क्यों नहीं खोलती?...भई हद हो गई। क्या नींद पाई है! ऐसे एक-एक छोकरी उठाने में दो-दो घण्टे सिर खपाना पड़े तो मैं अपना धंधा कर चुका।...अब तू मेरा मुँह क्या देखती है। झटपट यह धोती उतारकर वह फूलों वाली साड़ी पहन, पाउडर-वाउडर लगा और चल मेरे साथ...बाहर मोटर में एक सेठ बैठे तेरा इन्तज़ार कर रहे हैं...चल-चल एकदम जल्दी कर!'

सुगन्धी आरामकुर्सी पर बैठ गई और रामलाल आईने के सामने अपने बालों में कंघी करने लगा।

सुगन्धी ने तिपाई की तरफ हाथ बढ़ाया और बाम की शीशी उठाकर उसका ढकना खोलते हुए कहा, 'रामलाल, आज मेरा जी अच्छा नहीं।'

रामलाल ने कंघी दीवारगीर पर रख दी और मुड़कर कहा, 'तो पहले ही कह दिया होता।'

सुगन्धी ने माथे और कनपटियों पर बाम मलते हुए रामलाल का भ्रम दूर कर दिया, 'वह बात नहीं रामलाल...ऐसे ही मेरा जी अच्छा नहीं...बहुत पी गई।'

रामलाल के मुँह में पानी भर आया, 'थोड़ी बची हो तो ला, ज़रा हम भी मुँह का मज़ा ठीक कर लें।'

सुगन्धी ने बाम की शीशी तिपाई पर रख दी और कहा, 'बचाई होती तो यह मुआ सिर में दर्द ही क्यों होता! देख रामलाल, वह जो बाहर मोटर में बैठा है, तू उसे अंदर ही ले आ।'

रामलाल ने जवाब दिया, 'नहीं भई, वह अंदर नहीं आ सकते। जैन्टलमैन आदमी हैं। वे तो मोटर को गली के बाहर खड़ी करते हुए भी घबराते थे...तू कपड़े-वपड़े पहन ले और ज़रा गली की नुक्कड़ तक चल...सब ठीक हो जाएगा।'

साढ़े सात रुपए का सौदा था। सुगन्धी उस हालत में, जबकि उसके सिर में बेहिसाब दर्द हो रहा था, कभी स्वीकार न करती, मगर उसे रुपयों की सख्त ज़रूरत थी। उसके साथ वाली खोली में एक मद्रासी औरत रहती थी, जिसका पति मोटर के नीचे आकर मर गया था। इस औरत को अपनी जवान लड़की के साथ अपने घर जाना था, लेकिन उसके पास चूँकि किराया ही नहीं था, इसलिए वह असहाय अवस्था में पड़ी थी। सुगन्धी ने कल ही उसको ढाढ़स दिया था और उससे कहा था, 'बहन, तू चिन्ता न कर। मेरा आदमी पूने से आनेवाला है। मैं उससे कुछ रुपए लेकर तेरे जाने का बन्दोबस्त कर दूँगी।'

...माधो पूना से आनेवाला था, मगर रुपयों का बन्दोबस्त तो सुगन्धी को ही करना था। इसलिए वह उठी और जल्दी-जल्दी कपड़े बदलने लगी। पाँच मिनट में उसने धोती उतारकर, फूलों वाली साड़ी पहनी और गालों पर लाल पाउडर लगाकर तैयार हो गई। घड़े से ठंडे पानी का एक और डोंगा उसने पिया और रामलाल के साथ हो ली।

गली, जो कि छोटे शहरों के बाज़ारों से भी कुछ बड़ी थी, बिलकुल खामोश थी। गैस के वे लैम्प, जो खम्भों पर जड़े हुए थे, पहले की बनिस्बत बहुत धुँधली रोशनी दे रहे थे। लड़ाई[1] के कारण उनके शीशों को गन्दला कर दिया गया था। उस अन्धी रोशनी में गली के आखिरी सिरे पर एक मोटर नज़र आ रही थी।

कमज़ोर रोशनी में उस काले रंग की मोटर का साया और रात के पिछले पहर का भेद-भरा सन्नाटा...सुगन्धी को ऐसा लगा कि उसके सिर का दर्द सारे माहौल पर छा गया है। एक कसैलापन उसे हवा के अन्दर भी महसूस होता था, जैसे ब्राण्डी और ब्योड़े की बास से वह भी बोझल हो रही हो।

---

1. द्वितीय महायुद्ध

आगे बढ़कर रामलाल ने मोटर के अन्दर बैठे हुए आदमियों से कुछ कहा। इतने में जब सुगन्धी मोटर के पास पहुँच गई तो रामलाल एक तरफ हटकर बोला, 'लीजिए, वह आ गई...बड़ी अच्छी छोकरी है। थोड़े ही दिन हुए हैं इसे धन्धा शुरू किए।' फिर सुगन्धी की ओर मुड़कर कहा, 'सुगन्धी, इधर आ, सेठजी बुलाते हैं।'

सुगन्धी साड़ी का एक किनारा अपनी उँगली पर लपेटती हुई आगे बढ़ी और मोटर के पास खड़ी हो गई। सेठ साहब ने टार्च से उसके चेहरे के पास रोशनी की। एक क्षण के लिए उस रोशनी ने सुगन्धी की खुमार-भरी आँखों में चकाचौंध पैदा की। फिर बटन दबाने की आवाज़ पैदा हुई और रोशनी बुझ गई। साथ ही सेठ के मुँह से 'ऊँह' निकली। फिर एकदम मोटर का इंजन फड़फड़ाया और मोटर यह जा, वह जा...

सुगन्धी कुछ सोच भी न पाई कि मोटर चल दी। उसकी आँखों में अभी तक टार्च की तेज़ रौशनी घुसी हुई थी। वह सेठ का चेहरा भी तो ठीक तरह से न देख सकी थी। यह आखिर हुआ क्या था? इस 'ऊँह' का क्या मतलब था, जो अभी तक उसके कानों में भनभना रही थी? क्या?...क्या?

रामलाल दलाल की आवाज़ सुनाई दी, 'पसन्द नहीं किया तुझे।...अच्छा भई, मैं चलता हूँ। दो घण्टे मुफ्त में ही बरबाद किए।'

सुनकर सुगन्धी की टाँगों में, उसकी बाँहों में, उसके हाथों में एक जबर्दस्त हरकत का इरादा पैदा हुआ। कहाँ थी वह मोटर...कहाँ था वह सेठ...तो 'ऊँह' का मतलब यह था कि उसने मुझे पसन्द नहीं किया...उसकी...

गाली उसके पेट के अंदर से उठी और ज़बान की नोक पर आकर रुक गई। वह आखिर गाली किसे देती! मोटर तो जा चुकी थी। उसकी दुम की लाल बत्ती उसके सामने, बाज़ार के अँधियारे में डूब रही थी। और सुगन्धी को ऐसा महसूस हो रहा था कि वह लाल-लाल अँगारा 'ऊँह' है, जो उसके सीने में बरमे की तरह उतरा चला जा रहा है। उसके जी में आया कि ज़ोर से पुकारे, 'ओ सेठ...ओ सेठ...जरा मोटर रोकना अपनी...बस एक मिनट के लिए' पर वह सेठ, थू है उसकी जात पर, बहुत दूर निकल चुका था।

वह सुनसान बाज़ार में खड़ी थी। फूलों वाली साड़ी, जो वह खास-खास मौकों पर पहना करती थी, रात के पिछले पहर की हल्की-फुल्की हवा में लहरा रही थी। यह साड़ी और उसकी रेशमी सरसराहट सुगन्धी को कितनी बुरी मालूम हो रही थी! वह चाहती थी कि उस गाड़ी के चिथड़े उड़ा दे, क्योंकि साड़ी हवा में लहरा-लहराकर 'ऊँह-ऊँह' कर रही थी।

गालों पर उसने पाउडर लगाया था और होठों पर सुर्खी। जब उसे खयाल आया कि यह सिंगार उसने अपने-आपको पसन्द कराने के लिए किया था तो शर्म के मारे उसे पसीना आ गया। यह शर्मिन्दगी दूर करने के लिए उसने क्या कुछ न सोचा, 'मैंने उस मुए को दिखाने के लिए थोड़े ही अपने आपको सजाया था। यह तो मेरी आदत है—मेरी क्या, सबकी यही आदत है...पर...पर...यह रात के दो बजे और रामलाल दलाल और...यह बाज़ार...और वह मोटर और टार्च की चमक'।... यह सोचते ही रोशनी के धब्बे उसकी नज़र की हद तक फ़िज़ा में इधर-उधर तैरने लगे और मोटर के इन्जन की फड़फड़ाहट उसे हवा के हर झोंकें में सुनाई देने लगी।

उसके माथे पर बाम का लेप, जो सिंगार करते समय बिलकुल हल्का हो गया था, पसीना आने की वजह से उसके लोम-रन्ध्रों में दाखिल होने लगा और सुगन्धी को अपना माथा किसी और का माथा मालूम हुआ। जब हवा का एक झोंका उसके पसीने से भीगे माथे के पास से गुज़रा तो उसे ऐसा लगा कि ठण्डा-ठण्डा टीन का एक टुकड़ा काटकर उसके माथे के साथ चिपका दिया गया है। सिर में दर्द वैसे का वैसा मौजूद था, पर विचारों की भीड़भाड़ और उनके शोर ने उस दर्द को अपने नीचे दबा रखा था। सुगन्धी ने कई बार उस दर्द को अपने खयालों के नीचे से निकालकर ऊपर लाना चाहा, पर नाकाम रही। वह चाहती थी कि किसी न किसी तरह उसका अंग-अंग दुखने लगे। उसके सिर में दर्द हो—ऐसा दर्द कि वह सिर्फ दर्द ही का खयाल करे, बाकी सब कुछ भूल जाए। यह सोचते-सोचते उसके दिल में कुछ हुआ—क्या यह दर्द था?—पल-भर के लिए उसका दिल सिकुड़ा और फिर फैल गया—यह क्या था?...लानत है! यह तो वही 'ऊँह' थी, जो उसके दिल के अन्दर कभी सिकुड़ती थी और कभी फैलती थी।

घर की तरफ सुगन्धी के कदम उठे ही थे कि रुक गए और वह ठहरकर सोचने लगी, 'रामलाल दलाल का खयाल है कि उसे मेरी शक्ल पसन्द नहीं आई—शक्ल का तो उसने ज़िक्र नहीं किया। उसने तो यह कहा था—सुगन्धी, पसद नहीं किया तुझे। उसे...उसे...सिर्फ मेरी शक्ल ही पसन्द नहीं आती। वह, जो अमावस की रात को आया था, कितनी बुरी सूरत थी उसकी! क्या मैंने नाक-भौं नहीं चढ़ाई थी? जब वह मेरे साथ सोने लगा था तो मुझे घिन नहीं आई थी?...क्या मुझे उबकाई आते-आते नहीं रुक गई थी?... ठीक है; पर सुगन्धी, तूने उसे दुत्कारा नहीं था, तूने उसे ठुकराया नहीं था,...इस मोटरवाले सेठ ने तो तेरे मुँह पर थूका है...ऊँह... इस 'ऊँह' का और मतलब ही क्या है?...यही कि इस छछूँदर के सिर में चमेली का तेल...ऊँह...यह मुँह और मसूर की दाल...अरे रामलाल, तू यह छिपकली कहाँ

से पकड़कर ले लाया है...इसी लौंडिया की इतनी तारीफ कर रहा था तू...दस रुपए और यह औरत...! खच्चर क्या बुरी है...।'

सुगन्धी सोच रही थी और उसके पैर के अँगूठे से लेकर सिर की चोटी तक गर्म लहरें दौड़ रही थीं। उसको कभी अपने-आप पर गुस्सा आ रहा था और कभी रामलाल दलाल पर, जिसने रात के दो बजे बेआराम किया। लेकिन फौरन ही वह दोनों को बेकसूर पाकर सेठ का खयाल करने लगती थी। उस खयाल के आते ही उसकी आँखें, उसके कान, उसकी बाँहें, उसकी टाँगें, उसका सब कुछ मुड़ता था कि उस सेठ को कहीं देख पाए...उसके अंदर यह इच्छा बड़ी शिद्दत के साथ पैदा हो रही थी कि जो कुछ हो चुका है, एक बार फिर हो...सिर्फ एक बार... वह हौले-हौले मोटर की तरफ बढ़े, मोटर के अंदर से एक हाथ टार्च निकाले और उसके चेहरे पर रौशनी फेंके, 'ऊँह' की आवाज़ आए और सुगन्धी अन्धाधुन्ध अपने दोनों पन्जों से सेठ का मुँह नोचना शुरू कर दे। जंगली बिल्ली की तरह झपटे और अपनी उँगलियों के सारे नाखून, जो उसने नए फैशन के मुताबिक बढ़ा रखे थे, उस सेठ के गालों में गाड़ दे...बालों से पकड़कर बाहर घसीट ले और धड़ाधड़ पीटना शुरू कर दे, और जब थक जाए...जब थक जाए तो रोना शुरू कर दे।

रोने का खयाल सुगन्धी को सिर्फ इसीलिए आया कि उसकी आँखों में गुस्से और बेबसी की शिद्दत के कारण तीन-चार बड़े-बड़े आँसू बन रहे थे। एकाएक सुगन्धी ने अपनी आँखों से सवाल किया, 'तुम रोती क्यों हो? तुम्हें क्या हुआ है कि टपकने लगी हो?...आँखों से किया गया सवाल कुछ क्षणों तक उन आँसुओं में तैरता रहा, जो अब पलकों पर काँप रहे थे। सुगन्धी उन आँसुओं में देर तक उस शून्य को घूरती रही, जिधर सेठ की मोटर गई थी।

फड़ फड़ फड़...यह आवाज़ कहाँ से आई...? सुगन्धी ने चौंककर इधर-उधर देखा लेकिन किसी को न पाया...अरे! यह तो उसका दिल फड़फड़ाया है—वह समझी थी, मोटर का इंजन बोला है। उसका दिल...यह क्या हो गया है उसके दिल को!... आज ही यह रोग लग गया था उसे...अच्छा-भला चलता-चलता, एक जगह रुककर धड़-धड़ क्यों करने लगता है...बिलकुल उस घिसे हुए रिकार्ड की तरह, जो सुई के नीचे एक जगह आकर रुक जाता था और 'रात कटी गिन-गिन तारे' कहता-कहता 'तारे-तारे' की रट लगाने लगता था।

आसमान तारों से अटा हुआ था। सुगन्धी ने उनकी तरफ देखा और कहा, 'कितने सुन्दर हैं!'...वह चाहती थी कि अपना ध्यान किसी और तरफ पलट दे; पर जब उसने 'सुन्दर' कहा तो झट से यह खयाल उसके दिमाग में कूदा, 'ये तारे तो सुन्दर हैं, पर तू कितनी भौण्डी है...क्या भूल गई कि अभी-अभी तेरी सूरत को फटकारा गया है।'

सुगन्धी कुरूप तो नहीं थी। यह खयाल आते ही वे सारी परछाइयाँ एक-एक करके उसकी आँखों के सामने आने लगीं, जो इन पाँच बरसों के दौरान वह आइने में देख चुकी थी। इसमें कोई सन्देह नहीं कि उसका रंग-रूप अब वह नहीं रहा था, जो आज से पाँच साल पहले था, जबकि वह सारी चिन्ताओं से मुक्त, अपने माँ-बाप के साथ रहा करती थी। लेकिन वह कुरूप तो नहीं हो गई थी। उसकी शक्ल-सूरत उन आम औरतों की-सी थी, जिनकी ओर मर्द गुज़रते-गुज़रते घूरकर देख लिया करते हैं। उसमें वे सारी खूबियाँ मौजूद थीं, जो सुगन्धी के खयाल में हर मर्द उस औरत में ज़रूरी समझता है, जिसके साथ उसे एक-दो रातें बितानी होती हैं। वह जवान थी, उसके अंग सुडौल थे। कभी-कभी, नहाते समय जब उसकी निगाहें अपनी रानों पर पड़ती थीं तो वह खुद उनकी गोलाई और गदराहट को पसन्द किया करती थी। वह हँसमुख थी। इन पाँच बरसों के दौरान शायद ही कोई आदमी उससे नाखुश होकर गया हो...बड़ी मिलनसार थी, बड़ी सहृदय थी। पिछले दिनों, क्रिसमस में, जब वह 'गोल पीठा' में रहा करती थी, एक नौजवान लड़का उसके पास आया था। सुबह उठकर, जब उसने कमरे में जाकर, खूँटी से अपना कोट उतारा तो बटुआ गायब पाया। सुगन्धी का नौकर यह बटुआ ले उड़ा था। बेचारा बहुत परेशान हुआ। छुट्टियाँ बिताने के लिए हैदराबाद से बम्बई आया था। अब उसके पास वापस जाने के लिए भी किराया न था। सुगन्धी ने तरस खाकर उसे उसके दस रुपए वापस कर दिए थे।

'मुझमें क्या बुराई है...?' सुगन्धी ने यह सवाल हर उस चीज़ से किया, जो उसकी आँखों के सामने थी। गैस के अन्धे लैम्प, लोहे के खम्भे, फुटपाथ के चौकोर पत्थर और सड़क की उखड़ी हुई बजरी—इन सब चीज़ों की तरफ उसने बारी-बारी से देखा। फिर उसने आकाश की ओर निगाहें उठाई, जो उसके ऊपर झुका हुआ था, पर सुगन्धी को कोई जवाब न मिला।

जवाब उसके अन्दर मौजूद था। वह जानती थी कि वह बुरी नहीं, अच्छी है; पर वह चाहती थी कि कोई उनका समर्थन करे...कोई...कोई...उस वक्त कोई उसके कन्धों पर हाथ रखकर सिर्फ इतना कह दे, 'सुगन्धी, कौन कहता है कि, तू बुरी है? जो तुझे बुरा कहे, वह आप बुरा है।'...नहीं, यह कहने की कोई खाश ज़रूरत नहीं थी। किसी का इतना भर कह देना ही काफी था, 'सुगन्धी, तू बहुत अच्छी है।'

वह सोचने लगी कि वह क्यों चाहती है, कोई उसकी तारीफ करे? इससे पहले उसे इतनी शिद्दत से इस बात की ज़रूरत महसूस नहीं हुई थी। आज क्यों वह बेजान चीज़ों को भी ऐसी नज़रों से देखती है, जैसे उन पर अपने अच्छे होने

का एहसास तारी करना चाहती हो! उसके जिस्म का ज़र्रा-ज़र्रा क्यों 'माँ' बन रहा था? वह माँ बनकर धरती की हर चीज़ को अपनी गोद में लेने के लिए क्यों तैयार हो रही थी? उसका जी क्यों चाहता था कि वह सामने वाले गैस के खम्भे के साथ चिमट जाए और उसके ठण्डे लोहे पर अपने गाल रख दे—गर्म-गर्म गाल—और उसकी सारी सर्दी चूस ले।

थोड़ी देर के लिए उसे ऐसा लगा कि गैस के अन्धे लैम्प, लोहे के खम्भे, फुटपाथ के चौकोर पत्थर और हर वह चीज़, जो रात के सन्नाटे में उसके आसपास थी, हमदर्दी की नज़रों से उसे देख रही है और उसके ऊपर झुका हुआ आकाश भी, जो मटियाले रंग की मोटी चादर मालूम होता था, जिसमें अनगिनत छेद हो रहे थे, उसकी बातें समझता था और सुगन्धी को भी ऐसा लगता था कि वह तारों का टिमटिमाना समझती है—लेकिन उसके अन्दर यह क्या गड़बड़ थी?...वह क्यों अपने अन्दर उस मौसम की फ़िज़ा महसूस कर रही है, जो बारिश से पहले देखने में आया करती है?—उसका जी चाहता था कि उसके जिस्म का एक-एक लोम-रन्ध्र खुल जाए और जो कुछ उसके अन्दर उबल रहा है, उनके रास्ते बाहर निकल जाए। पर यह कैसे हो...कैसे हो?

सुगन्धी गली के नुक्कड़ पर खत डालने वाले लाल बम्बे के पास खड़ी थी। हवा के तेज़ झोंके से बम्बे की लोहे की जीभ जो उसके खुले हुए मुँह में लटकी रहती थी, खड़खड़ाई तो सुगन्धी की निगाहें एकदम उस ओर उठीं, जिधर मोटर गई थी; पर उसे कुछ दिखाई न दिया। उसके अन्दर कितनी ज़बरदस्त इच्छा थी कि वह सेठ मोटर पर एक बार फिर आए और...और...

'न आए...बला से...मैं अपनी जान क्यों बेकार हलकान करूँ! घर चलते हैं और आराम से लम्बी तानकर सोते हैं। इन झगड़ों में रखा ही क्या है? मुफ्त की सिरदर्दी ही तो है...चल सुगन्धी, घर चल...ठण्डे पानी का एक डोंगा पी और थोड़ा-सा बाम मलकर सो जा...फर्स्ट क्लास नींद आएगी और सब ठीक हो जाएगा... सेठ और उस मोटर की ऐसी की तैसी...'

यह सोचते हुए सुगन्धी का बोझ हलका हो गया, जैसे वह किसी ठण्डे तालाब से नहा-धोकर बाहर निकली हो। जिस तरह पूजा करने के बाद उसका शरीर हलका हो जाता था, उसी तरह अब भी हलका हो गया था। घर की तरफ चलने लगी तो विचारों का बोझ न होने के कारण उसके कदम कई बार लड़खड़ाए।

अपने मकान के पास पहुँची तो एक टीस के साथ फिर सारी घटना उसके मन में उठी और दर्द की तरह उसके रोएँ-रोएँ पर छा गई। कदम फिर बोझिल

हो गए और वह इस बात को शिद्दत के साथ महसूस करने लगी कि घर से बुलाकर, बाहर बाज़ार में मुँह पर रोशनी का चाँटा मारकर, एक आदमी ने अभी-कभी उसकी हतक की है। यह खयाल आया तो उसने अपनी पसलियों पर किसी के सख्त अँगूठे महसूस किए, जैसे कोई उसे भेड़-बकरी की तरह दबा-दबाकर देख रहा हो कि गोश्त भी है या बाल ही हैं। 'उस सेठ ने, परमात्मा करे...' सुगन्धी ने चाहा कि उसे शाप दे, पर सोचा, शाप देने से क्या बनेगा! मज़ा तो तब था कि वह सामने होता और वह उसके वजूद के हर ज़र्रे पर अपनी धिक्कारें लिख देती...उसके मुँह पर कुछ ऐसी बात कहती कि वह ज़िन्दगी-भर बेचैन रहता। ...कपड़े फाड़कर उसके सामने नंगी हो जाती और कहती, 'यही लेने आया था न तू?...ले, दाम दिए बिना ले जा इसे...पर जो कुछ मैं हूँ, जो कुछ मेरे अन्दर छिपा है, वह तू क्या तेरा बाप भी नहीं खरीद सकता...'

बदला लेने के नए-नए तरीके सुगन्धी के दिमाग में आ रहे थे। अगर उस सेठ से एक बार, सिर्फ एक बार उसकी मुठभेड़ हो जाए तो वह यह करे—यूं उससे बदला ले—नहीं, यूं नहीं, यूं—लेकिन जब सुगन्धी सोचती कि सेठ से उसका दोबारा मिलना असम्भव है तो वह उसे एक छोटी-सी गाली देने पर ही खुद को राजी कर लेती—बस, सिर्फ एक छोटी-सी गाली, जो उसकी नाक पर चिपकू मक्खी की तरह बैठ जाए और हमेशा वहीं जमीं रहे।

इसी उधेड़बुन में वह दूसरी मंजिल पर अपनी खोली के पास पहुँच गई। चोली में से चाबी निकालकर ताला खोलने के लिए हाथ बढ़ाया तो चाबी हवा ही में घूमकर रह गई। कुन्डे में ताला नहीं था। सुगन्धी ने किवाड़ अन्दर की ओर दबाए तो हल्की-सी चरचराहट पैदा हुई। अन्दर से किसी ने कुण्डी खोली और दरवाज़े ने जम्भाई ली। सुगन्धी अन्दर दाखिल हो गई।

माधो मूँछों में हँसा और दरवाज़ा बंद करके सुगन्धी से कहने लगा, 'आज तूने मेरा कहा मान ही लिया—सुबह की सैर तन्दुरुस्ती के लिए बड़ी अच्छी होती है। हर रोज़ इसी तरह सुबह उठकर घूमने जाया करेगी तो तेरी सारी सुस्ती दूर हो जाएगी और तेरी कमर का दर्द भी गायब हो जाएगा, जिसकी शिकायत तू आए दिन किया करती है। विक्टोरिया गार्डन तक तो हो आई होगी तू? क्यों?'

सुगन्धी ने कोई जवाब न दिया और न ही माधो ने जवाब चाहा। दरअसल जब माधो बात किया करता था तो उसका मतलब यह नहीं होता था कि सुगन्धी उसमें ज़रूर हिस्सा ले और सुगन्धी जब कोई बात किया करती थी तो यह जरूरी नहीं होता था कि माधो उसमें भाग ले—चूँकि कोई बात करनी होती थी, इसलिए वे कुछ कह दिया करते थे।

माधो बेंत की कुर्सी पर बैठ गया, जिसकी पीठ पर उसके तेल-चुपड़े सिर ने मैल का एक बहुत बड़ा धब्बा बना रखा था, और टाँग पर टाँग रखकर अपनी मूँछों पर उँगलियाँ फेरने लगा।

सुगन्धी पलंग पर बैठ गई और माधो से कहने लगी, 'मैं आज तेरी ही बाट देख रही थी।"

माधो बड़ा सिटपटाया, 'मेरी बाट! पर तुझे कैसे मालूम हुआ कि मैं आज आने वाला हूँ?'

सुगन्धी के भिंचे हुए होंठ खुले, उनपर एक पीली-सी मुस्कराहट नमूदार हुई, 'मैंने रात तुझे सपने में देखा था—उठी तो कोई भी न था। सो मन ने कहा, चलो, कहीं बाहर घूम आएँ...और...'

माधो खुश होकर बोला, 'और मैं आ गया...भई, बड़े लोगों की बातें बड़ी पक्की होती हैं। किसी ने ठीक ही कहा है, दिल को दिल से राह होती है...तूने यह सपना कब देखा था?'

सुगन्धी ने उत्तर दिया, 'चार बजे के करीब।'

माधो कुर्सी पर से उठकर सुगन्धी के पास बैठ गया, 'और मैंने तुझे ठीक दो बजे सपने में देखा...जैसे तू फूलों वाली साड़ी...अरे, बिलकुल यही साड़ी पहने मेरे पास खड़ी है। तेरे हाथों में...क्या था तेरे हाथों में?...हाँ, तेरे हाथों में रुपयों से भरी हुई थैली थी। तूने वह थैली मेरी झोली में रख दी और कहा, 'माधो, तू चिन्ता क्यों करता है? ले यह थैली...अरे, तेरे-मेरे रुपए क्या दो हैं?...सुगन्धी, तेरी जान की कसम, फौरन उठा और टिकट कटाकर इधर का रुख किया...क्या बताऊँ, बड़ी परेशानी है। बैठे-बिठाए एक केस हो गया है। अब बीस-तीस रुपए हों तो इंस्पेक्टर की मुट्ठी गरम करके छुटकारा मिले...थक तो नहीं गई तू? लेट जा, मैं तेरे पैर दबा दूँ। घूमने की आदत न हो तो थकान हो ही जाया करती है।...इधर मेरी तरफ पैर करके लेट जा।'

सुगन्धी लेट गई। दोनों बाँहों का तकिया बनाकर, वह उन पर सिर रखकर लेट गई और उस लहजे में, जो उसका अपना नहीं था, माधो से कहने लगी, 'माधो, यह किस मुए ने तुझपर केस किया है? जेल-वेल का डर हो तो मुझसे कह दे। बीस-तीस क्या, सौ-पचास भी ऐसे मौकों पर पुलिस के हाथ में थमा दिए जाएँ तो फायदा अपना ही है—जान बची लाखों पाए...बस-बस, अब जाने दे, थकन कुछ ज़्यादा नहीं है—मुट्ठी-चाँपी छोड़ और मुझे सारी बात सुना। केस का नाम सुनते ही मेरा दिल धक-धक करने लगा है...वापस कब जाएगा तू?'

माधो को सुगन्धी के मुँह से शराब की बास आई। उसने यह मौका अच्छा समझा और झट से कहा, 'दोपहर की गाड़ी से वापस जाना पड़ेगा। अगर शाम तक सब-इंस्पेक्टर को सौ-पचास न थमाए तो...ज़्यादा देने की जरूरत नहीं, मैं समझता हूँ, पचास में काम चल जाएगा!'

'पचास!' यह कहकर सुगन्धी बड़े आराम से उठी और उन चार तस्वीरों के पास धीरे-धीरे गई, जो दीवार पर लटक रही थीं। बायीं तरफ से तीसरे फ्रेम में माधो की तस्वीर थी। बड़े-बड़े फूलों वाले परदे के आगे कुर्सी पर, वह दोनों रानों पर हाथ रखे बैठा था। एक हाथ में गुलाब का फूल था। पास ही तिपाई पर दो मोटी-मोटी किताबें धरी थीं। तस्वीर खिंचवाते समय, तस्वीर खिंचवाने का खयाल माधो पर इतना छा गया था कि उसकी हर चीज़ तस्वीर से बाहर निकल-निकलकर—जैसे पुकार रही थी—'हमारा फोटो उतरेगा,' 'हमारा फोटो उतरेगा।'

कैमरे की तरफ माधो आँखें फाड़-फाड़कर देख रहा था और ऐसा मालूम होता था कि फोटो उतरवाते समय उसे बड़ी तकलीफ हो रही है।

सुगन्धी खिलखिलाकर हँस पड़ी—उसकी हँसी कुछ ऐसी तीखी और नुकीली थी कि माधो को सुइयाँ-सी चुभीं। पलंग पर से उठकर वह सुगन्धी के पास आ गया, 'किसकी तस्वीर देखकर तू इतने ज़ोर से हँसी है!'

सुगन्धी ने बाएँ हाथ की पहली तस्वीर की तरफ इशारा किया, जो म्युनिसिपैलिटी के सफाई-दारोगा की थी, 'इसकी...मुनशीपालटी के इस दारोगा की...जरा देख तो इसका थोबड़ा, कहता था, एक रानी मुझपर आशिक हो गई थी...ऊँह! यह मुँह और मसूर की दाल!' यह कहकर सुगन्धी ने फ्रेम को इस ज़ोर से खींचा कि दीवार में से कील भी पलस्तर सहित उखड़ आई।

माधो का अचरज अभी दूर न हुआ था कि सुगन्धी ने फ्रेम को खिड़की से बाहर फेंक दिया, दो मंज़िलों से वह फ्रेम नीचे ज़मीन पर गिरा और फिर काँच टूटने की झनकार सुनाई दी। सुगन्धी ने उस झनकार के साथ कहा, 'रानी भंगिन कचरा उठाने आएगी तो मेरे इस राजा को भी साथ ले जाएगी।'

एक बार फिर उसी नुकीली और तीखी हँसी की फुहार सुगन्धी के होंठों से गिरनी शुरू हुई, जैसे वह उनपर चाकू या छुरी की धार तेज़ कर रही हो।

माधो बड़ी मुश्किल से मुस्कराया। फिर हँसा, 'ही-ही-ही...!'

सुगन्धी ने दूसरा फ्रेम भी नोच लिया और खिड़की से बाहर फेंक दिया, 'इस साले का यहाँ क्या मतलब है? भोण्डी शक्ल का कोई आदमी यहाँ नहीं रहेगा... क्यों मोधो?'

माधो फिर बड़ी मुश्किल से मुस्कराया और फिर हँसा, 'ही-ही-ही...!'

एक हाथ से सुगन्धी ने पगड़ी वाले की तस्वीर उतारी और दूसरा उस फ्रेम की तरफ बढ़ाया, जिसमें माधो का फोटो जड़ा था। माधो अपनी जगह पर सिमट गया, जैसे हाथ उसी की तरफ बढ़ रहा हो। पल-भर में फ्रेम कील सहित सुगन्धी के हाथ में था।

ज़ोर का ठहाका लगाकर उसने 'ऊँह' की और दोनों फ्रेम एक साथ खिड़की में से बाहर फेंक दिए। दो मंज़िलों से जब फ्रेम ज़मीन पर गिरे और काँच टूटने की आवाज़ आई तो माधो को ऐसा मालूम हुआ कि उसके अन्दर कोई चीज़ टूट गई है। बड़ी मुश्किल से उसने हँसकर इतना कहा, 'अच्छा किया।...मुझे भी यह फोटो पसन्द नहीं था।'

धीरे-धीरे सुगन्धी माधो के पास आई और कहने लगी, 'तुझे यह फोटो पसन्द नहीं था...पर मैं पूछती हूँ, तुझमें है ऐसी कौन-सी चीज़, जो किसी को पसन्द आ सकती है—यह तेरी पकौड़े-सी नाक, यह तेरा बालों-भरा माथा, ये तेरे सूजे हुए नथुने, ये तेरे मुड़े हुए कान, यह तेरे मुँह की बास, यह तेरे बदन का मैल!...तुझे अपना फोटो पसन्द नहीं था। ऊँह! पसन्द क्यों होता, तेरे ऐब जो छिपा रखे थे उसने...आजकल ज़माना ही ऐसा है, जो ऐब छिपाए, वहीं बुरा...'

माधो पीछे हटता गया। आखिर जब वह दीवार के साथ लग गया तो उसने अपनी आवाज़ में ज़ोर पैदा करके कहा, 'देख सुगन्धी, मुझे ऐसा दिखाई देता है कि तूने फिर से अपना धन्धा शुरू कर दिया है...अब तुझसे आखिरी बार कहता हूँ...'

सुगन्धी ने इससे आगे माधो की नकल उतारते हुए कहना शुरू किया, 'अगर तूने फिर से अपना धन्धा शुरू कर दिया तो बस, तेरी-मेरी टूट जाएगी। अगर तूने फिर किसी को अपने यहाँ ठहराया तो चुटिया से पकड़कर तुझे बाहर निकाल दूँगा...इस महीने का खर्च मैं पूना पहुँचते ही मनीआर्डर कर दूँगा...हाँ, क्या भाड़ा है इस खोली का?'

माधो चकरा गया।

सुगन्धी ने कहना शुरू किया, 'मैं बताती हूँ, पन्द्रह रुपया भाड़ा है इस खोली का...और दस रुपया भाड़ा है मेरा...और जैसा तुझे मालूम है, अढाई रुपए दलाल के। बाकी रहे साढ़े सात, रहे न साढ़े सात? उन साढ़े सात रुपल्लियों में मैंने ऐसी चीज़ देने का वचन दिया था, जो मैं दे ही नहीं सकती थी और तू ऐसी चीज़ लेने आया था, जो तू ले ही नहीं सकता था...तेरा-मेरा नाता ही क्या था? कुछ भी नहीं!

बस, ये दस रुपए तेरे और मेरे बीच में बज रहे थे, सो हम दोनों ने मिलकर ऐसी बात की कि तुझे मेरी ज़रूरत हुई और मुझे तेरी...पहले तेरे और मेरे बीच में दस रुपए बजते थे, आज पचास बज रहे हैं। तू भी उनका बजना सुन रहा है और मैं भी उनका बजना सुन रही हूँ...यह तूने अपने बालों का क्या सत्यानाश कर रखा है?'

यह कहकर सुगन्धी ने माधों की टोपी उँगली से एक तरफ उड़ा दी। यह हरकत माधो को बहुत बुरी लगी। उसने बड़े कड़े स्वर में कहा, 'सुगन्धी!'

सुगन्धी ने माधो की जेब से रूमाल निकालकर सूंघा और ज़मीन पर फेंक दिया, ये चिथड़े, ये चिन्दियाँ...उफ! कितनी बुरी बास आती है, उठाके बाहर फेंक इनको...'

माधो चिल्लाया, 'सुगन्धी!'

सुगन्धी ने तेज़ लहजे में कहा, 'सुगन्धी के बच्चे तू आया किसलिए है यहाँ?... तेरी माँ रहती है इस जगह, जो तुझे पचास रुपए देगी? या तू कोई ऐसा बड़ा गबरू जवान है, जो मैं तुझपर आशिक हो गई हूँ? कुत्ते, कमीने! मुझ पर रौब गांठता है! मैं तेरी तबैल हूँ क्या?...भिखमंगे, तू अपने-आपको समझ क्या बैठा है?...मैं पूछती हूँ, तू है कौन?...चोर या गठकतरा?...इस समय तू मेरे मकान में क्या करने आया है...बुलाऊँ पुलिस को?...पूने में तुझपर केस हो या न हो, यहाँ तो तुझ पर एक केस खड़ा कर दूँ...'

माधो सहम गया। दबे लहजे में सिर्फ इतना कह सका, 'सुगन्धी, तुझे क्या हो गया है?'

'तेरी माँ का सिर...तू होता कौन है मुझसे ऐसे सवाल करने वाला? भाग यहाँ से, नहीं तो...' सुगन्धी की ऊँची आवाज़ सुनकर उसका खाजमारा कुत्ता, जो सूखी हुई चप्पलों पर मुँह रखे सो रहा था, हड़बड़ाकर उठा और माधों की तरफ मुँह उठाकर भूँकने लगा। कुत्ते के भूँकने के साथ ही सुगन्धी ज़ोर-ज़ोर से हँसने लगी।

माधो डर गया। गिरी हुई टोपी उठाने के लिए वह झुका तो उसे सुगन्धी की गरज सुनाई दी, 'खबरदार...पड़ी रहने दे वहीं...तू जा, तेरे पूना पहुँचते ही मैं इसे मनीआर्डर कर दूँगी।' यह कहकर वह ज़ोर से हँसी और हँसती-हँसती कुर्सी पर बैठ गई। उसके खाज-मारे कुत्ते ने भूँक-भूँककर माधो को कमरे से बाहर निकाल दिया। उसे सीढ़ियाँ उतारकर जब कुत्ता अपनी रुण्डमुण्ड दुम हिलाता सुगन्धी के पास आया और उसके कदमों के पास बैठकर कान फड़फड़ाने लगा तो सुगन्धी

चौंकी। उसने अपने चारों तरफ एक भयानक सन्नाटा देखा—ऐसा सन्नाटा, जो उसने पहले कभी न देखा था। उसे ऐसा लगा कि हर चीज़ खाली है...जैसे मुसाफिरों से लदी हुई रेलगाड़ी सब स्टेशनों पर मुसाफिर उतारकर अब लोहे के शेड में बिलकुल अकेली खड़ी है।... यह खालीपन, जो अचानक सुगन्धी के अन्दर पैदा हो गया था, उसे बहुत तकलीफ दे रहा था। उसने काफी देर तक इस शून्य को भरने का प्रयास किया लेकिन व्यर्थ। वह एक ही समय में अनगिनत विचार अपने दिमाग में ठूँसती थी, पर एकदम छलनी का-सा हिसाब था। इधर दिमाग को भरती थी, उधर वह खाली हो जाता था।

बड़ी देर तक वह बेंत की कुर्सी पर बैठी रही। सोच-विचार के बाद भी जब उसको अपना मन बहलाने का कोई तरीका न सूझा तो उसने अपने खाज-मारे कुत्ते को गोद में उठाया और सागवान के चौड़े पलंग पर उसे बगल में लिटाकर सो गई।

• • • • • •

काली सलवार

दिल्ली आने से पहले वह अम्बाला छावनी में थी, जहाँ कई गोरे उसके ग्राहक थे। उन गोरे ग्राहकों के कारण वह अंग्रेज़ी के दस-बारह वाक्य सीख गई थी। उन वाक्यों को वह साधारण बोल-चाल में इस्तेमाल नहीं करती थी; लेकिन जब वह दिल्ली में आई और उसका कारोबार न चला तो एक दिन उसने अपनी पड़ोसिन तमंचा जान से कहा :

'दिस लैफ वैरी बैड, यानी यह ज़िन्दगी बहुत बुरी है जबकि खाने को ही नहीं मिलता।'

अम्बाला छावली में उसका धन्धा बहुत अच्छी तरह चलता था। छावनी के गोरे शराब पीकर उसके पास भी आ जाते थे, और वह बीस-तीस रुपए पैदा कर लिया करती थी। ये गोरे उसके देशवासियों के मुकाबले में बहुत अच्छे थे। इसमें सन्देह नहीं कि वे ऐसी भाषा बोलते थे, जिसका मतलब सुल्ताना की समझ में नहीं आता था; लेकिन उनकी भाषा में यह अज्ञानता उसके लिए बड़ी हितकर सिद्ध होती थी। अगर वे उससे कुछ रियायत चाहते तो वह सिर हिलाकर कह दिया करती, 'साब, हमारी समझ में तुम्हारी बात नहीं आती।'

और, अगर वे ज़रूरत से ज़्यादा छेड़-छाड़ करते तो वह उनको अपनी भाषा में गालियाँ देना शुरू कर देती थी। आश्चर्य से उसके मुँह की ओर देखते तो वह उनसे कहती:

'साब, तुम एकदम उल्लू का पट्ठा है। हरामजादा है...समझा।' यह कहते हुए वह अपने स्वर में सख़्ती पैदा नहीं करती थी, बल्कि बड़े प्यार से यह सब कहती थी। गोरे हँस देते और हँसते समय वे सुल्ताना को बिल्कुल उल्लू के पट्ठे दिखाई देते।

लेकिन यहाँ दिल्ली में वह जब से आई थी, एक गोरा भी उसके यहाँ नहीं आया था। तीन महीने उसे हिन्दुस्तान के इस शहर में रहते हो गए थे, जहाँ उसने सुना था कि बड़े लाट साहब रहते हैं, जो गर्मियों में शिमले चले जाते हैं। इन तीन महीनों में केवल छः आदमी उसके पास आए थे—केवल छः, अर्थात् महीने में दो—और इन छः ग्राहकों से उसने खुदा झूठ न बुलवाए तो साढ़े अठारह रुपए वसूल किए थे।

साढ़े अठारह रुपए तीन महीनों में। बीस रुपए मासिक तो उस कोठे का किराया ही था, जिसे मकान मालिक अंग्रेज़ी भाषा में फ्लैट कहता था। उस फ्लैट में ऐसा पाखाना था जिसमें ज़ंजीर खींचने से सारी गन्दगी पानी के ज़ोर से एकदम नीचे नल में गायब हो जाती थी और बड़ा शोर होता था। शुरू-शुरू में तो इस शोर ने उसे बहुत डराया था। पहले दिन जब वह पाखाने में गई तो उसकी कमर में बड़ा दर्द हो रहा था। उसने लटकी हुई ज़ंजीर का सहारा ले लिया, जिसके बारे में उसका खयाल था कि उस जैसी औरतों के सहारे के लिए ही लगाई गई थी, लेकिन ज्यों ही उसने ज़ंजीर को पकड़कर उठना चाहा, ऊपर खट-खट-सी हुई और फिर पानी इस शोर के साथ बाहर निकला कि डर के मारे उसके मुँह से चीख निकल गई।

खुदाबख्श दूसरे कमरे में अपना फोटोग्राफी का सामान ठीक कर रहा था और एक साफ बोतल में हाइड्रोकोनीन डाल रहा था कि उसने सुलताना की चीख सुनी। दौड़कर बाहर निकला और सुलताना से पूछा :

'क्या हुआ? यह चीख तुम्हारी थी?'

सुलताना का दिल धड़क रहा था। उसने कहा, 'यह मुआ पाखाना है या क्या है? बीच में यह रेलगाड़ियों की तरह ज़ंजीर क्या लटका रखी है? मेरी कमर में दर्द था, मैंने कहा, चलो इसका सहारा ले लूँगी, पर इस मुई ज़ंजीर को छेड़ना था कि वह धमाका हुआ कि मैं तुमसे क्या कहूँ।'

इस पर खुदाबख्श बहुत हँसा था और उसने सुलताना को उस पाखाने की बाबत सब कुछ बता दिया था कि वह नए फैशन का पाखाना है, जिसमें जंजीर खींचने से सारी गन्दगी नीचे ज़मीन में चली जाती है। खुदाबख्श और सुलताना का आपस में कैसे सम्बन्ध हुआ, यह एक लम्बी कहानी है। खुदाबख्श रावलपिण्डी का था। मैट्रिक पास करने के बाद उसने लारी चलाना सीखा और फिर चार साल तक रावलपिण्डी और कश्मीर के दर्मियान लारी चलाने का काम करता रहा। उसके बाद कश्मीर में उसकी दोस्ती एक औरत से हो गई और वह उसे भगाकर लाहौर ले आया। लाहौर में चूँकि उसे कोई काम न मिला, इसलिए उसने उस औरत को

पेशे पर बिठा दिया। दो-तीन साल तक तो यह सिलसिला चलता रहा फिर वह औरत किसी और के साथ भाग गई। खुदाबख्श को पता चला कि वह अम्बाला में है। वह उसकी तलाश में अम्बाला आया। यहाँ उस औरत की बजाय उसे सुलताना मिल गई। सुलताना ने उसको पसन्द किया अतएव दोनों में सम्बन्ध हो गया।

खुदाबख्श के आने से सुलताना का कारोबार एकदम चमक उठा। औरत चूंकि अँधविश्वासी थी, इसलिए उसने समझा कि खुदाबख्श बड़ा भाग्यवान है, जिसके आने से इतनी उन्नति हो गई; अतएव उसकी दृष्टि में खुदाबख्श का महत्त्व और भी बढ़ गया।

खुदाबख्श आदमी मेहनती था। सारा दिन हाथ पर हाथ रखकर बैठना उसे पसन्द नहीं था, इसलिए उसने एक फोटोग्राफर से दोस्ती पैदा कर ली, जो रेलवे स्टेशन के बाहर कैमरे से फोटो खींचा करता था। उससे खुदाबख्श ने फोटो खींचना सीखा, फिर सुलताना से साठ रुपए लेकर कैमरा भी खरीद लिया। धीरे-धीरे एक पर्दा बनवाया, दो कुर्सियाँ खरीदीं और फोटो धोने का सारा सामान लेकर उसने अलग से अपना काम शुरू कर दिया।

काम चल निकला और कुछ दिनों के बाद ही उसने अपना अड्डा छावनी में कायम कर दिया। यहाँ वह गोरों के फोटो खींचता। एक महीने के भीतर-भीतर छावनी के बहुत-से गोरों से उसका परिचय हो गया, अतएव वह सुलताना को भी वहीं छावनी में ले गया और खुदाबख्श ही के माध्यम से कई गोरे सुलताना के स्थायी ग्राहक बन गए।

सुलताना ने कानों के बुन्दे खरीदे। साढ़े पाँच तोले की आठ कँगनियाँ भी बनवाईं। दस-पन्द्रह अच्छी-अच्छी साड़ियाँ भी खरीद लीं। घर में फर्नीचर भी आ गया। मतलब यह कि अम्बाला छावनी में वह काफी खुशहाल थी कि एकाएक न जाने खुदाबख्श के दिल में क्या समाई कि उसने दिल्ली जाने की ठान ली। सुलताना कैसे इनकार करती जबकि खुदाबख्श को वह अपने लिए बड़ा शुभ मानती थी। उसने खुशी-खुशी दिल्ली जाना मान लिया, बल्कि उसने यह भी सोचा कि इतने बड़े शहर में, जहाँ लाट साहब रहते हैं, उसका धन्धा और भी चलेगा। अपनी सहेलियों से वह दिल्ली की प्रशंसा सुन चुकी थी। फिर वहाँ हजरत निजामुद्दीन औलिया की दरगाह भी थी जिसके प्रति उसके दिल में बड़ी श्रद्धा थी। अतएव जल्दी-जल्दी घर का भारी सामान बेच-बाचकर वह खुदाबख्श के साथ दिल्ली आ गई। यहाँ पहुँचकर खुदाबख्श ने बीस रुपए मासिक पर यह फ्लैट लिया, जिसमें दोनों रहने लगे।

एक ही ढंग के नए मकानों की लम्बी-सी पंक्ति सड़क के साथ-साथ चली गई थी—म्युनिसिपल कमेटी ने शहर का यह भाग विशेष रूप से वेश्याओं के लिए मुकर्रर कर दिया था ताकि वे शहर में जगह-जगह अपने अड्डे न बनाएँ। नीचे दुकानें थी और ऊपर दोमंजिला रिहाइशी फ्लैट। सारी इमारतें चूँकि एक ही डिजाइन की बनी हुई थीं, इसलिए शुरू-शुरू में सुलताना को अपना फ्लैट ढूँढ़ने में बहुत कठिनाई हुई थी; लेकिन फिर जब नीचे के लाण्डरीवाले ने अपना भारी-भरकम बोर्ड ऊपर लटका दिया तो उसे एक पक्की निशानी मिल गई—'यहाँ मैले कपड़ों की धुलाई की जाती है' यह बोर्ड पढ़ते ही वह अपना फ्लैट तलाश कर लिया करती थी। इसी प्रकार उसने और भी बहुत-सी निशानियाँ कायम कर ली थीं। उदाहरणतः जहाँ बड़े-बड़े अक्षरों में 'कोयले की दुकान' लिखा हुआ था, वहाँ उसकी सहेली हीराबाई रहती थी, जो कभी-कभी रेडियो-घर में गाने जाती थी। जहाँ 'शुरुफा (सज्जनों) के खाने का आला इन्तिजाम है' लिखा था, वहाँ उसकी सहेली मुख्तार रहती थी। निवाड़ के कारखाने के ऊपर अनवरी रहती थी, जो उसी कारखाने के सेठ के पास 'मुलाजिम' थी। सेठ साहब को चूँकि रात के समय अपने कारखाने की देखभाल करनी होती थी, इसलिए वे अनवरी के पास रहते थे। दुकान खोलते ही ग्राहक थोड़े ही आते हैं—जब सुलताना एक महीने तक बेकार रही तो उसने यही सोचकर अपने दिल को तसल्ली दी। जब दो महीने गुज़र गए और कोई आदमी उसके कोठे पर न आया तो उसे बड़ी चिन्ता हुई। उसने खुदाबख्श से कहाः

'क्या बात है खुदाबख्श, पूरे दो महीने हो गए हैं हमें यहाँ आए हुए, किसी ने इधर मुँह भी नहीं किया। मानती हूँ, आजकल बाज़ार बहुत मन्दा है, पर इतना मन्दा भी तो नहीं कि महीने में एक भी शक्ल देखने में न आए।'

खुदाबख्श को भी यह बात बहुत पहले से खटक रही थी लेकिन वह चुप था। सुलताना ने जब स्वयं ही बात छेड़ी तो उसने कहा, 'मैं कई दिनों से इस बारे में सोच रहा हूँ। एक ही बात समझ में आती है कि जंग की वजह से लोग-बाग दूसरे धन्धों में पड़कर इधर का रास्ता भूल गए हैं, या फिर यह हो सकता है कि...'

वह इसके आगे कहने ही वाला था कि सीढ़ियों पर किसी के चढ़ने की आवाज़ आई। खुदाबख्श और सुलताना दोनों के कान खड़े हो गए। थोड़ी देर के बाद दरवाज़े पर दस्तक हुई। खुदाबख्श ने लपककर दरवाज़ा खोला, एक आदमी भीतर आया। यह पहला ग्राहक था। इसके बाद पाँच और आए अर्थात् तीन महीने में कुल छः, जिनसे सुलताना ने कवेल साढ़े अठारह रुपए वसूल किए।

बीस रुपए मासिक तो फ्लैट के किराए में चले जाते थे; पानी का टैक्स और बिजली का बिल अलग। इसके अतिरिक्त घर के अन्य खर्च, खाना-पीना,

कपड़े-लत्ते, दवा-दारू और आमदनी कुछ भी नहीं थी। तीन महीने में साढ़े अठारह रुपए आए तो इसे आमदनी तो नहीं कहा जा सकता। सुलताना परेशान हो गई। साढ़े पाँच तोले की आठ कँगनियाँ, जो उसने अम्बाले में बनवाई थीं, एक-एक करके बिक गईं। जब आखिरी कँगनी की बारी आई तो उसने खुदाबख्श से कहा :

'तुम मेरी सुनो और चलो वापस अम्बाले—यहाँ क्या धरा है? भई होगा, पर हमें तो यह शहर रास नहीं आया। तुम्हारा काम भी वहाँ खूब चलता था। चलो, वहीं चलते हैं। जो नुकसान हुआ है उसे अपना सिर-सदका समझो। इस कँगनी को बेचकर आओ, मैं सामान वगैरा बाँधकर रखती हूँ। आज ही रात की गाड़ी से यहाँ से चल देंगे।'

खुदाबख्श ने कँगनी सुलताना के हाथ से ले ली और कहा, 'नहीं जानेमन! अम्बाले नहीं जाएँगे। यहीं दिल्ली में रहकर कमाएँगे। ये तुम्हारी चूड़ियाँ सबकी सब यहीं वापस आएँगी। अल्लाह पर भरोसा रखो, वह बड़ा कारसाज है। यहाँ भी कोई न कोई सबब बना ही देगा।'

सुलताना चुप हो रही और यों आखिरी कँगनी भी हाथ से उतर गई। बुच्चे हाथ देखकर उसको बहुत दुःख होता था, पर क्या करती। पेट भी तो किसी हीले भरना था।

जब पाँच महीने गुज़र गए और आमदनी खर्च के मुकाबले में चौथाई से भी कम रही तो सुलताना की परेशानी और अधिक बढ़ गई। सुलताना को इसका भी दुःख था। इसमें कोई शक नहीं कि पड़ोस में उसकी दो-तीन मिलने वालियाँ मौजूद थीं, जिनके साथ वह अपना समय काट सकती थी, लेकिन प्रतिदिन उनके यहाँ जाना और घण्टों बैठे रहना उसको बहुत बुरा लगता था। अतएव धीरे-धीरे उसने उन सहेलियों से मिलना-जुलना भी बन्द कर दिया और सारा दिन अपने सुनसान मकान में बैठी रहती। कभी छालिया काटती रहती, कभी अपने पुराने और फटे हुए कपड़ों को सीती रहती और कभी बालकनी में आकर जंगले के साथ लगकर खड़ी हो जाती और सामने रेलवे शेड में चुपचाप खड़े या इधर-उधर शंट करते हुए इन्जनों की ओर निहारती रहती।

सड़क के दूसरी ओर मालगोदाम था जो इस कोने से उस कोने तक फैला हुआ था। दाहिने हाथ को लोहे की छत के नीचे बड़ी-बड़ी गांठें पड़ी रहती थीं और हर प्रकार के माल-असबाब के ढेर-से लगे रहते थे। बाएँ हाथ को खुला मैदान था जिसमें रेल की अनगिनत पटरियाँ बिछी हुई थीं। धूप में लोहे की ये पटरियाँ चमकतीं तो सुलताना अपने हाथों की ओर देखती जिन पर नीली-नीली नाड़ियाँ

बिलकुल उन पटरियों की तरह उभरी रहती थीं। इस लम्बे और खुले मैदान में हर समय इन्जन और गाड़ियाँ चलती रहतीं—कभी इधर, कभी उधर। वातावरण में इन्जन और गाड़ियों की छक-छक, फक-फक गूँजती रहती थी। सुबह-सवेरे जब वह उठकर बालकनी में आती तो इधर-उधर खड़े इन्जनों के मुँह से गाढ़ा-गाढ़ा धुआँ निकलकर गदले आकाश में भारी-भरकम आदमियों की तरह उठता नज़र आता। भाप के बड़े-बड़े बादल भी शोर मचाते हुए पटरियों से उठते और आँख झपकने की देर में हवा में घुल-मिल जाते। फिर कभी-कभी जब वह गाड़ी के किसी डिब्बे को, जिसे इन्जन ने धक्का देकर छोड़ दिया होता था, अकेले पटरियों पर चलता हुआ देखती तो उसे अपना खयाल आ जाता। वह सोचती कि उसे भी किसी ने ज़िन्दगी की पटरी पर धक्का देकर छोड़ दिया है और वह आप ही आप बढ़ी चली जा रही है—न जाने कहाँ, किधर? और फिर एक दिन ऐसा आएगा जब वह कहीं रुक जाएगी। किसी ऐसे स्थान पर जो उसका देखा-भाला नहीं होगा। अम्बाला छावनी में भी उसका घर स्टेशन के पास था, लेकिन वहाँ कभी उसने इन चीज़ों को इस नज़र से नहीं देखा था। और अब तो कभी-कभी वह यह भी सोचने लगती थी कि यह जो सामने रेल की पटरियों का जाल-सा बिछा है, और जगह-जगह से भाप और धुआँ उठ रहा है, यह एक बहुत बड़ा चकला है जिसमें गाड़ी रूपी अनगिनत वेश्याएँ वास करती हैं। कई बार सुलताना को ये इन्जन सेठ मालूम होते जो कभी-कभी अम्बाला में उसके यहाँ आया करते थे। फिर कभी-कभी जब वह किसी इन्जन को धीरे-धीरे गाड़ियों की पंक्ति के पास से गुज़रता देखती तो ऐसा लगता कि कोई आदमी चकले के किसी बाज़ार में से ऊपर कोठों की ओर देखता हुआ चला जा रहा है।

सुलताना समझती थी कि इस प्रकार के विचार आने का कारण दिमाग की खराबी है, अतएव जब ऐसे विचार बहुत अधिक आने लगे तो उसने बालकनी में जाना ही छोड़ दिया। खुदाबख्श से उसने कई बार कहा :

'देखो, मेरे हाल पर रहम करो। यहाँ घर में रहा करो; मैं सारा दिन यहाँ बीमारों की तरह पड़ी रहती हूँ।'

लेकिन वह हर बार यह कहकर सुलताना की तसल्ली कर देता, 'जानेमन, मैं बाहर कुछ कमाने की फिक्र कर रहा हूँ। अल्लाह ने चाहा तो कुछ दिनों में ही बेड़ा पार हो जाएगा।'

पूरे पाँच महीने हो गए थे, मगर अभी तक न सुलताना का बेड़ा पार हुआ था न खुदाबख्श का। मुहर्रम का महीना सिर पर आ रहा था और सुलताना के पास काले कपड़े बनवाने के लिए फूटी कौड़ी भी न थी। मुख्तार ने लेडी हेमिल्टन

की एक नई काट की कमीज़ बनवाई थी, जिसकी आस्तीनें काली जार्जेट की थीं। उसके साथ मैच करने के लिए उसके पास काली साटन की सलवार थी, जो काजल की तरह चमकती थी। अनवरी ने रेशमी जार्जेट की एक बड़ी नफीस साड़ी खरीदी थी। उसने सुलताना को बताया था कि वह इस साड़ी के नीचे सफेद बोस्की का पेटीकोट पहनेगी क्योंकि यह नया फैशन है। इस साड़ी के साथ पहनने के लिए अनवरी काली मखमल का जूता लाई थी, जो बड़ा नाज़ुक था। सुलताना ने जब ये सारी चीज़ें देखीं तो उसे इस एहसास से बहुत ही दुःख हुआ कि मुहर्रम मनाने के लिए ऐसा लिबास खरीदने की उसमें सामर्थ्य नहीं है।

अनवरी और मुख्तार के पास यह लिबास देखकर जब वह घर आई तो उसका मन बड़ा खिन्न था। कुछ ऐसा लगता था कि उसके भीतर एक फोड़ा-सा पैदा हो गया है। घर बिल्कुल खाली था। खुदाबख्श नियमानुसार बाहर गया हुआ था। काफी देर तक वह दरी पर गावतकिया सिर के नीचे रखे चुपचाप लेटी रही। ऊँचाई के कारण जब गर्दन अकड़-सी गई तो बाहर बालकनी में चली गई ताकि चिन्तावर्द्धक विचारों को मन से निकाल सके।

सामने पटरियों पर गाड़ियों के डिब्बे खड़े थे पर इन्जन कोई भी न था। शाम का समय था। सड़क पर छिड़काव हो चुका था और ऐसे लोगों का आवागमन शुरू हो गया था जो ताक-झाँक करने के बाद चुपचाप अपने घरों का रास्ता पकड़ते थे। ऐसे ही एक आदमी ने गर्दन उठाकर सुलताना की ओर देखा। सुलताना मुस्करा दी। लेकिन शीघ्र ही उसकी नज़रें उस पर से हट गईं, क्योंकि अब सामने की पटरियों पर कहीं से एक इन्जन निकल आया था। सुलताना बड़े ध्यान से इन्जन की ओर देखने लगी और ऐसे ही यह विचार उसके मन में आया कि इन्जन ने भी काला लिबास पहन रखा है—यह विचित्र विचार मन से झटकने के लिए उसने सड़क की ओर देखा तो वही आदमी एक बैलगाड़ी के पास खड़ा नज़र आया जिसने थोड़ी देर पहले ललचाई हुई नज़रों से सुलताना की ओर देखा था। सुलताना ने हाथ से उसे इशारा किया। उस आदमी ने इधर-उधर देखकर एक हल्के-से इशारे से पूछा—किधर से आऊँ? सुलताना ने सीढ़ियों का रास्ता बता दिया। वह आदमी कुछ देर तो वहीं खड़ा रहा और फिर बड़ी फुरती से ऊपर चला आया।

सुलताना ने उसे दरी पर बिठाया। जब वह बैठ गया तो बात चलाने के लिए सुलताना ने पूछा :

'आप ऊपर आते हुए डर क्यों रहे थे?'

वह आदमी मुस्कराया, 'तुम्हें कैसे मालूम हुआ? भला इसमें डरने की क्या बात है?'

'यह मैंने इसलिए पूछा क्योंकि आप देर तक वहीं खड़े रहे थे।'

यह सुनकर वह फिर मुस्कराया और बोला, 'तुम्हें गलतफहमी हुई है। मैं तुम्हारे ऊपर वाले फ्लैट की तरफ देख रहा था जहाँ कोई औरत खड़ी एक मर्द को ठेंगा दिखा रही थी। यह देखकर मुझे बड़ा मज़ा आया। फिर बालकनी में हरा बल्ब जला तो मैं कुछ देर के लिए रुक गया। हरी रोशनी मुझे पसन्द है। आँखों को बहुत अच्छी लगती है!' यह कहकर उसने सुलताना के कमरे में इधर-उधर देखना शुरू कर दिया। फिर एकाएक उठ खड़ा हुआ।

सुलताना ने पूछा, 'आप जा रहे हैं?'

उस आदमी ने उत्तर दिया, 'नहीं, मैं तुम्हारे इस मकान को देखना चाहता हूँ। चलो, मुझे सारे कमरे दिखाओ।'

सुलताना ने उसे तीनों कमरे एक-एक करके दिखा दिए। उस आदमी ने बिलकुल खामोशी से उन कमरों का मुआयना किया। जब वे दोनों फिर उसी कमरे में आ गए जहाँ पहले बैठे थे तो उस आदमी ने कहा :

'मेरा नाम शंकर है।'

सुलताना ने पहली बार गौर से शंकर की ओर देखा। वह साधारण शक्ल-सूरत का आदमी था; लेकिन उसकी आँखें असाधारण रूप से स्वच्छ और निर्मल थीं और कभी-कभी उनमें एक विचित्र प्रकार की चमक भी पैदा हो जाती थी। गठीला और कसरती बदन था। कनपटियों पर उसके बाल सफेद हो रहे थे। भूरे रंग की गर्म पतलून पहने हुए था। कमीज़ सफेद थी और उसका कालर गर्दन पर से ऊपर को उठा हुआ था। शंकर कुछ इस प्रकार दरी पर बैठा हुआ था मालूम होता था शंकर की बजाय सुलताना ग्राहक है। इस एहसास ने सुलताना को कुछ परेशान कर दिया, अतएव उसने शंकर से कहा, 'फरमाइए...'

शंकर बैठा हुआ था। यह सुनकर लेटते हुए बोला, 'मैं क्या फरमाऊँ, कुछ तुम ही फरमाओ। बुलाया तुम ही ने है।'

जब सुलताना कुछ न बोली तो वह उठ बैठा, 'मैं समझा, लो अब मुझसे सुनो। जो कुछ तुमने समझा, गलत है। मैं उन लोगों में से नहीं हूँ जो कुछ देकर जाते हैं। डाक्टरों की तरह मेरी भी फीस है। जब मुझे बुलाया जाए तो फीस देनी ही पड़ती है।'

सुलताना यह सुनकर चकरा गई, लेकिन फिर भी उसे बेइख्तियार हँसी आ गई। पूछा, 'आप काम क्या करते हैं?'

शंकर ने उत्तर दिया, 'यही जो तुम लोग करते हो।'

'क्या?'

'तुम क्या करती हो?'

'मैं...मैं...मैं कुछ नहीं करती।'

'मैं भी कुछ नहीं करता।'

सुलताना ने भिन्नाकर कहा, 'यह तो कोई बात न हुई—आप कुछ न कुछ तो ज़रूर करते होंगे।'

शंकर ने बड़े इत्मीनान से उत्तर दिया, 'तुम भी कुछ न कुछ ज़रूर करती होगी।'

'झक मारती हूँ।'

'मैं भी झक मारता हूँ।'

'तो आओ दोनों झक मारें।'

'हाजिर हूँ, लेकिन मैं झक मारने के दाम कभी नहीं दिया करता।'

'होश की दवा करो, यह लंगरखाना नहीं है।'

'और मैं भी वालण्टियर नहीं हूँ।'

सुलताना यहाँ रुक गई। उसने पूछा, 'यह वालण्टियर कौन होते हैं?'

शंकर ने उत्तर दिया, 'उल्लू के पट्ठे।'

'मैं उल्लू की पट्ठी नहीं।'

'मगर वह आदमी खुदाबख़्श जो तुम्हारे साथ रहता है, ज़रूर उल्लू का पट्ठा है।'

'क्यों?'

'इसलिए कि वह कई दिनों से एक ऐसे पहुँचे हुए फकीर के पास अपनी किस्मत खुलवाने जा रहा है, जिसकी अपनी किस्मत जंग लगे ताले की तरह बन्द है।'

यह कहकर शंकर हँसा। इस पर सुलताना ने कहा, 'तुम हिन्दू हो, इसलिए हमारे बुजुर्गों का मजाक उड़ाते हो।'

शंकर मुस्कराया, 'ऐसी जगहों पर हिन्दू-मुस्लिम सवाल पैदा नहीं हुआ करते। बड़े-बड़े पण्डित और मौलवी भी यहाँ आएँ तो शरीफ आदमी बन जाएँ।'

'जाने क्या ऊटपटाँग बातें करते हो। बोलो रहोगे?'

'एक शर्त पर।'

'शर्त तुम लगाओगे', सुलताना खीजकर उठ खड़ी हुई। 'जाओ अपना रास्ता पकड़ो।'

शंकर आराम से उठा। पतलून की जेबों में अपने दोनों हाथ डाले और जाते हुए बोला, 'मैं कभी-कभी इस बाज़ार से गुज़रा करता हूँ। जब भी तुम्हें मेरी जरूरत हो, बुला लेना, बहुत काम का आदमी हूँ।'

शंकर चला गया और सुलताना काले लिबास को भूलकर देर तक उसके बारे में सोचती रही। उस आदमी की बातों ने उसके दुःख को बहुत हल्का कर दिया था। अगर वह अम्बाले में आया होता, जहाँ वह खुशहाल थी तो उसने किसी और ही रूप से इस आदमी को देखा होता और बहुत सम्भव है कि उसे धक्के देकर बाहर निकाल दिया होता, लेकिन यहाँ चूँकि वह बहुत उदास रहती थी, इसलिए उसे शंकर की बातें पसन्द आईं।

शाम को जब खुदाबख़्श आया तो सुलताना ने उससे पूछा, 'तुम आज सारा दिन किधर गायब रहे?'

खुदाबख़्श थकान से चूर-चूर हो रहा था। कहने लगा, 'पुराने किले के पास से आ रहा हूँ। वहाँ एक बुजुर्ग कुछ दिनों से ठहरे हुए हैं। रोज़ उन्हीं के पास से आ रहा हूँ, ताकि हमारे दिन फिर जाएँ।'

'कुछ उन्होंने तुमसे कहा?'

'नहीं, अभी वह मेहरबान नहीं हुए, पर सुलताना, मैं जो उनकी खिदमत कर रहा हूँ, वह बेकार नहीं जाएगी, अल्लाह की मेहरबानी से जल्द ही वारे-न्यारे हो जाएँगे।'

सुलताना के दिमाग में मुहर्रम मनाने का ख्याल समाया हुआ था। खुदाबख़्श से रोनी आवाज़ में बोली :

'सारा-सारा दिन बाहर गायब रहते हो, मैं यहाँ पिंजरे में कैद रहती हूँ, कहीं आ-जा नहीं सकती। मुहर्रम सिर पर आ गया है, कुछ तुमने उसकी फिक्र भी की कि मुझे काले कपड़े चाहिए। घर में फूटी कौड़ी तक नहीं। कँगनियाँ थीं सो एक-एक करके बिक गईं। अब तुम ही बताओ, क्या होगा? यों फकीरों के पीछे कब तक मारे-मारे फिरते रहोगे। मुझे तो ऐसा दिखाई देता है कि यहाँ दिल्ली में खुदा ने भी हमसे मुँह मोड़ लिया है। मेरी सुनो तो अपना काम शुरू कर दो। कुछ तो सहारा हो ही जाएगा।'

खुदाबख़्श दरी पर लेट गया और कहने लगा :

'पर यह काम शुरू करने के लिए भी तो थोड़े-बहुत पैसे चाहिए, खुदा के लिए अब ऐसी दुःख-भरी बातें न करो, मुझसे अब बर्दाश्त नहीं हो सकतीं। मैंने सचमुच अम्बाला छोड़ने में सख्त गलती की, पर जो करता है अल्लाह ही करता है और हमारी भलाई के लिए ही करता है। क्या मालूम कुछ देर और दुःख भोगने के बाद हम...'

सुलताना ने बात काटते हुए कहा, 'तुम खुदा के लिए कुछ करो। चोरी करो, डाका डालो पर मुझे एक सलवार का कपड़ा ज़रूर ला दो। मेरे पास सफेद बोस्की की कमीज़ पड़ी है, मैं उसे रँगवा लूंगी। सफेद नैलून का एक नया दुपट्टा भी मेरे पास मौजूद है—वही जो तुमने मुझे दीवाली पर लाकर दिया था। उसे भी कमीज के साथ रंगवा लूँगी। बस, एक सलवार की कसर है, सो तुम किसी न किसी तरह पैदा कर दो...देखो, तुम्हें मेरी जान की कसम, किसी न किसी तरह ज़रूर ला दो।'

खुदाबख़्श उठ बैठा।

'अब तुम ख्वाहमख्वाह कसमें दे रही हो—मैं कहाँ से लाऊँगा, मेरे पास तो अफीम खाने के लिए भी एक पैसा नहीं।'

'कुछ भी करो मगर मुझे साढ़े चार गज की काली साटन ला दो।'

'दुआ करो कि आज रात ही अल्लाह दो-तीन आदमी भेज दे।'

'लेकिन तुम कुछ नहीं करोगे, तुम अगर चाहो तो ज़रूर इतने पैसे पैदा कर सकते हो। जंग से पहले यह साटन बारह-चौदह आने गज में मिल जाती थी। अब सवा रुपए गज के हिसाब से मिलती है। साढ़े चार गजों पर कितने रुपए खर्च हो जाएँगे?'

'अब तुम कहती हो तो कोई हीला करूँगा।' यह कहकर खुदाबख़्श उठा, 'लो अब इन बातों को भूल जाओ। मैं होटल से खाना ले आऊँ।'

होटल से खाना आया। दोनों ने मिलकर ज़हर मार किया और सो गए। सुबह हुई, खुदाबख़्श पुराने किले वाले फकीर के पास चला गया और सुलताना अकेली रह गई। कुछ देर लेटी रही, कुछ देर सोती रही और कुछ देर इधर-उधर कमरों में टहलती रही। दोपहर का खाना खाने के बाद उसने सफेद बोस्की की कमीज निकाली और नीचे लाण्ड्री वाले को रंगने के लिए दे आई। कपड़े धोने के साथ-साथ वहाँ रंगने का काम भी होता था। यह काम करने के बाद उसने वापस आकर फिल्मों की किताबें पढ़ीं, जिनमें उसकी देखी हुई फिल्मों की कहानियाँ और गीत छपे हुए थे। किताबें पढ़ते-पढ़ते वह सो गई। जब उठी तो चार बज चुके

थे, क्योंकि धूप आँगन में से मोरी के पास पहुँच चुकी थी। नहा-धोकर निबटी तो गर्म चादर ओढ़कर बालकनी में आ खड़ी हुई। लगभग एक घण्टा सुलताना बालकनी में खड़ी रही। अब शाम हो गई थी। बत्तियाँ जलने लगीं और फिर नीचे सड़क पर रौनक बढ़ने लगी और फिर एकाएक उसे शंकर नज़र आ गया। ताँगों और मोटरों से बचता-बचाता वह मकान के नीचे पहुँचा तो कल ही की तरह उसने गर्दन घुमाई तथा सुलताना की ओर देखकर मुस्करा दिया। न जाने क्यों अपने ही आप सुलताना का हाथ उठ गया और उसने शंकर को ऊपर आने का इशारा कर दिया।

जब शंकर आया तो सुलताना बहुत परेशान हुई कि उससे क्या कहे? उधर शंकर बड़ा प्रसन्न नज़र आ रहा था जैसे अपने घर आ पहुँचा हो। पहले दिन की तरह ही वह बड़ा बेतकल्लुफ होकर नीचे गावतकिया रखकर लेट गया। जब सुलताना ने देर तक बात नहीं की तो वह स्वयं ही बोल पड़ा, 'तुम मुझे सौ बार बुला सकती हो...और सौ बार कह सकती हो कि चले आओ। मैं ऐसी बातों पर कभी नाराज़ नहीं हुआ करता।'

सुलताना असमन्जस में पड़ गई। बोली, 'नहीं, बैठो, तुम्हें जाने को कौन कहता है!'

शंकर मुस्कराया, 'तो मेरी शर्तें तुम्हें मंज़ूर हैं?'

'कैसी शर्तें?' सुलताना ने हँसकर कहा, 'क्या निकाह कर रहे हो मुझसे?'

'निकाह और शादी कैसी। न तुम उम्र-भर किसी से निकाह करोगी न मैं। ये रस्में हम लोगों के लिए नहीं। छोड़ो इन बातों को, कोई काम की बात करो।'

'बोलो क्या बात करूँ?'

'तुम औरत हो, कोई ऐसी बात शुरू करो जिससे दो घड़ी दिल बहल जाए। इस दुनिया में सिर्फ दुकानदारी ही दुकानदारी नहीं, कुछ और भी हैं।'

सुलताना अब दिल ही दिल में शंकर को स्वीकार कर चुकी थी। बोली, 'साफ-साफ कहो, तुम मुझसे क्या चाहते हो?'

'जो दूसरे चाहते हैं।' शंकर उठकर बैठ गया।

'तुममें और दूसरों में फिर फर्क ही क्या रहा?'

'तुममें और मुझमें कोई फर्क नहीं। उनमें और मुझमें ज़मीन और आसमान का फर्क है। ऐसी बहुत-सी बातें होती हैं जो पूछनी नहीं चाहिए, खुद समझनी चाहिए।'

सुलताना ने थोड़ी देर तक शंकर की इस बात को समझने की कोशिश की। फिर कहा :

'मैं समझ गई।'

'तो कहो क्या इरादा है?'

'तुम जीते मैं हारी—पर मैं कहती हूँ, आज तक किसी ने ऐसी बात कुबूल न की होगी।'

'तुम गलत कहती हो, इसी मुहल्ले में तुम्हें ऐसी बेवकूफ औरतें भी मिल जाएँगी जो कभी यकीन नहीं करेंगी कि औरत ऐसी जिल्लत कुबूल कर सकती है, जो तुम बिना महसूस किए कुबूल करती हो। लेकिन उनके यकीन न करने के बावजूद तुम हज़ारों की तादाद में मौजूद हो, तुम्हारा नाम सुलताना है ना?'

'सुलताना ही है।'

शंकर उठ खड़ा हुआ हँसते हुए बोला, 'मेरा नाम शंकर है; यह नाम भी अजीब ऊटपटाँग होते हैं। चलो आओ अन्दर चलें।'

शंकर और सुलताना जब दरी वाले कमरे में वापस आए तो दोनों हँस रहे थे; न जाने किस बात पर। जब शंकर जाने लगा तो सुलताना ने कहा, 'शंकर, मेरी एक बात मानोगे?'

'पहले बात बताओ।'

सुलताना कुछ झेंप गई, 'तुम कहोगे कि मैं दाम वसूल करना चाहती हूँ मगर...'

'कहो, कहो; रुक क्यों गई?'

सुलताना ने साहस से काम लेते हुए कहा, 'बात यह है कि मुहर्रम आ रहा है और मेरे पास इतने पैसे नहीं कि मैं काली सलवार बनवा सकूँ; यहाँ के सारे दुखड़े तो तुम मुझसे सुन ही चुके हो। कमीज़ और दुपट्टा मेरे पास मौजूद था जो मैंने आज रंगने के लिए दिया है।'

शंकर यह सुनकर बोला, 'तुम चाहती हो कि मैं तुम्हे कुछ रुपए दे दूं जिससे तुम काली सलवार बनवा सको।'

सुलताना ने तुरन्त कहा, 'नहीं, मेरा मतलब यह है कि अगर हो सके तो मुझे एक काली सलवार ला दो।'

शंकर मुस्करा दिया, 'मेरी जेब में तो कभी-कभार ही कुछ होता है। फिर भी मैं कोशिश करूँगा। मुहर्रम की पहली तारीख को तुम्हें यह सलवार मिल जाएगी।

तो बस, अब खुश हो गईं?' फिर एकाएक सुलताना के बुन्दों की ओर देखकर बोला, 'क्या ये बुन्दे तुम मुझे दे सकती हो?'

सुलताना ने हँसकर कहा, 'तुम इन्हें लेकर क्या करोगे। चाँदी के मामूली बुन्दे हैं। ज़्यादा से ज़्यादा पाँच रुपए के होंगे।'

'मैंने तुमसे बुन्दे माँगे हैं। इनकी कीमत नहीं पूछी। बोलो, देती हो?'

'ले लो।' कहकर उसने बुन्दे उतार दिए। इसके बाद उसे अफसोस भी हुआ लेकिन शंकर जा चुका था।

सुलताना को बिल्कुल आशा नहीं थी कि शंकर अपना वादा पूरा करेगा, लेकिन आठ दिन के बाद मुहर्रम की पहली तारीख को सुबह नौ बजे दरवाज़े पर दस्तक हुई। सुलताना ने दरवाज़ा खोला तो शंकर खड़ा था। अखबार में लिपटा हुआ एक पुलिन्दा सुलताना को थमाते हुए बोला, 'साटन की काली सलवार है। देख लेना, शायद कुछ लम्बी हो—अब मैं चलता हूँ।'

शंकर सलवार देकर चला गया और दूसरी कोई बात उसने सुलताना से नहीं की। उसकी पतलून में सलवटें पड़ी हुई थीं। बाल बिखरे हुए थे। ऐसा मालूम होता था कि अभी-अभी सोकर उठा है और सीधा इधर ही चला आया है।

सुलताना ने कागज़ खोला। साटन की काली सलवार थी—वैसी ही जैसी वह मुख्तार के पास देख आई थी। सुलताना बहुत खुश हुई। बुन्दों और सौदे का जो अफसोस उसे हुआ था, इस सलवार ने और शंकर के वादा वफा करने से दूर कर दिया।

दोपहर को वह नीचे लाण्ड्री वाले से अपनी रंगी हुई कमीज़ और दुपट्टा ले आई। तीनों काले कपड़े जब उसने पहन लिए तो दरवाज़े पर दस्तक हुई। सुलताना ने दरवाज़ा खोला तो मुख्तार भीतर दाखिल हुई। उसने सुलताना के तीनों कपड़ों की ओर देखा और बोली, 'कमीज और दोपट्टा तो रंगा हुआ मालूम होता है, पर यह सलवार नई है—कब बनवाई?'

सुलताना ने उत्तर दिया, 'आज ही दर्जी लाया है' यह कहते हुए उसकी नज़रें मुख्तार के कानों पर पड़ीं।

'ये बुन्दे तुमने कहाँ से लिए...?'

'आज ही मँगवाए हैं।'

इसके बाद दोनों को थोड़ी देर चुप रहना पड़ा।

• • • • • • •

खुशिया

खुशिया सोच रहा था।

बनवारी से काले तम्बाकू वाला पान लेकर वह उसकी दुकान के साथ उस पत्थर के चबूतरे पर बैठा था, जो दिन के वक्त टायरों और मोटरों के मुख़्तलिफ पुर्ज़ों से भरा होता है। रात को साढ़े आठ बजे के करीब मोटर के पुर्ज़े और टायर बेचने वालों की यह दुकान बन्द हो जाती है और यह चबूतरा खुशिया के लिए खाली हो जाता है।

वह काले तम्बाकू वाला पान धीरे-धीरे चबा रहा था और सोच रहा था। पान की गाढ़ी, तम्बाकू-मिली पीक उसके दाँतों की रीखों से निकलकर उसके मुँह में इधर-उधर फिसल रही थी और उसे ऐसा लगता था कि उसके खयाल, दाँतों-तले पिसकर, उसकी पीक में धुल रहे हैं। शायद यही वजह है कि वह उसे फेंकना नहीं चाहता था।

खुशिया पान की पीक मुँह में गुलगुला रहा था और उस घटना के बारे में सोच रहा था, जो उसके साथ अभी-अभी घटी थी, यानी आध घण्टे पहले।

वह उस चबूतरे पर रोज़ की तरह बैठने से पहले खेतवाड़ी की पाँचवीं गली में गया था। मंगलौर से जो नई छोकरी कान्ता आई थी, उसी गली के नुक्कड़ पर रहती थी। खुशिया से किसी ने कहा था कि वह अपना मकान बदल रही है, इसीलिए वह इसी बात का पता लगाने के लिए वहाँ गया था।

कान्ता की खोली का दरवाज़ा उसने खटखटाया। अन्दर से आवाज़ आई, 'कौन है?'

इस पर खुशिया ने कहा, 'मैं, खुशिया।'

आवाज़ दूसरे कमरे से आई थी। थोड़ी देर के बाद दरवाज़ा खुला। खुशिया अन्दर दाखिल हुआ। जब कान्ता ने दरवाज़ा अन्दर से बन्द किया तब खुशिया ने मुड़कर देखा। उसकी हैरत की कोई इन्तहा न रही, जब उसने कान्ता को बिलकुल नंगी देखा। बिलकुल नंगी ही समझो, क्योंकि वह अपने अंगों को सिर्फ एक तौलिए से छिपाए हुए थी। छिपाए हुए भी तो नहीं कहा जा सकता, क्योंकि छिपाने की जितनी चीज़ें होती हैं वे तो सब की सब, खुशिया की चकित आँखों के सामने थीं।

'कहो खुशिया, कैसे आए?...मैं बस अब नहाने ही वाली थी। बैठो-बैठो...बाहर वाले से अपने लिए चाय के लिए तो कह आए होते...जानते तो हो, वह मुआ रामा यहाँ से भाग गया है।'

खुशिया, जिसकी आँखों ने कभी औरत को यूँ अचानक नंगा नहीं देखा था, बेहद घबरा गया। उसकी समझ में न आता था कि क्या कहे। उसकी निगाहें, जो एकदम नग्नता से चार हो गई थीं, अपने-आपको कहीं छिपाना चाहती थीं।

उसने जल्दी-जल्दी सिर्फ इतना कहा, 'जाओ...जाओ तुम नहा लो।' फिर एकदम उसकी ज़बान खुल गई, 'पर जब तुम नंगी थीं तो दरवाज़ा खोलने की क्या ज़रूरत थी?...अन्दर से कह दिया होता, मैं फिर आ जाता...लेकिन जाओ...तुम नहा लो।'

कान्ता मुस्कराई, 'जब तुमने कहा—खुशिया है तो मैंने सोचा, क्या हर्ज है, अपना खुशिया ही तो है, आने दो...'

कान्ता की यह मुस्कराहट अभी तक खुशिया के दिलो-दिमाग में तैर रही थी। इस वक्त भी कान्ता का नंगा जिस्म मोम के पुतले की तरह उसकी आँखों के सामने खड़ा था और पिघल-पिघलकर उसके अन्दर जा रहा था।

उसका जिस्म सुन्दर था। पहली बार खुशिया को मालूम हुआ था कि जिस्म बेचने वाली औरतें भी ऐसा सुडौल बदन रखती हैं। उसको इस बात पर हैरत हुई थी, पर सबसे ज़्यादा ताज्जुब उसे इस बात पर हुआ था कि नंग-धड़ंग वह उसके सामने खड़ी हो गई और उसको लाज तक न आई—क्यों?

इसका जवाब कान्ता ने यह दिया था...'जब तुमने कहा, खुशिया है तो मैंने सोचा, क्या हर्ज है, अपना खुशिया ही तो है, आने दो...'

कान्ता और खुशिया एक ही पेशे में शरीक थे। वह उसका दलाल था, इस लिहाज से वह उसी का था...पर यह कोई वजह नहीं थी कि वह उसके सामने नंगी हो जाती। कोई खास बात थी। कान्ता ने जो बात कही थी उसमें खुशिया

कोई और ही मतलब कुरेद रहा था।

यह मतलब एक ही वक्त इतना साफ और धुँधला था कि खुशिया किसी खास नतीजे पर नहीं पहुँच सका था। उस समय भी, वह कान्ता के नंगे जिस्म को देख रहा था, जो ढोल के ऊपर मढ़े हुए चमड़े की तरह तना हुआ था—उसकी लुढ़कती हुई निगाहों से बिलकुल बेपरवाह। कई बार अचरज की हालत में भी उसने उसके साँवले-सलोने बदन पर टोह लेने वाली निगाहें गाड़ी थीं पर उसका एक रोआँ भी न कँपकँपाया था। बस, वह ऐसे साँवले पत्थर की मूर्ति की तरह खड़ी रही, जो एहसास रहित हो।

भई, एक मर्द उसके सामने खड़ा था—मर्द, जिसकी निगाहें कपड़ों में भी औरत के जिस्म तक पहुँच जाती हैं और जो परमात्मा जाने, खयाल ही खयाल में जाने कहाँ-कहाँ पहुँच जाता है। लेकिन वह ज़रा भी न घबराई और...उसकी आँखें, ऐसा समझ लो कि अभी लाण्ड्री से धुलकर आई है...उसको थोड़ी-सी लाज तो आनी चाहिए थी। ज़रा-सी सुर्खी तो उसकी आँखों में पैदा होनी चाहिए थी। मान लिया, कस्बी थी, पर कस्बियाँ यूं नंगी तो नहीं खड़ी हो जातीं।

दस बरस उसे दलाली करते हो गए थे और इन दस बरसों में वह पेशा कराने वाली लड़कियों के सारे भेदों से वाकिफ हो चुका था। मिसाल के तौर पर, उसे यह मालूम था कि पायघोनी के आखिरी सिरे पर जो छोकरी एक नौजवान लड़के को भाई बनाकर रहती है, इसलिए 'अछूत कन्या' का रिकार्ड—काहे करता मूरख प्यार-प्यार-प्यार—अपने टूटे हुए बाजे पर बजाया करती है कि उसे अशोक कुमार से बुरी तरह इश्क है। कई मनचले लौण्डे, अशोक कुमार से उसकी मुलाकात कराने का झाँसा देकर अपना उल्लू सीधा कर चुके थे।...उसे यह भी मालूम था कि दादर में जो पँजाबिन रहती है सिर्फ इसलिए कोट-पतलून पहनती है कि उसके यार ने उससे कहा था कि तेरी टाँगें तो बिलकुल उस अंग्रेज़ ऐक्ट्रेस की तरह हैं, जिसने 'मराको' उर्फ 'खूने-तमन्ना' में काम किया था। यह फिल्म उसने कई बार देखी और जब उसके यार ने कहा कि मार्लिन डीट्रिच इसलिए पतलून पहनती है कि उसकी टाँगें बहुत खूबसूरत हैं और उसने उन टाँगों का दो लाख का बीमा करा रखा है तो उसने भी पतलून पहननी शुरू कर दीं, जो उसके नितम्बों में बहुत फँसकर आती थी...और उसे यह भी मालूम था कि मजगाँव वाली दक्षिणी छोकरी सिर्फ इसलिए कालेज के खूबसूरत लौण्डों को फँसाती है कि उसे एक खूबसूरत बच्चे की माँ बनने का शौक है। उसको यह भी पता था कि वह कभी अपनी इच्छा पूरी न कर सकेगी, इसलिए कि बाँझ है...और उस काली मद्रासिन की बाबत,

जो हर समय कानों में हीरे की बूटियाँ पहने रहती थी, उसे यह बात अच्छी तरह मालूम थी कि उसका रंग कभी गोरा नहीं होगा और वह उन दवाओं पर बेकार रुपया बर्बाद कर रही है, जो वह आए दिन खरीदती रहतीं है।

उसको उन सभी छोकरियों के अन्दर-बाहर का हाल मालूम था, जो उसके पेशे में शामिल थीं। मगर उसको यह खबर न थी कि एक दिन कान्ता कुमारी, जिसका असली नाम इतना मुश्किल था कि वह उम्र-भर याद नहीं कर सकता था, उसके सामने नंगी खड़ी हो जाएगी और उसको ज़िन्दगी के सबसे बड़े ताज्जुब से दो-चार कराएगी।

सोचते-सोचते उसके मुँह में पान की पीक इस कदर जमा हो गई थी कि अब वह मुश्किल से छालिया के उन नन्हे-नन्हे रेजों को चबा सकता था, जो उसके दाँतों की रीखों में से इधर-उधर फिसलकर निकल जाते थे। उसके तंग माथे पर पसीने की नन्ही-नन्ही बूँदें उभर आई थीं, जैसे मलमल में पनीर को धीरे से दबा दिया गया हो।...जब-जब वह कान्ता के नंगे जिस्म को अपनी कल्पना में देखता था, उसकी मर्दानगी को धक्का-सा पहुँचता था। उसे महसूस होता था जैसे उसका अपमान हुआ है।

एकदम उसने अपने मन में कहा—भई, यह बेइज़्ज़ती नहीं है तो क्या है...यानी एक छोकरी नंग-धड़ंग तुम्हारे सामने खड़ी हो जाती है और कहती है, इसमें हर्ज ही क्या है...तुम खुशिया ही तो हो...खुशिया न हुआ, साला वह बिल्ला हो गया, जो उसके बिस्तर पर हर समय ऊँघता रहता है...और क्या।

अब उसे विश्वास होने लगा कि सचमुच उसका अपमान हुआ है। वह मर्द था और अनजाने ही उसको इस बात की आशा थी कि औरतें, चाहें शरीफ हों या बाज़ारू, उसको मर्द ही समझेंगी और उसके और अपने बीच वह पर्दा कायम रखेंगी, जो एक मुद्दत से चला आ रहा है। वह तो सिर्फ यह पता लगाने के लिए कान्ता के यहाँ गया था कि वह कब तक मकान बदल रही है और कहाँ जा रही है। कान्ता के पास उसका जाना बिलकुल बिजनेस से सम्बन्धित था। अगर खुशिया कान्ता के बारे में सोचता कि जब वह उसका दरवाज़ा खटखटाएगा तो वह अन्दर क्या कर रही होगी तो उसकी कल्पना में ज़्यादा से ज़्यादा इतनी ही बातें आ सकती थीं :

—सिर पर पट्टी बाँधे लेटी होगी।

—बिल्ले के बालों से पिस्सू निकाल रही होगी।

—उस बाल-सफा पाउडर से अपनी बगलों के बाल उड़ा रही होगी, जो इतनी

बास मारता था कि खुशिया की नाक बर्दाश्त नहीं कर सकती थी।

—पलंग पर अकेली बैठी, ताश फैलाए पेशन्स खेलने में मशगूल होगी।

बस, इतनी चीज़ें थीं, जो उसके दिमाग में आतीं। घर में वह किसी को रखती न थी इसलिए इस बात का खयाल ही नहीं आ सकता था। पर खुशिया ने तो यह सोचा ही न था। वह तो काम से वहाँ गया था कि अचानक कान्ता—यानी कपड़े पहनने वाली कान्ता—मतलब यह कि वह कान्ता, जिसको वह हमेशा कपड़ों में देखा करता था, उसके सामने बिलकुल नंगी खड़ी हो गई—बिलकुल नंगी ही समझो, क्योंकि एक छोटा-सा तौलिया सब कुछ तो छिपा नहीं सकता। खुशिया को यह दृश्य देखकर ऐसा महसूस हुआ था जैसे छिलका उसके हाथ में रह गया है और केले का गूदा बिछलकर उसके सामने आ गिरा है। नहीं, उसे कुछ और ही महसूस हुआ था जैसे...वह खुद नंगा हो गया है। अगर बात यहीं तक खत्म हो जाती तो कुछ भी न होता। खुशिया अपनी हैरत को किसी न किसी हीले से दूर कर देता। मगर यहाँ मुसीबत यह आन पड़ी थी कि उस लौण्डिया ने मुस्कराकर कहा था, 'जब तुमने कहा खुशिया है, तो मैंने सोचा, अपना खुशिया ही तो है, आने दो'...बस यही बात उसे खाए जा रही थी।

'साली मुस्करा रही थीं...' वह बार-बार बड़बड़ाता। जिस तरह कान्ता नंगी थी, उसी तरह उसकी मुस्कराहट खुशिया को नंगी नज़र आई थी। यह मुस्कुराहट ही नहीं, उसे कान्ता का जिस्म भी इस हद तक नंगा दिखाई दिया था जैसे उस पर रन्दा फिरा हुआ हो।

उसे बार-बार बचपन के वे दिन याद आ रहे थे जब पड़ोस की एक औरत उससे कहा करती थी, 'खुशिया बेटा, जा दौड़कर जा, यह बाल्टी पानी से भर ला।' जब वह बाल्टी भरकर लाया करता था तो वह धोती से बनाए हुए पर्दे के पीछे से कहा करती थी, 'अन्दर आकर यहाँ मेरे पास रख दे। मैंने मुँह पर साबुन मला हुआ है। मुझे कुछ सुझाई नहीं देता।' वह धोती का पर्दा हटाकर बाल्टी उसके पास रख दिया करता था। उस समय साबुन की झाग में लिपटी हुई नंगी औरत उसे नज़र आती थी, पर उसके मन में किसी तरह की उथल-पुथल पैदा नहीं होती थी।

'भई, मैं उस समय बच्चा था। बिलकुल भोला-भाला। बच्चे और मर्द में बहुत फर्क होता है। बच्चों से कौन पर्दा करता है! मगर अब तो मैं पूरा मर्द हूँ। मेरी उम्र इस वक्त लगभग अट्ठाईस बरस की है और अट्ठाईस बरस के जवान आदमी के सामने कोई बूढ़ी औरत भी नंगी खड़ी नहीं होती।'

कान्ता ने उसे क्या समझा था? क्या उसमें वे सारी बातें नहीं थीं, जो एक नौजवान मर्द में होती हैं? इसमें कोई शक नहीं कि वह कान्ता को एकाएक नंग-धड़ंग देखकर बहुत घबरा गया था लेकिन चोर निगाहों से क्या उसने कान्ता की उन चीज़ों का जायज़ा नहीं लिया था, जो रोज़ाना इस्तेमाल के बावजूद असली हालत पर कायम थीं। क्या, चकित रह जाने के बावजूद, उसके दिमाग में यह खयाल नहीं आया था कि दस रुपए में कान्ता बिलकुल महँगी नहीं और दशहरे के दिन बैंक का वह बाबू, जो दो रुपए की रिआयत न मिलने पर वापस चला गया था, बिलकुल गधा था? और...इन सबके ऊपर, क्या एक क्षण के लिए उसके सारे पुट्ठों में एक अजीब किस्म का तनाव नहीं पैदा हो गया था? और उसने एक ऐसी अँगड़ाई नहीं लेनी चाही थी, जिससे उसकी हड्डियाँ तक चटखने लगें...? फिर क्या वजह थी कि मंगलौर की उस साँवली छोकरी ने उसको मर्द न समझा और सिर्फ...सिर्फ खुशिया समझकर उसको अपना सब कुछ देखने दिया?

उसने गुस्से में आकर पान की गाढ़ी पीक थूक दी, जिसने फुटपाथ पर कई बेल-बूटे बना दिए। पीक थूककर वह उठा और ट्राम में बैठकर अपने घर चला गया।

घर में उसने नहा-धोकर नई धोती पहनी। जिस बिल्डिंग में वह रहता था, उसकी एक दुकान में सैलून था। उसके अन्दर जाकर उसने आइने के सामने अपने बालों में कंघी की। फिर एकाएक कुछ खयाल आया तो वह कुर्सी पर बैठ गया और बड़ी गम्भीरता से उसने नाई से दाढ़ी मूँड़ने के लिए कहा। आज चूँकि वह दूसरी बार दाढ़ी मुंड़वा रहा था, इसलिए नाई ने कहा, 'अरे भाई खुशिया, भूल गए क्या? सुबह मैंने ही तो तुम्हारी दाढ़ी मूंड़ी थी।'

इस पर खुशिया ने बड़ी शान से दाढ़ी पर उलटा हाथ फेरते हुए कहा, 'खूंटी अच्छी तरह नहीं निकली...।

अच्छी तरह खूंटी निकलवाकर और चेहरे पर पाउडर मलवाकर, वह सैलून से बाहर निकला। सामने टैक्सियों का अड्डा था। बम्बई के खास अन्दाज़ में उसने 'शी...शी' करके एक टैक्सी ड्राइवर को अपनी ओर आकृष्ट किया और उँगली के इशारे से उसे टैक्सी लाने के लिए कहा।

जब वह टैक्सी में बैठ गया तो ड्राइवर ने घूमकर उससे पूछा, 'कहाँ जाना है साब?'

इन चार शब्दों ने और खास तौर पर 'साब' शब्द ने खुशिया को सचमुच

खुश कर दिया। मुस्कराकर उसने बड़े दोस्ताना लहजे में जवाब दिया, 'बताएँगे। पहले तुम आपेरा हाउस की तरफ चलो—लेमिंग्टन रोड से होते हुए समझे?'

ड्राइवर ने मोटर की लाल झण्डी का सिर नीचे दबा दिया। 'टन-टन' हुई और टैक्सी ने लेमिंग्टन रोड का रुख किया। लेमिंग्टन रोड का जब आखिरी सिरा आ गया तो खुशिया ने ड्राइवर को हिदायत दी, 'बाएँ हाथ मोड़ लो।'

टैक्सी बाएँ हाथ मुड़ गई। अभी ड्राइवर ने गियर भी न बदला था कि खुशिया ने कहा, 'यह सामने वाले खम्भे के पास रोक लेना ज़रा।'

ड्राइवर ने ठीक खम्भे के पास टैक्सी खड़ी कर दी। खुशिया दरवाज़ा खोलकर बाहर निकला और एक पान वाले की दुकान की तरफ बढ़ा। यहाँ से उसने पान लिया और उस आदमी से, जो कि दुकान के पास खड़ा था, चन्द बातें कीं और उसे अपने साथ टैक्सी पर बैठाकर ड्राइवर से बोला, 'सीधे ले चलो।'

देर तक टैक्सी चलती रही। खुशिया ने जिधर इशारा किया, ड्राइवर ने उधर हैण्डल फेर दिया। रौनक वाले कई बाज़ारों से होते हुए टैक्सी एक नीम-रोशन गली में दाखिल हुई, जिसमें बहुत कम लोग आ-जा रहे थे। कुछ लोग सड़क पर बिस्तर जमाए लेटे थे; उनमें से कुछ बड़े इत्मीनान से चम्पी करा रहे थे। जब टैक्सी उस चम्पी कराने वालों से आगे निकल गई और काठ के एक बँगलेनुमा मकान के पास पहुँची तो खुशिया ने ड्राइवर को ठहरने के लिए कहा, 'बस, अब यहाँ रुक जाओ'।

टैक्सी ठहर गई तो खुशिया ने उस आदमी से, जिसको वह पान वाले की दुकान से अपने साथ लाया था, धीरे से कहा, 'जाओ, मैं यहाँ इन्तज़ार करता हूँ।'

वह आदमी बेवकूफों की तरह, खुशिया की तरफ देखता हुआ टैक्सी से बाहर निकला और सामने वाले लकड़ी के मकान में घुस गया।

खुशिया जमकर टैक्सी के गद्दे पर बैठ गया। एक टाँग दूसरी टाँग पर रखकर उसने जेब से बीड़ी निकालकर सुलगाई और दो कश लेकर बाहर सड़क पर फेंक दी। वह अब बड़ा बेचैन था इसलिए उसे लगा कि टैक्सी का इन्जन बन्द नहीं हुआ। उसके सीने में चूँकि फड़फड़ाहट-सी हो रही थी इसलिए वह समझा कि ड्राइवर ने बिल बढ़ाने के लिए पेट्रोल छोड़ रखा है। चुनांचे उसने तेजी से कहा, 'यों बेकार इन्जन चालू रखकर तुम कितने पैसे बढ़ा लोगे?'

ड्राइवर ने घूमकर खुशिया की ओर देखा और कहा, 'सेठ इन्जन तो बन्द है।'

जब खुशिया को अपनी गलती का अहसास हुआ तो उसकी बेचैनी और भी बढ़ गई और उसने कुछ कहने की बजाय होंठ चबाने शुरू कर दिए। फिर एकाएक सिर पर किश्तीनुमा काली टोपी पहनकर, जो अब तक उसकी बगल में दबी हुई थी, उसने ड्राइवर का कन्धा हिलाया और कहा, 'देखो, अभी छोकरी आएगी। जैसे ही अन्दर आए, तुम मोटर चला देना...समझे?...घबराने की कोई बात नहीं है, मामला ऐसा-वैसा नहीं!'

इतने में सामने लकड़ी वाले मकान से दो आदमी बाहर निकले। आगे-आगे खुशिया का दोस्त था और उसके पीछे-पीछे कान्ता, जिसने शोख रंग की साड़ी पहन रखी थी।

खुशिया झट से उस तरफ को सरक गया, जिधर अँधेरा था। खुशिया के दोस्त ने टैक्सी का दरवाज़ा खोला और कान्ता को अन्दर दाखिल करके दरवाज़ा बन्द कर दिया। उसी समय कान्ता की हैरतभरी आवाज़ सुनाई दी, जो चीख से मिलती-जुलती थी, 'खुशिया, तुम?'

'हाँ, मैं...लेकिन तुम्हें रुपए मिल गए हैं न?' खुशिया की मोटी आवाज़ बुलन्द हुई, 'देखो ड्राइवर...जुहू ले चलो।'

ड्राइवर ने सेल्फ दबाया। इन्जन फड़फड़ाने लगा। वह बात जो कान्ता ने कही, सुनाई न दे सकी। टैक्सी एक धचके के साथ आगे बढ़ी और खुशिया के दोस्त को सड़क के बीच चकित-विस्मित छोड़ उस नीम-रोशन गली में गायब हो गई।

इसके बाद फिर किसी ने खुशिया को मोटरों की दुकान के उस पत्थर के चबूतरे पर नहीं देखा।

• • • • • •

नया कानून

मंगू कोचवान अपने अड्डे में बहुत अक्लमन्द आदमी समझा जाता था, हालाँकि उसकी शिक्षा शून्य के बराबर थी और उसने कभी स्कूल का मुँह भी नहीं देखा था। लेकिन इसके बावजूद, उसे दुनिया-भर की बातों का पता था। अड्डे के वे सारे कोचवान, जिनको यह जानने की इच्छा होती थी कि दुनिया के अन्दर क्या हो रहा है, उस्ताद मंगू की विस्तृत जानकारी से लाभ उठाने के लिए उसके पास जाते थे।

पिछले दिनों, जब उस्ताद मंगू ने अपनी एक सवारी से स्पेन में जंग छिड़ जाने की अफवाह सुनी थी तो उसके गामा चौधरी के चौड़े कन्धे पर थपकी देकर ज्ञानियों के-से अन्दाज़ में भविष्यवाणी की थी, 'देख लेना चौधरी, थोड़े ही दिनों में स्पेन के अन्दर जंग छिड़ जाएगी।'

और गामा चौधरी ने उससे यह पूछा था कि यह स्पेन कहाँ पर है तो उस्ताद मंगू ने बड़ी गम्भीरता से जवाब दिया था, 'विलायत में, और कहाँ?'

स्पेन में जंग छिड़ी और जब हर आदमी को इसका पता चल गया तो स्टेशन के अड्डे में जितने कोचवान घेरा बनाए हुक्का पी रहे थे, मन ही मन में उस्ताद मंगू की 'महानता' स्वीकार कर रहे थे और उस्ताद मंगू उस समय माल रोड की चमकीली सड़क पर ताँगा चलाते हुए अपनी सवारी से ताज़ा हिन्दू-मुस्लिम फसाद पर 'विचार-विनिमय' कर रहा था।

उस दिन शाम के करीब, जब वह अड्डे में आया तो उसका चेहरा गैर-मामूली तौर पर तमतमाया हुआ था। हुक्के का दौर चलते-चलते, जब हिन्दू-मुस्लिम दंगे की बात छिड़ी तो उस्ताद मंगू ने सिर पर से खाकी पगड़ी उतारी और बगल में दबाकर बड़े 'विचारकों' के-से अन्दाज़ में कहा :

'यह किसी पीर की बद-दुआ का नतीजा है कि आए दिन हिन्दुओं और मुसलमानों में चाकू-छुरियाँ चलते रहते हैं और मैंने अपने बड़ों से सुना है कि अकबर बादशाह ने किसी दरवेश का दिल दुखाया था और उस दरवेश ने जलकर यह बद-दुआ दी थी—जा, तेरे हिन्दुस्तान में हमेशा फसाद ही होते रहेंगे।...और देख लो, जब से अकबर बादशाह का राज खत्म हुआ है, हिन्दुस्तान में फसाद पर फसाद होते रहते हैं।' यह कहकर उसने ठण्डी सांस भरी और फिर हुक्के का दम लगाकर अपनी बात कहनी शुरू की, 'ये काँग्रेसी हिन्दुस्तान को आजाद कराना चाहते हैं। मैं कहता हूँ, अगर ये लोग हज़ार साल भी सर पटकते रहें तो कुछ न होगा। बड़ी से बड़ी बात यह होगी कि अंग्रेज़ चला जाएगा और कोई इटलीवाला आ जाएगा; या रूस वाला, जिनके बारे में मैंने सुना है कि बहुत तगड़ा आदमी है। लेकिन हिन्दुस्तान, सदा गुलाम रहेगा। हाँ, मैं यह कहना भूल ही गया कि पीर ने यह बद-दुआ भी दी थी कि हिन्दुस्तान पर हमेशा बाहर के आदमी राज करते रहेंगे।'

उस्ताद मंगू को अंग्रेज़ों से बड़ी नफरत थी। इस नफरत का कारण वह यह बतलाया करता था कि वे उसके हिन्दुस्तान पर अपना सिक्का चलाते हैं और तरह-तरह के जुल्म ढाते हैं। मगर उसकी नफरत की सबसे बड़ी वजह यह थी कि छावनी के गोरे उसे बहुत सताया करते थे। वे उसके साथ ऐसा बर्ताव करते थे, जैसे वह एक जलील कुत्ता हो। इसके अलावा उसे उनका रंग भी बिलकुल पसन्द न था। जब कभी वह किसी गोरे के सुर्ख-सफेद चेहरे को देखता तो उसे मतली-सी आ जाती, न जाने क्यों। वह कहा करता था कि उनके लाल झुर्रियों-भरे चेहरे देखकर उसे वह लाश याद आ जाती है, जिसके जिस्म पर से ऊपर की झिल्ली गल-गलकर झड़ रही हो।

जब किसी शराबी गोरे से उसका झगड़ा हो जाता तो सारा दिन उसकी तबीयत नाखुश रहती और वह शाम को अड्डे में आकर लैम्प मार्का सिगरेट पीते या हुक्के के कश लगाते हुए उस गोरे को जी भरके सुनाया करता।

मोटी-सी गाली देने के बाद वह ढीली पगड़ी-समेत अपने सिर को झटका देकर कहा करता था, 'आग लेने आए थे, अब घर के मालिक ही बन गए हैं। नाक में दम कर रखा है इन बन्दरों की औलाद ने। ऐसे रौब गाँठते हैं, जैसे हम उनके बाबा के नौकर हों...'

इस पर भी उसका गुस्सा ठण्डा नहीं होता था। जब उसका कोई साथी उसके पास बैठा रहता, वह अपने सीने की आग उगलता रहता।

'शक्ल देखते हो न तुम उसकी...जैसे कोढ़ हो रहा हो।...बिलकुल मुर्दार—एक

धप्पे की मार। और गिट-पिट, गिट-पिट यों बक रहा था, जैसे मार ही डालेगा। तेरी जान की कसम, पहले-पहल जी में आई कि साले की खोपड़ी के पुर्ज़े उड़ा दूँ, लेकिन इस खयाल से टाल गया कि इस मरदूद को मारना भी अपनी हतक है।'...यह कहते-कहते वह थोड़ी देर के लिए खामोश हो जाता और नाक को खाकी कमीज़ की आस्तीन से साफ करने के बाद फिर बड़बड़ाने लग जाता।

'कसम है भगवान की, इन लाट साहबों के नाज उठाते-उठाते तँग आ गया हूँ। जब कभी इनका मनहूस चेहरा देखता हूँ, रगों में खून खौलने लग जाता है। कोई नया कानून-वानून बने तो इन लोगों से छुटकारा मिले। तेरी कसम, जान में जान आ जाए।'

और जब एक दिन उस्ताद मंगू ने कचहरी से अपने ताँगे पर दो सवारियाँ लादीं और उनकी बातों से उसे पता चला कि हिन्दुस्तान में नया कानून लागू होने वाला है तो उसकी खुशी का कोई ठिकाना न रहा।

दो मारवाड़ी, जो कचहरी में अपने दीवानी के मुकदमे के सिलसिले में आए थे, वापस घर जाते हुए नए कानून यानी 'इण्डिया ऐक्ट' के बारे में बातें कर रहे थे।

'सुना है कि पहली अप्रैल से हिन्दुस्तान में नया कानून चलेगा?...क्या हर चीज़ बदल जाएगी?'

'हर चीज़ तो नहीं बदलेगी, मगर कहते हैं कि बहुत कुछ बदल जाएगा और हिन्दुस्तानियों को आज़ादी मिल जाएगी।'

'क्या ब्याज के बारे में भी नया कानून पास होगा?'

'यह पूछने की बात है। कल किसी वकील से पूछेंगे।'

उन मारवाड़ियों की बातचीत उस्ताद मंगू के दिल में नाकाबिले-बयान खुशी पैदा कर रही थी। वह अपने घोड़े को हमेशा गालियाँ देता था और चाबुक से बहुत बुरी तरह पीटा करता था, पर उस दिन वह बार-बार पीछे मुड़कर मारवाड़ियों की तरफ देखता और अपनी बढ़ी हुई मूँछों के बाल एक उँगली से बड़ी सफाई के साथ ऊँचे करके घोड़े की पीठ पर लगाम ढीली करते हुए बड़े प्यार से कहता, 'चल बेटा, चल बेटा...ज़रा हवा से बातें करके दिखा दे।'

मारवाड़ियों को उनके ठिकाने पहुँचाकर, उसने अनारकली में दीनू हलवाई की दुकान पर आध सेर दही की लस्सी पीकर एक बड़ी डकार ली और मूँछों को मुँह में दबाकर उनको चूसते हुए यों ही ऊँची आवाज़ में कहा, 'हत तेरी ऐसी की तैसी।'

शाम को जब वह अड्डे पर लौटा और वहाँ उसे अपना कोई जानू-पहचानू ताँगे वाला न मिल सका तो उसके सीने में एक अजीबोगरीब तूफान बरपा हो गया। आज वह एक बड़ी खबर अपने दोस्तों को सुनाने वाला था—बहुत बड़ी खबर। और उस खबर को अपने अन्दर से बाहर निकालने के लिए वह बहुत बेचैन हो रहा था। लेकिन वहाँ कोई था ही नहीं।

आध घण्टे तक वह चाबुक बगल में दबाए स्टेशन के अड्डे की लोहे की छत के नीचे बेचैनी की हालत में टहलता रहा। उसके दिमाग में बड़े अच्छे-अच्छे 'विचार' आ रहे थे। नए कानून के लागू होने की खबर ने उसको एक नई दुनिया में लाकर खड़ा कर दिया था। वह उस नए कानून के बारे में, जो पहली अप्रैल को हिन्दुस्तान में लागू होने वाला था, अपने दिमाग की तमाम बत्तियाँ रोशन करके 'सोच-विचार' कर रहा था। उसके कानों में मारवाड़ी का यह अन्देशा—क्या ब्याज के बारे में भी कोई नया कानून पास होगा?—बार-बार गूँज रहा था और उसके पूरे शरीर में खुशी की एक लहर दौड़ा रहा था। कई बार अपनी घनी मूँछों के अन्दर हँसकर उसने उन मारवाड़ियों को गाली दी, 'गरीबों की खटिया में घुसे हुए खटमल। नया कानून इसके लिए खौलता हुआ पानी होगा।'

वह बेहद खुश था। खासकर उस समय उसके मन को बड़ी ठण्डक पहुँचती थी, जब वह सोचता कि इन गोरों—सफेद चूहों (वह उनको इसी नाम से याद करता था) की थूथनियाँ, नए कानून के आते ही बिलों में हमेशा-हमेशा के लिए गायब हो जाएँगी।

जब नत्थू गँजा पगड़ी बगल में दबाए अड्डे में दाखिल हुआ तो उस्ताद मंगू बढ़कर उससे मिला और उसका हाथ अपने हाथ में लेकर ऊँची आवाज़ में कहने लगा, 'ला हाथ इधर। ऐसी खबर सुनाऊँ कि तेरा जी खुश हो जाए। तेरी इस गँजी खोपड़ी पर बाल उग आएँ।'

और यह कहकर मंगू ने बड़े मज़े ले-लेकर नए कानून के बारे में अपने दोस्त से बातें शुरू कर दीं। बातों के दौरान उसने कई बार नत्थू गँजे के हाथ पर ज़ोर से अपना हाथ मारकर कहा, 'तू देखता रह, क्या बनता है! यह रूस वाला बादशाह कुछ न कुछ ज़रूर करके रहेगा।'

उस्ताद मंगू मौजूदा सोवियत रूस की समाजवादी सरगर्मियों के बारे में बहुत कुछ सुन चुका था और उसे वहाँ के नए कानून और दूसरी नई चीज़ें बहुत पसन्द थीं। इसीलिए उसने 'रूस वाले बादशाह' को 'इण्डिया ऐक्ट' यानी नए विधान के साथ मिला दिया और पहली अप्रैल को पुराने निजाम में जो नई फेर-बदल होने

वाली थी, वह उसे 'रूस वाले बादशाह' के असर का नतीजा समझता था।

कुछ अर्से से पेशावर और दूसरे शहरों में सुर्खपोशों (गफ्फार खाँ के खुदाई खिदमतगारों) का आन्दोलन चल रहा था। उस्ताद मंगू ने उस आन्दोलन को अपने दिमाग में 'रूस वाले बादशाह' और फिर नए कानून के साथ खल्त-मल्त कर दिया था। इसके अलावा, जब कभी वह किसी से सुनता कि अमुक शहर में इतने बम बनाने वाले पकड़े गए हैं या फलाँ जगह इतने आदमियों पर बगावत के इल्जाम में मुकदमा चलाया गया है तो वह इन सारी घटनाओं को नए कानून की पूर्वसूचना समझता था और मन ही मन बहुत खुश होता था।

एक दिन उसके ताँगे में बैठे दो बैरिस्टर नए विधान की बहुत कड़ी आलोचना कर रहे थे और वह खामोशी से उनकी बातें सुन रहा था। उनमें से एक दूसरे से कह रहा था :

'नए कानून का दूसरा हिस्सा फेडरेशन है, जो मेरी समझ में अभी तक नहीं आया। ऐसा फेडरेशन दुनिया की तारीख में आज तक न सुना, न देखा गया है। सियासी नजरिए से भी यह फेडरेशन बिलकुल गलत है, बल्कि यों कहना चाहिए कि यह फेडरेशन है ही नहीं।'

उन बैरिस्टरों के बीच जो बातचीत हुई क्योंकि उसमें ज़्यादातर शब्द अंग्रेज़ी के थे, इसलिए उस्ताद मंगू सिर्फ ऊपर के जुमले को ही किसी कदर समझ पाया और उसने खयाल किया, ये लोग हिन्दुस्तान में नए कानून के आने को बुरा समझते हैं और नहीं चाहते कि इनका वतन आज़ाद हो। चुनाँचे इस खयाल के असर में उसने कई बार उन दो बैरिस्टरों को हिकारत की नज़रों से देखकर मन ही मन कहा, 'टोडी बच्चे!'

जब कभी वह किसी को दबी ज़बान में 'टोडी बच्चा' कहता तो दिल में यह महसूस करके बहुत खुश होता था कि उसने इस नाम को सही जगह इस्तेमाल किया है और यह कि उसमें शरीफ आदमी और 'टोडी बच्चे' में फर्क करने की 'योग्यता' है।

इस घटना के तीसरे दिन वह गवर्नमेण्ट कालेज के तीन विद्यार्थियों को अपने ताँगे में बैठाकर मजंग जा रहा था कि उसने उन तीनों लड़कों को आपस में ये बातें करते सुना :

'नए कानून ने मेरी उम्मीदें बढ़ा दी हैं। अगर...साहब एसेम्बली के मेम्बर हो गए तो किसी सरकारी दफ्तर में नौकरी ज़रूर मिल जाएगी।'

'वैसे भी बहुत-सी जगहें और निकलेंगी। शायद इसी गड़बड़ में हमारे हाथ

भी कुछ आ जाए।'

'हाँ-हाँ, क्यों नहीं।'

'वे बेकार ग्रेजुएट, जो मारे-मारे फिर रहे हैं, उनमें कुछ तो कमी होगी।'

इस बातचीत ने उस्ताद मंगू के दिल में नए कानून का महत्त्व और भी बढ़ा दिया और वह उसको ऐसी चीज़ समझने लगा, जो बहुत चमकती हो। 'नया कानून...।' वह दिन में कई बार सोचता, 'यानी कोई नई चीज़।' और हर बार उसकी नज़रों के सामने अपने घोड़े का वह नया साज आ जाता, जो उसने दो बरस हुए चौधरी खुदाबख्श से बड़ी अच्छी तरह ठोक-बजाकर खरीदा था। उस साज पर, जब वह नया था, जगह-जगह लोहे की निकल-चढ़ी हुई कीलें चमकती थीं और जहाँ-जहाँ पीतल का काम था, वह तो सोने की तरह दमकता था। इस लिहाज से भी 'नए कानून' को चमकता-दमकता होना जरूरी था।

पहली अप्रैल तक उस्ताद मंगू ने नए विधान के पक्ष और विपक्ष में बहुत कुछ सुना। पर उसके बारे में जो खाका वह अपने मन में बना चुका था, उसे वह बदल न सका। वह समझता था कि पहली अप्रैल को नए कानून के आते ही सब मामला साफ हो जाएगा और उसको विश्वास था कि उसके आने पर जो चीज़ें नज़र आएँगी उनसे उसकी आँखों को ज़रूर ठण्डक पहुँचेगी।

आखिर मार्च के इकतीस दिन खत्म हो गए और अप्रैल के शुरू होने में रात के चन्द खामोश घण्टे बाकी रह गए। मौसम आम दिनों की बनिस्बत ठण्डा था और हवा में ताज़गी थी।

पहली अप्रैल को सुबह-सवेरे उस्ताद मंगू उठा और अस्तबल में जाकर उसने ताँगे में घोड़े को जोता और बाहर निकल गया। उसकी तबीयत आज असाधारण रूप से प्रसन्न थी।...वह आज नए कानून को देखने वाला था।

उसने सुबह के सर्द धुँधलके में कई तंग और खुले बाज़ारों का चक्कर लगाया मगर उसे हर चीज़ पुरानी नज़र आई। आसमान की तरह पुरानी उसकी निगाहें आज खास तौर पर नया रंग देखना चाहती थीं, पर सिवाय उस कलगी के, जो रंग-बिरंगे परों से बनी थी और उसके घोड़े के सिर पर जमी हुई थी, बाकी सब चीज़ें पुरानी नज़र आती थीं। यह नई कलगी उसने नए कानून की खुशी में एकतीस मार्च को चौधरी खुदाबख्श से साढ़े चौदह आने में खरीदी थी।

घोड़े की टापों की आवाज़, काली सड़क और उसके आसपास थोड़ा-थोड़ा फासला छोड़कर लगाए हुए बिजली के खम्भे, दुकानों के बोर्ड, उसके घोड़े के गले में पड़े

हुए घुँघरूओं की झनझनाहट, बाज़ार में चलते-फिरते आदमी—इनमें से कौन-सी चीज़ नई थी? जाहिर है कि कोई भी नहीं। लेकिन उस्ताद मंगू निराश नहीं हुआ।

'अभी बहुत सवेरा है। दुकानें भी तो सबकी सब बन्द हैं।' इस खयाल ने उसे तसकीन दी। इसके अलावा वह यह भी सोचता था, 'हाई कोर्ट में तो नौ बजे के बाद ही काम शुरू होता है। अब इससे पहले नया कानून क्या नज़र आएगा?'

जब उसका ताँगा गवर्नमेण्ट कालेज के दरवाज़े के करीब पहुँचा तो कालेज के घड़ियाल ने बड़े घमण्ड से नौ बजाए। जो विद्यार्थी कालेज के बड़े दरवाज़े से बाहर निकल रहे थे, खुश-पोश थे, पर उस्ताद मंगू को न जाने क्यों उनके कपड़े मैले-मैले-से नज़र आए। शायद इसका कारण यह था कि उसकी निगाहें आज आँखों को चौंधिया देने वाले किसी जलवे का इन्तज़ार कर रही थीं।

ताँगे को दाएँ हाथ मोड़कर वह थोड़ी देर के बाद फिर अनारकली में चला आया। बाज़ार की आधी दुकानें खुल चुकी थीं और अब लोगों की आमद-रफ्त भी बढ़ गई थी। हलवाई की दुकानों पर ग्राहकों की खूब भीड़ लगी थी। मनिहारी वालों की नुमायशी चीज़ें शीशे की अलमारियों में से लोगों को अपनी ओर खींच रही थीं और बिजली के तारों पर कई कबूतर आपस में लड़-झगड़ रहे थे, पर उस्ताद मंगू के लिए इन तमाम चीज़ों में कोई दिलचस्पी नहीं थी।...वह नए कानून को देखना चाहता था, ठीक उसी तरह जिस तरह कि वह अपने घोड़े को देख रहा था।

जब उस्ताद मंगू के घर बच्चा पैदा होने वाला था तो उसने चार-पाँच महीने बड़ी बेचैनी में गुजारे थे। उसको विश्वास था कि बच्चा किसी न किसी दिन ज़रूर पैदा होगा। पर वह इन्तज़ार की घड़ियाँ नहीं काट सकता था। वह चाहता था कि अपने बच्चे को सिर्फ एक नज़र देख ले। इसके बाद वह पैदा होता रहे। चुनांचे इसी गैर-मगलूब इच्छा के तहत उसने कई बार अपनी बीमार बीवी के पेट को दबा-दबाकर और उसके ऊपर कान रख-रखकर अपने बच्चे के बारे में कुछ जानना चाहा था। पर वह नाकाम रहा था। एक बार तो वह इन्तज़ार करते-करते इतना तंग आ गया था कि अपनी बीवी पर बरस भी पड़ा था :

'तू हर वक्त मुर्दे की तरह पड़ी रहती है। उठ, और ज़रा चल-फिर, तेरे अंगों में थोड़ी-सी ताकत तो आए। यों तख्ता बने रहने से कुछ न होगा। तू समझती है कि इस तरह लेटे-लेटे बच्चा जन देगी?'

उस्ताद मंगू तबीयत से बहुत जल्दबाज था। वह हर चीज़ का असली रूप देखने के लिए न सिर्फ इच्छुक था, बल्कि उसे खोजता भी रहता था। उसकी बीवी

गंगादेई उसकी इस किस्म की बेकरारियों को देखकर आम तौर पर यह कहा करती थी, 'अभी कुआँ खोदा ही नहीं गया और तुम प्यास से बेहाल हो रहे हो।'

कुछ भी हो, पर उस्ताद मंगू नए कानून के इन्तज़ार में इतना बेचैन नहीं था जितना कि उसे अपनी तबीयत के लिहाज से होना चाहिए था। वह आज नए कानून को देखने के लिए घर से निकला था; ठीक उसी तरह, जैसे वह गाँधी या जवाहरलाल के जुलूस को देखने के लिए निकलता था।

नेताजी की महानता का अनुमान उस्ताद मंगू हमेशा उनके जुलूस के हंगामों और उनके गले में डाली हुई फूलों की मालाओं से किया करता था। अगर कोई लीडर गेंदे के फूलों से लदा हो तो उस्ताद मंगू के नज़दीक वह बड़ा आदमी था और जिन नेता के जुलूस में भीड़ की वजह से दो-तीन दंगे होते-होते रह जाते, वह उसकी नज़र में और भी बड़ा था। अब नए कानून को वह अपने जेहन के इसी तराजू में तोलना चाहता था।

अनारकली से निकलकर, वह माल रोड की चमकीली सड़क पर अपने ताँगे को धीरे-धीरे चला रहा था कि मोटरों की दुकान के पास उसे छावनी की एक सवारी मिल गई। किराया तय करने के बाद उसने अपने घोड़े को चाबुक दिखाया और मन में सोचा, 'चलो यह भी अच्छा हुआ।...शायद छावनी से ही नए कानून का कुछ पता चल जाए।'

छावनी पहुँचकर उस्ताद मंगू ने सवारी को उसकी मंज़िल पर उतार दिया और जेब से सिगरेट निकालकर बाएँ हाथ की आखिरी दो उँगलियों में दबाकर सुलगाया और पिछली सीट के गद्दे पर बैठ गया।

जब उस्ताद मंगू को किसी सवारी की तलाश नहीं होती थी या उसे किसी बीती हुई घटना पर गौर करना होता तो वह आम तौर पर अगली सीट छोड़कर पिछली सीट पर बैठ जाता और बड़े इत्मीनान से अपने घोड़े की लगाम दाएँ हाथ के गिर्द लपेट लिया करता था। ऐसे अवसरों पर उसका घोड़ा थोड़ा-सा हिनहिनाने के बाद बड़ी धीमी चाल चलना शुरू कर देता था, मानो उसे कुछ देर के लिए भाग-दौड़ से छुट्टी मिल गई हो।

घोड़े की चाल और उस्ताद मंगू के दिमाग में खयालों की आमद बहुत सुस्त थी; जिस तरह घोड़ा धीरे-धीरे कदम उठा रहा था उसी तरह उस्ताद मंगू के जेहन में नए कानून के बारे में नए अनुमान दाखिल हो रहे थे।

वह नए कानून के आने पर म्यूनिसिपल कमेटी से ताँगों के नम्बर मिलने के तरीके पर गौर कर रहा था और इस गौर-तलब बात को नए विधान की रोशनी

में देखने की कोशिश कर रहा था। वह इसी सोच-विचार में डूबा था, जब उसे ऐसा लगा जैसे किसी सवारी ने उसे बुलाया है। पीछे पलटकर देखने पर उसे सड़क के उस पार दूर बिजली के खम्भे के पास एक गोरा खड़ा नज़र आया, जो उसे हाथ के इशारे से बुला रहा था।

जैसा कि कहा जा चुका है, उस्ताद मंगू को गोरों से बेहद नफरत थी। जब उसने नई सवारी को गोरे के रूप में देखा तो उसके मन में नफरत के भाव जाग उठे। पहले तो उसके जी में आई कि बिलकुल ध्यान न दे और उसको छोड़कर चला जाए, पर बाद में उसको खयाल आया कि इनके पैसे छोड़ना भी बेवकूफी है। कलगी पर जो मुफ्त में साढ़े चौदह आने खर्च कर दिए हैं, इनकी जेब ही से वसूल करने चाहिए। चलो चलते हैं।

खाली सड़क पर बड़ी सफाई से ताँगा मोड़कर उसने घोड़े को चाबुक दिखाया और पलक झपकते ही वह बिजली के खम्भे के पास पहुँच गया। घोड़े की लगाम खींचकर उसने ताँगा ठहराया और पिछली सीट पर बैठे-बैठे गोरे से पूछा :

'साहब बहादुर, कहाँ जाना माँगता है?'

इस सवाल में गजब का तजिया (व्यंग्य-भरा) अन्दाज़ था। 'साहब बहादुर' कहते समय उसका ऊपर का मूँछों-भरा होंठ नीचे की ओर खिंच गया और पास ही गाल की इस तरफ जो मद्धिम-सी लकीर नाक के नथुने से ठोड़ी के ऊपरी सिरे तक चली आ रही थी, एक कंपकंपी के साथ गहरी हो गई, जैसे किसी ने नोकीले चाकू से शीशम की साँवली लकड़ी में धार-सी डाल दी हो। उसका सारा चेहरा हँस रहा था और अपने अन्दर उसने उस गोरे को सीने की आग में जलाकर राख कर डाला था।

जब गोरे ने, जो बिजली के खम्भे की ओट में हवा का रुख बचाकर सिगरेट सुलगा रहा था, मुड़कर ताँगे के पायदान की तरफ कदम बढ़ाया तो अचानक उस्ताद मंगू की और उसकी निगाहें चार हुईं और ऐसा लगा कि एक-साथ आमने-सामने की बन्दूकों से गोलियाँ निकलीं और आपस में टकराकर, आग का एक बगूला बनकर, ऊपर को उड़ गई।

उस्ताद मंगू, जो अपने दाएँ हाथ से लगाम के बल खोलकर ताँगे से नीचे उतरने वाला था, अपने सामने खड़े गोरे को यूँ देख रहा था जैसे वह उसके वजूद के ज़र्रे-ज़र्रे को अपनी निगाहों से चबा रहा हो और गोरा कुछ इस तरह अपनी नीली पतलून पर से अनदेखी चीज़ें झाड़ रहा था जैसे वह उस्ताद मंगू के इस हमले से अपने वजूद के कुछ हिस्से बचा लेने की कोशिश कर रहा हो।

गोरे ने सिगरेट का धुआँ निगलते हुए कहा, 'जाना माँगटा या फिर गड़बड़ करेगा?'

'वही है।' ये शब्द उस्ताद मंगू के दिमाग में पैदा हुए और उसकी चौड़ी छाती के अन्दर नाचने लगे। 'वही है,' उसने ये शब्द अपने मुँह के अन्दर दोहराए और साथ ही उसे पूरा यकीन हो गया कि गोरा, जो उसके सामने खड़ा था, वही है जिससे पिछले बरस उसकी झड़प हुई थी और उस खाहमखाह के झगड़े में जिसकी वजह गोरे के दिमाग में चढ़ी हुई शराब थी, उसे लाचार होकर बहुत-सी बातें सहनी पड़ी थीं। उस्ताद मंगू ने गोरे का दिमाग दुरुस्त कर दिया होता, बल्कि उसके पुर्ज़े उड़ा दिए होते, पर वह किसी खास कारण से चुप हो गया था। उसको पता था, इस तरह के झगड़ों में अदालत का नजला आम तौर पर कोचवानों पर ही गिरता है।

उस्ताद मंगू ने पिछले बरस की लड़ाई और पहली अप्रैल के नए कानून पर गौर करते हुए गोरे से पूछा, 'कहाँ जाना माँगटा है?' उस्ताद मंगू के लहजे में चाबुक जैसी तेज़ी थी।

गोरे ने जवाब दिया—'हीरा मण्डी।'

'किराया पाँच रुपया होगा' उस्ताद मंगू की मूँछें थरथराईं।

यह सुनकर गोरा हैरान हो गया। वह चिल्लाया, 'पाँच रुपए! क्या तुम...?'

'हाँ-हाँ, पाँच रुपए।' यह कहते हुए उस्ताद मंगू के बालों-भरे दाहिने हाथ ने भिंचकर एक भारी घूसे का रूप ले लिया। 'क्यों, जाते हो या बेकार बातें बनाओगे,' उस्ताद मंगू का लहज़ा और भी ज़्यादा सख्त हो गया।

गोरा पिछले वर्ष की घटना का खयाल करके उस्ताद मंगू के सीने की चौड़ाई नज़रन्दाज कर चुका था। वह सोच रहा था—इसकी खोपड़ी फिर खुजला रही है। हौसला बढ़ाने वाले इस खयाल के तहत वह ताँगे की ओर अकड़कर बढ़ा और अपनी छड़ी से उसने उस्ताद मंगू को ताँगे से नीचे उतरने का इशारा किया।

बेंत की वह पालिश की हुई पतली-सी छड़ी उस्ताद मंगू की मोटी रान के साथ दो-तीन बार छुई। उसने खड़े-खड़े नाटे कद के गोरे को ऊपर से नीचे देखा जैसे वह अपनी निगाहों के भार ही से उसे पीस डालना चाहता हो। फिर उसका घूँसा, कमान में तीर की तरह, ऊपर को उठा और पलक झपकते ही गोरे की ठोड़ी के नीचे जम गया। धक्का देकर उसने गोरे को परे हटाया और नीचे उतरकर उसे धड़ाधड़ पीटना शुरू कर दिया।

गोरा हक्का-बक्का रह गया और उसने इधर-उधर सिमटकर उस्ताद मंगू के वजनी घूँसों से बचने की कोशिश की और जब देखा कि उस्ताद मंगू की हालत पागलों-सी हो गई है और उसकी आँखों से अँगारे बरस रहे हैं तो उसने ज़ोर-ज़ोर से चिल्लाना शुरू किया। उस चीख-पुकार ने उस्ताद मंगू की बाँहों का काम और भी तेज कर दिया। वह गोरे को जी भरके पीट रहा था और साथ-साथ यह कहता जाता था :

'पहली अप्रैल को भी वही अकड़-फूँ...पहली अप्रैल को भी वही अकड़-फूँ... अब हमारा राज है बच्चा।'

लोग जमा हो गए और पुलिस के दो सिपाहियों ने बड़ी मुश्किल से गोरे को उस्ताद मंगू की पकड़ से छुड़ाया। उस्ताद मंगू उन दो सिपाहियों के बीच खड़ा था। उसकी चौड़ी छाती फूली हुई साँस की वजह से ऊपर-नीचे हो रही थी। मुँह से झाग बह रहा था और अपनी मुस्कराती हुई आँखों से हैरतज़दा भीड़ की तरफ देखकर वह हाँफती हुई आवाज़ में कह रहा था :

'वो दिन गुज़र गए, जब खलील खाँ फाख़्ता उड़ाया करते थे।... अब नया कानून है मियाँ, नया कानून!'

अब बेचारा गोरा अपने बिगड़े हुए चेहरे के साथ, बेवकूफों की तरह, कभी उस्ताद मंगू की तरफ देखता था और कभी भीड़ की तरफ।

उस्ताद मंगू को पुलिस के सिपाही थाने में ले गए। रास्ते में और थाने के अन्दर कमरे में वह 'नया कानून, नया कानून' चिल्लाता रहा पर किसी ने एक न सुनी।

'नया कानून, नया कानून क्या बक रहे हो!...कानून वही है—पुराना!' और उसको हवालात में बन्द कर दिया गया।

* * * * * *

ममद भाई

फारस रोड से आप उस ओर भीतर गली में चले जाइए जो सफेद गली कहलाती है तो उसके अन्तिम सिरे पर आपको कुछ होटल मिलेंगे। यों तो बम्बई में कदम-कदम पर होटल और रेस्तरां होते हैं लेकिन ये रेस्तरां इसलिए बहुत दिलचस्प और अनूठे हैं क्योंकि ये उस इलाके में हैं जहाँ भाँत-भाँत की वेश्याएँ बसती हैं।

एक युग बीत चुका है। बस, आप यही समझिए कि बीस वर्ष के लगभग, जब इन रेस्तराओं में मैं चाय पीया करता था और खाना खाया करता था। सफेद गली से आगे निकलकर 'प्ले-हाउस' आता है। उधर दिन-भर शोर-शराबा रहता है। सिनेमा के शो दिन-भर चलते रहते थे। चम्पियाँ होती थीं। सिनेमा-घर शायद चार थे। उनके बाहर बड़े विचित्र ढंग से सिनेमा के कर्मचारी घंटियाँ बजा-बजाकर लोगों को निमन्त्रण देते थे—'आओ, आओ,—दो आने में—फर्स्ट क्लास खेल, दो आने में।'

कभी-कभी ये घंटियाँ बजाने वाले ज़बर्दस्ती लोगों को भीतर ढकेल देते थे—बाहर कुर्सियों पर चम्पी कराने वाले बैठे होते थे जिनकी खोपड़ियों की मरम्मत बड़े वैज्ञानिक ढंग से की जाती थी। मालिश अच्छी चीज़ है लेकिन मेरी समझ में नहीं आता कि बम्बई के रहने वाले इस पर इतने मोहित क्यों हैं। दिन को और रात को हर समय उन्हें तेल मालिश की आवश्यकता अनुभव होती है। आप यदि चाहें तो रात के तीन बजे बड़ी आसानी से 'तेल-मालिशिया' बुला सकते हैं। यों भी सारी रात, चाहे आप बम्बई के किसी कोने में हों, आप अवश्य ही यह आवाज़ सुनते रहेंगे—'पी—पी।'

यह 'पी' चम्पी का संक्षिप्त रूप है।

फारस रोड यों तो एक सड़क का नाम है लेकिन वास्तव में यह उस इलाके

का नाम है जहाँ वेश्याएँ रहती हैं। यह बहुत बड़ा इलाका है। इसमें कई गलियाँ हैं, जिनके विभिन्न नाम हैं लेकिन सुविधास्वरूप इसकी हर गली को फारस रोड या सफेद गली कहा जाता है। इसमें जँगले लगी हुई सैकड़ों दुकानें हैं, जिनमें छोटी-बड़ी आयु और अच्छे-बुरे रंग की स्त्रियाँ अपना शरीर बेचती हैं। विभिन्न दामों पर, आठ आने से आठ रुपए तक, आठ रुपए से आठ सौ रुपए तक—हर दाम की स्त्री आपको इस इलाके में मिल सकती है।

यहूदी, पँजाबी, मराठी, काश्मीरी, गुज़राती, बँगाली, एँग्लो-इंडियन, फ़्राँसीसी, चीनी, जापानी अर्थात् हर प्रकार की स्त्री आपको यहाँ से प्राप्त हो सकती है—ये स्त्रियाँ कैसी होती हैं—क्षमा कीजिए, इस सम्बन्ध में आप मुझसे कुछ न पूछिए—बस स्त्रियाँ होती हैं—और उनको ग्राहक मिल ही जाते हैं।

इस इलाके में बहुत-से चीनी भी आबाद हैं। मालूम नहीं ये क्या कारोबार करते हैं, लेकिन रहते इसी इलाके में हैं। कुछ एक तो रेस्तराँ चलाते हैं जिनके बाहर बोर्डों पर ऊपर-नीचे कीड़े-मकोड़ों की शक्ल में कुछ लिखा होता है—मालूम नहीं क्या।

इस इलाके में हर बिजनेस और हर जाति के लोग आबाद हैं। एक गली है जिसका नाम अरब लेन है। वहाँ के लोग उसे अरब गली कहते हैं। उन दिनों, जिन दिनों की मैं बात कर रहा हूँ, इस गली में लगभग बीस-पच्चीस अरब रहते थे जो स्वयं को मोतियों के व्यापारी कहते थे, बाकी आबादी पँजाबियों और रामपुरियों की थी।

इसी गली में मुझे एक कमरा मिल गया था जिसमें कभी सूरज का प्रकाश न आ पाता था। हर समय बिजली का बल्ब जलता रहता था। इसका किराया साढ़े नौ रुपए मासिक था।

आप यदि कभी बम्बई में नहीं रहे तो शायद आप मुश्किल ही से विश्वास करेंगे कि वहाँ किसी को किसी दूसरे से सरोकार नहीं होता। यदि आप अपनी खोली में मर रहे हैं तो आपको कोई नहीं पूछेगा। आपके पड़ोस में हत्या हो जाए, क्या मजाल जो आपको उसकी खबर हो जाए—लेकिन वहाँ अरब गली में केवल एक व्यक्ति ऐसा था जिसे अड़ोस-पड़ोस के हर व्यक्ति में दिलचस्पी थी—और उसका नाम ममद भाई था।

ममद भाई रामपुर का रहने वाला था। कमाल का फकेत, गतके और बनोट की कला में निपुण—मैं जब अरब गली में आया तो अक्सर होटलों में उसका नाम सुनने में आया लेकिन बहुत दिनों तक उससे मुलाकात न हो सकी।

मैं सुबह-सवेरे अपनी खोली से निकल जाता था और बहुत रात गए लौटता था—लेकिन ममद भाई से मिलने की बड़ी उत्सुकता थी, क्योंकि उसके सम्बन्ध में अरब गली में बहुत-सी कहानियाँ प्रचलित थीं—कि बीस-पच्चीस आदमी यदि लाठियों से लैस होकर उसपर टूट पड़ें, तो भी वे उसका बाल तक बाँका नहीं कर सकते। एक मिनट के अन्दर-अन्दर वह उन सबको चित कर देता है और यह कि उस जैसा छुरीमार सारे बम्बई में नहीं मिल सकता। यों छुरी मारता है कि जिसके लगती है उसे पता भी नहीं चलता—सौ कदम तक बिना कुछ अनुभव किए चलता रहता है और अन्त में एकदम ढेर हो जाता है। लोग कहते हैं कि यह उसके हाथ की सफाई है।

उसके हाथ की यह सफाई देखने की मुझे उत्सुकता नहीं थी लेकिन यों उसके बारे में अन्य बातें सुन-सुनकर मेरे मन में यह इच्छा अवश्य उत्पन्न हो चुकी थी कि मैं उसे देखूँ। उससे बातें न करूँ लेकिन निकट से देख लूँ कि कैसा है—इस पूरे इलाके पर उसका व्यक्तित्व छाया हुआ था। वह बहुत बड़ा 'दादा' अर्थात् बदमाश था, लेकिन इसके बावजूद लोग कहते थे कि उसने किसी की बहू-बेटी की ओर कभी आँख उठाकर नहीं देखा। 'लंगोट का बहुत पक्का है'—'गरीबों के दुःख-दर्द का साझीदार है।' केवल अरब गली ही नहीं, आस-पास जितनी गलियाँ थीं उनमें जितनी दीन, दरिद्र स्त्रियाँ थीं, सब ममद भाई को जानती थीं क्योंकि वह प्रायः उनकी आर्थिक सहायता करता रहता था। लेकिन वह स्वयं कभी उनके पास नहीं जाता था, अपने किसी कम आयु के शिष्य को भेज देता था और उनका कुशल पूछ लेता था।

मुझे मालम नहीं कि उसकी आय के क्या साधन थे; अच्छा खाता था, अच्छा पहनता था। उसके पास एक छोटा-सा ताँगा था जिसमें बड़ा स्वस्थ टट्टू जुता होता था। वह स्वयं ही उसे चलाता था। साथ दो-तीन शिष्य होते थे। भिंडी बाज़ार का एक चक्कर लगाकर या किसी दरगाह में होकर वह उस ताँगे पर वापस अरब गली आ जाता था और किसी ईरानी के होटल में बैठकर अपने शिष्यों के साथ गतके और बनोट की बातों में निमग्न हो जाता था।

मेरी खोली के साथ ही एक और खोली थी जिसमें मारवाड़ का एक मुसलमान नर्तक रहता था। उसने मुझे ममद भाई की सैकड़ों कहानियाँ सुनाईं—उसने मुझे बताया कि ममद भाई लाख रुपए का आदमी है। एक बार उसे हैजा हो गया था। ममद भाई को पता चला तो उसने फारस रोड के सबके सब डाक्टर उसकी खोली में इकट्ठे कर दिए और उनसे कहा, 'देखो, अगर आशिक हुसैन को कुछ हो गया तो मैं तुम सब का सफाया कर दूँगा...' आशिक हुसैन ने बड़े आदरपूर्ण स्वर में

मुझसे कहा—'मन्टो साहब! ममद भाई फरिश्ता है—फरिश्ता। जब उसने डाक्टरों को धमकी दी तो वे सब काँपने लगे। ऐसा लगकर इलाज किया कि मैं दो ही दिन में ठीक-ठाक हो गया।'

ममद भाई के सम्बन्ध में अरब गली के गन्दे और बेहूदा रेस्तराओं में मैं और भी बहुत कुछ सुन चुका था। एक व्यक्ति ने जो शायद उसका शिष्य था और स्वयं को बहुत बड़ा फकेत समझता था, मुझसे कहा था कि ममद भाई अपने नेफे में एक ऐसा आबदार खन्जर हमेशा उड़सकर रखता है जो उस्तरे की तरह शेव भी कर सकता है—और यह खन्जर म्यान में नहीं होता—खुला रहता है—बिल्कुल नंगा और वह भी उसके पेट के साथ। उसकी नोक इतनी तीखी है कि यदि बातें करते हुए, झुकते हुए, उससे ज़रा-सी गलती हो जाए तो ममद भाई का एकदम काम तमाम हो जाए।

प्रत्यक्ष है कि उसको देखने और उससे मिलने की उत्सुकता दिन-प्रतिदिन मेरे मन में बढ़ती गई। मालूम नहीं, मैंने अपनी कल्पना में उसके चेहरे-मोहरे का क्या रेखाचित्र बनाया था। जो हो, इतने समय के बाद मुझे केवल इतना स्मरण है कि मैं एक देवकाय व्यक्ति को अपनी मानसिक आँखों के सामने देखता था जिसका नाम ममद भाई था—उस प्रकार का व्यक्ति जो हरक्युलिस साइकिल पर विज्ञापन-स्वरूप दिया जाता है।

मैं सुबह-सवेरे अपने काम पर निकल जाता था और रात के दस बजे के लगभग खाने आदि से निबटकर वापस आकर तुरन्त सो जाता था। इस बीच में ममद भाई से मुलाकात हो सकती थी। मैंने कई बार सोचा कि काम पर न जाऊँ और सारा दिन अरब गली में गुज़ार कर ममद भाई को देखने की कोशिश करूँ, लेकिन अफसोस कि मैं ऐसा न कर सका, इसलिए कि मेरी नौकरी बड़ी बेहूदा ढंग की थी।

ममद भाई से मुलाकात करने की सोच ही रहा था कि अचानक इन्फ़्लुएन्जा ने मुझ पर घोर आक्रमण किया—ऐसा आक्रमण कि मैं बौखला गया। मुझे भय था कि यह बिगड़कर कहीं निमोनिया में परिवर्तित न हो जाए, क्योंकि अरब गली के एक डाक्टर ने ऐसा ही कहा था। मैं बिल्कुल अकेला था। मेरे साथ जो एक व्यक्ति रहता था, उसे पूना में एक नौकरी मिल गई थी, इसलिए वह भी पास न था। बुखार में फूँका जा रहा था, प्यास इतनी लगती थी कि जो पानी खोली में रखा था मेरे लिए काफी नहीं था; और मित्र-सम्बन्धी कोई पास नहीं था जो मेरी देख-रेख करता। मैं बहुत 'सख्त-जान' हूँ, देख-रेख की मुझे प्रायः आवश्यकता नहीं हुआ करती, लेकिन न जाने वह कैसा बुखार था, इन्फ़्लुएन्जा था, मलेरिया था या

कुछ और था, लेकिन उसने मेरी रीढ़ की हड्डी तोड़ दी। मैं बिलबिलाने लगा। मेरे मन में पहली बार इच्छा उत्पन्न हुई कि मेरे पास कोई हो जो मुझे ढाढ़स दे। ढाढ़स न दे तो कम से कम क्षण-भर के लिए अपनी शकल दिखाकर चला जाए, ताकि मुझे इसीसे ढाढ़स हो जाए कि कोई मुझे पूछने वाला भी है।

दो दिन तक मैं बिस्तर पर पड़ा कराहता रहा, लेकिन कोई न आया—आता भी कौन? मेरी जान-पहचान के आदमी ही कितने थे—दो, तीन या चार—और वे इतनी दूर रहते थे कि उन्हें मेरी मृत्यु का भी पता न चल सकता था। और फिर वहाँ बम्बई में कौन किसको पूछता है—कोई मरे या जिए, उनकी बला से।

मेरी बहुत बुरी हालत थी। आशिक हुसैन नर्तक की पत्नी बीमार थी, इसलिए वह अपने घर जा चुका था। यह मुझे होटल के छोकरे ने बताया था। अब मैं किसको बुलाता?

बड़ी निढाल स्थिति में था और सोच रहा था कि स्वयं नीचे उतरूँ और किसी डाक्टर के पास जाऊँ कि किसी ने दरवाज़ा खटखटाया। मैंने सोचा कि होटल का छोकरा, जिसे बम्बई की भाषा में 'बाहिर वाला' कहते हैं, होगा। बड़े मरियल स्वर में कहा, 'आ जाओ।'

दरवाज़ा खुला और एक छरहरे बदन के व्यक्ति ने, जिसकी मूँछें मुझे सबसे पहले दिखाई दीं, भीतर प्रवेश किया।

उसकी मूँछें ही सब कुछ थीं। मेरा मतलब यह है कि यदि उसकी मूँछें न होतीं तो बहुत सम्भव है कि वह कुछ भी न होता। ऐसा मालूम होता था कि उसकी मूँछों ने ही उसके पूरे अस्तित्व को जीवन प्रदान कर रखा है।

वह भीतर आया और अपनी विलियम कैसर ऐसी मूँछों को एक उँगली से ठीक करते हुए मेरी खाट के पास आया। उसके पीछे तीन-चार व्यक्ति थे। विचित्र मुखाकृतियाँ थीं उनकी—मैं बहुत हैरान था कि ये कौन हैं और मेरे पास क्यों आए हैं?

विलियम कैसर ऐसी मूँछों और छरहरे बदन वाले व्यक्ति ने मुझसे बड़े कोमल स्वर में कहा, 'विम्टो साहब, आपने हद कर दी, साला मुझे इत्तला क्यों न दी?'

'मन्टो का 'विम्टो' बन जाना मेरे लिए कोई नई बात नहीं थी। इसके अतिरिक्त मैं इस मूड में भी नहीं था कि मैं उसका सुधार करता। मैंने अपने क्षीण स्वर में उसकी मूँछों से केवल इतना कहा—'आप कौन हैं?'

उसने संक्षिप्त-सा उत्तर दिया—'ममद भाई।'

मैं उठकर बैठ गया। 'ममद भाई...तो...तो आप ममद भाई हैं—मशहूर दादा!'

मैंने यह तो कह दिया लेकिन तुरन्त मुझे अपने बैंड़ेपन का अनुभव हुआ और मैं रुक गया। ममद भाई ने छोटी उँगली से अपनी मूँछों के सख्त बाल ज़रा ऊपर किए और मुस्कराया—'हाँ विम्टो भाई—मैं ममद हूँ—यहाँ का मशहूर दादा—मुझे बाहिर वाले से मालूम हुआ कि तुम बीमार हो—साला यह भी कोई बात है कि तुमने मुझे खबर न की। ममद भाई का मस्तक फिर जाता है जब कोई ऐसी बात होती है।'

मैं उत्तर में कुछ कहने वाला था कि उसने अपने साथियों में से एक से सम्बोधित होकर कहा, 'अरे...क्या नाम है तेरा...जा भागकर जा, और क्या नाम है उस डाक्टर का...समझ गए ना, उससे कह कि ममद भाई तुझे बुलाता है...एकदम जल्दी आ... एकदम...सब काम छोड़ दे और जल्दी आ...और देख, साले से कहना सब दवाएँ लेता आए।'

ममद भाई ने जिसको यह आदेश दिया था, वह एकदम चला गया। मैं सोच रहा था—मैं उसको देख रहा था—वे समस्त कहानियाँ मेरे मस्तिष्क में चल-फिर रही थीं जो मैं उसके सम्बन्ध में लोगों से सुन चुका था, लेकिन गड्डमड्ड रूप में क्योंकि बार-बार उसकी ओर देखने के कारण उसकी मूँछें सब पर छा जाती थीं—बड़ी भयानक लेकिन बड़ी सुन्दर मूँछें थीं। लेकिन ऐसा लगता था कि उस चेहरे को, जिसके नयन-नक्श बड़े कोमल हैं, केवल भयानक बनाने के लिए यह मूँछें रखी गई हैं। मैंने सोचा कि वास्तव में यह व्यक्ति उतना भयानक नहीं है जितना कि उसने स्वयं को बना रखा है।

खोली में कोई कुर्सी नहीं थी। मैंने ममद भाई से कहा कि वह मेरी चारपाई पर बैठ जाए लेकिन उसने इन्कार कर दिया और बड़े रूखे-से स्वर में कहा, 'ठीक है—हम खड़े रहेंगे।'

फिर उसने टहलते हुए—हालाँकि उस खोली में इस ऐश्वर्य की कोई गुँजाइश नहीं थी—कुर्ते का दामन उठाकर पायजामे के नेफे से एक खन्जर निकाला—मैं समझा चाँदी का है। इस प्रकार चमक रहा था कि मैं आपसे क्या कहूँ। यह खन्जर निकालकर पहले उसने अपनी कलाई पर फेरा, जो बाल उसकी पकड़ में आ गए, सब साफ हो गए। इस पर वह सन्तुष्ट-सा हो अपने नाखून तराशने लगा।

उसके आगमन ही से मेरा बुखार कई डिगरी कम हो गया था। अब मैंने कुछ होश में आकर कहा—'ममद भाई! यह छुरी तुम इस तरह...नेफे में...यानी बिल्कुल अपने पेट के साथ रखते हो—इतनी तेज़ है, क्या तुम्हें डर नहीं लगता?'

ममद ने खन्जर से अपने नाखून की एक फाँक बड़ी सफाई से उड़ाते हुए

उत्तर दिया, 'विम्टो भाई! यह छुरी दूसरों के लिए है। यह अच्छी तरह जानती है। साली अपनी चीज़ है, मुझे कैसे नुकसान पहुँचाएगी।'

छुरी से जो सम्बन्ध उसने स्थापित किया था, वह कुछ ऐसा ही था जैसे कोई माँ या बाप कहे कि यह मेरा बेटा है या बेटी है, इसका मुझपर कैसे हाथ उठ सकता है?

डाक्टर आ गया—उसका नाम पिन्टो था और मैं विम्टो। उसने ममद भाई को अपने क्रिश्चियन ढंग से सलाम किया और पूछा कि मामला क्या है।

जो मामला था वह ममद भाई ने बता दिया—संक्षिप्त, लेकिन कड़े शब्दों में, जिनमें आज्ञा थी कि देखो, अगर तुमने विम्टो भाई का इलाज अच्छी तरह न किया तो तुम्हारी खैर नहीं।

डाक्टर पिन्टो ने आज्ञाकारी बच्चे की तरह अपना काम किया। मेरी 'नब्ज' देखी। स्टेथेस्कोप लगाकर मेरी छाती और पीठ का निरीक्षण किया। ब्लड-प्रेशर देखा। मुझसे मेरी बीमारी का विवरण पूछा। उसके बाद उसने मुझसे नहीं, ममद भाई से कहा, 'कोई फिक्र की बात नहीं—मलेरिया है—मैं इन्जेक्शन लगा देता हूँ।'

ममद भाई मुझसे कुछ दूर खड़ा था। उसने डाक्टर की बात सुनी और खन्जर से अपनी कलाई के बाल उड़ाते हुए कहा, 'मैं कुछ नहीं जानता—इन्जेक्शन देना है तो दे दो, लेकिन अगर इसे कुछ हो गया तो...'

डाक्टर पिन्टो काँप उठा, 'नहीं ममद भाई...सब ठीक हो जाएगा।'

ममद भाई ने खन्जर अपने नेफे में उड़स लिया। 'तो ठीक है।'

'तो मैं इन्जेक्शन लगाता हूँ,' डाक्टर ने अपना बैग खोला और सिरिंज निकाली।

'ठहरो; ठहरो।'

ममद भाई घबरा गया था। डाक्टर ने तुरन्त सिरिंज बैग में वापस रख ली और मिमयाते हुए ममद भाई से बोला, 'क्यों?'

'बस—मैं किसी के सुई लगते नहीं देख सकता,' यह कहकर वह खोली से बाहर चला गया। उसके साथ ही उसके साथी भी चले गए।

डाक्टर पिन्टो ने मुझे कुनीन का इन्जेक्शन लगाया, बड़ी सावधानी से, अन्यथा मलेरिया का यह इन्जेक्शन बड़ा कष्टदायक होता है। जब वह अपना काम कर चुका तो मैंने उससे उसकी फीस पूछी। उसने कहा—'दस रुपए।' मैं तकिए के नीचे से अपना बटुआ निकाल रहा था कि ममद भाई भीतर आ गया। उस समय

मैं दस रुपए का नोट डाक्टर पिन्टो को दे रहा था।

ममद भाई ने क्रुद्ध नज़रों से मुझे और डाक्टर को देखा और गरजकर कहा, 'यह क्या हो रहा है?'

मैंने कहा, 'फीस दे रहा हूँ।'

ममद भाई पिन्टो से सम्बोधित हुआ, 'साले! यह फीस कैसी ले रहे हो?'

डाक्टर पिन्टो, बौखला गया, 'मैं कब ले रहा हूँ–ये दे रहे थे।'

'साला, हमसे फीस लेते हो–वापस करो यह नोट,' ममद भाई के स्वर में उसके खन्जर जैसी तेज़ी थी।

डाक्टर पिन्टो ने मुझे नोट वापस कर दिया और बैग बन्द करके ममद भाई से क्षमा माँगते हुए चला गया।

ममद भाई ने एक उँगली से अपनी काँटों जैसी मूँछों को ताव दिया और मुस्कराया, 'विम्टो भाई, यह भी कोई बात है कि इलाके का डाक्टर तुमसे फीस ले...तुम्हारी कसम अपनी मूँछें मुंड़वा देता, अगर इस साले ने फीस ली होती–'यहाँ सब तुम्हारे गुलाम हैं।'

किंचित् विलम्ब के बाद मैंने उससे पूछा, 'ममद भाई! तुम मुझे कैसे जानते हो?'

ममद भाई की मूँछें थरथराईं, 'ममद भाई किसे नहीं जानता–हम यहाँ के बादशाह हैं प्यारे–अपनी रियाया का खयाल रखते हैं। हमारी सी.आई.डी. है। वह हमें बताती रहती है, कौन आया है, कौन गया है, कौन अच्छी हालत में है, कौन बुरी हालत में है...तुम्हारे बारे में हम सब कुछ जानते हैं।'

मैंने यों ही मजाक के तौर पर कहा, 'क्या जानते हैं आप?'

'साला, हम क्या नहीं जानते–तुम अमृतसर का रहने वाला है–काश्मीरी है, यहाँ अखबारों में काम करता है। तुमने बिस्मिल्ला होटल के दस रुपए देने हैं, इसलिए तुम उधर से नहीं गुज़रते। भिण्डी बाज़ार में एक पान वाला तुम्हारी जान को रोता है। उससे तुम बीस रुपए दस आने के सिगरेट लेकर फूँक चुके हो।'

मैं लज्जावश पानी-पानी हो गया।

ममद भाई ने अपनी कँटीली मूँछों पर एक उँगली फेरी और मुस्कराकर कहा, 'विम्टो भाई, कुछ फिक्र न करो। तुम्हारे सब कर्ज़ चुका दिए गए हैं; अब तुम नए सिरे से मामला शुरू कर सकते हो। मैंने इन सालों से कह दिया है कि खबरदार, अगर विम्टो भाई को तुमने तंग किया और ममद भाई तुमसे कहता है कि इन्शाअल्ला

कोई तुम्हें तंग नही करेगा।'

मेरी समझ में नही आता कि उससे क्या कहूँ! बीमार था, कुनीन का टीका लग चुका था जिसके कारण कानों में शाँय-शाँय हो रही थी। इसके अतिरिक्त मैं उसके उपकारों तले इतना दब चुका था कि यदि कोई मुझे उस बोझ के नीचे से निकालने का प्रयत्न करता तो उसे बड़ी मेहनत करनी पड़ती। मैं केवल इतना कह सका, 'ममद भाई, खुदा तुम्हें ज़िन्दा रखे!...तुम खुश रहो!!'

ममद भाई ने अपनी मूँछों के बाल ज़रा ऊपर किए और कुछ कहे बिना चला गया।

डाक्टर पिन्टो प्रतिदिन सुबह-शाम आता रहा। मैंने उससे कई बार फीस का ज़िक्र किया लेकिन उसने कानों को हाथ लगाकर कहा, 'नहीं, मिस्टर विम्टो, ममद भाई का मामला है, मैं एक धेला भी नहीं ले सकता।'

मैंने सोचा, यह ममद भाई कोई बहुत बड़ा आदमी है—अर्थात् भयानक आदमी, जिससे डाक्टर पिन्टो, जो बड़ा ओछा व्यक्ति है, डरता है और मुझसे फीस लेने का साहस नहीं करता हालाँकि वह अपनी जेब से इन्जेक्शनों का रुपया खर्च कर रहा है।

बीमारी के दिनों में ममद भाई हर रोज़ मेरे यहाँ आता रहा—कभी सुबह, कभी शाम, अपने छह-सात शिष्यों के साथ, और मुझे हर सम्भव ढंग से ढाढ़स देता था कि मामूली मलेरिया है। 'तुम डाक्टर पिन्टो के इलाज से इन्शाअल्ला बहुत जल्द ठीक-ठाक हो जाओगे।'

पन्द्रह रोज़ के बाद मैं ठीक-ठाक हो गया। इस बीच में मैं ममद भाई का प्रत्येक नयन-नक्श अच्छी तरह देख चुका था।

जैसा कि मैं इससे पहले कह चुका हूँ, वह छरहरे बदन का व्यक्ति था। आयु यही पच्चीस-तीस के बीच होगी, पतली-पतली बाँहें, टाँगें भी ऐसे ही थीं। हाथ बला के फुर्तीले थे। उनसे जब वह छोटा-सा तेज-धार चाकू किसी शत्रु पर फेंकता था तो वह सीधा उसके दिल में खुबता था—यह मुझे अरब गली के लोगों ने बताया था।

उसके सम्बन्ध में अनगिनत बातें प्रसिद्ध थीं। उसने किसी को कत्ल किया था, यह तो मैं नहीं कह सकता; हाँ, छुरीमार वह कमाल का था, बनोट और गतके में प्रवीण। सब कहते थे कि वह सैकड़ों हत्याएँ कर चुका है, लेकिन मैं यह अब भी मानने को तैयार नहीं।

लेकिन जब मैं उसके खन्जर के बारे में सोचता हूँ तो मेरे तन-बदन में झुरझुरी-सी दौड़ जाती है। यह भयानक हथियार वह क्यों हर समय अपनी सलवार के नेफे में उड़से रहता है?

मैं जब अच्छा हो गया तो एक दिन अरब गली के एक थर्ड क्लास चीनी रेस्तरां में मेरी उससे मुलाकात हुई—वह अपना वही खन्जर निकालकर अपने नाखून काट रहा था—मैंने उससे पूछा—'ममद भाई! आजकल बन्दूक-पिस्तौल का जमाना है—तुम यह खन्जर क्यों लिए फिरते हो?'

'ममद भाई ने अपनी कँटीली मूँछों पर एक उँगली फेरी और कहा—'बिम्टो भाई, बन्दूक-पिस्तौल में कोई मज़ा नहीं—उन्हें कोई बच्चा भी चला सकता है। घोड़ा दबाया और ठस...इसमें क्या मज़ा है? यह चीज़...यह खन्जर...यह छुरी...यह चाकू... मज़ा आता है ना, खुदा की कसम—यह वह है...तुम क्या कहा करते हो?...हाँ... आर्ट...इसमें आर्ट है मेरी जान! जिसे चाकू या छुरी चलाने का आर्ट न आता हो, वह एकदम कंडम है—पिस्तौल क्या है, खिलौना है जो नुकसान पहुँचा सकता है, पर इसमें क्या लुत्फ आता है—कुछ भी नहीं—तुम यह खन्जर देखो—इसकी तेज धार देखो।' यह कहते हुए उसने अँगूठे पर थूक लगाया और अँगूठा उसकी धार पर फेरा, 'इससे धमाका नहीं होता—बस, यों पेट के अन्दर दाखिल कर दो—इस सफाई से कि किसी साले को मालूम भी न हो...बन्दूक-पिस्तौल सब बकवास है।'

ममद भाई से अब मेरी हर रोज़ किसी-न-किसी समय मुलाकात होती थी। मैं उसका आभारी था लेकिन जब मैं इसका ज़िक्र करता था तो वह नाराज़ हो जाता था—कहता था कि 'मैंने तुम पर कोई एहसान नहीं किया, यह तो मेरा फर्ज़ था।'

जब मैंने कुछ खोज-पड़ताल की तो मुझे मालूम हुआ कि वह फारस रोड के इलाके का एक प्रकार का शासक था—ऐसा शासक जो प्रत्येक व्यक्ति की देख-रेख करता था। कोई बीमार हो, किसी को कोई कष्ट हो, ममद भाई उसके पास पहुँच जाता था और यह उसकी सी.आई.डी. का काम था जो उसे हर बात से सूचित रखती थी।

वह 'दादा' अर्थात् एक खतरनाक गुन्डा—लेकिन मेरी समझ में अब भी नहीं आता कि वह किस रूप से गुन्डा था। मैंने तो कभी उसमें कोई गुन्डापन नहीं देखा, बस एक उसकी मूँछें ज़रूर ऐसी थीं जो उसे भयानक बनाए रखती थीं। लेकिन उसे उनसे प्यार था। वह उनका कुछ इस प्रकार पालन करता था जैसे कोई अपने बच्चे का करता है।

उसकी मूँछों का एक-एक बाल खड़ा था—मुझे किसी ने बताया था कि ममद

भाई हर रोज़ अपनी मूँछें को बालाई खिलाता है। जब खाना खाता है तो शोरबा भरी ऊँगलियों से अपनी मूँछें ज़रूर मरोड़ता है क्यों कि, बुज़ुर्गों के कथनानुसार, यों बालों में शक्ति आती है।

मैं इससे पहले शायद कई बार कह चुका हूँ कि उसकी मूँछें बड़ी भयानक थीं—वास्तव में उन मूँछों का नाम ही ममद भाई था—या उस खन्जर का जो उसकी तंग घेरे की सलवार के नेफे में हर समय मौजूद रहता था—मुझे इन दोनों चीज़ों से डर लगता था, न जाने क्यों।

ममद भाई यों तो उस इलाके का बहुत बड़ा दादा था लेकिन वह सबका शुभचिन्तक था। मालूम नहीं कि उसकी आय के क्या साधन थे लेकिन जिस किसी को सहायता की आवश्यकता होती थी वह अवश्य उसकी सहायता करता था। इस इलाके की समस्त वेश्याएँ उसे अपना गुरु मानती थीं। चूँकि वह एक माना हुआ गुन्डा था इसलिए आवश्यक था कि उसका सम्बन्ध वहाँ की किसी वेश्या से होता, लेकिन मुझे पता चला कि इस बात से उसका दूर का भी सम्बन्ध नहीं रहा था।

मेरी उसकी मित्रता बहुत गहरी हो गई—वह अनपढ़ था लेकिन जाने क्यों वह मेरा इतना आदर करता था कि अरब गली के सब लोगों को ईर्ष्या होती थी। एक दिन सुबह-सवेरे दफ्तर जाते समय मैंने चीनी के होटल में किसी से सुना कि ममद भाई गिरफ्तार कर लिया गया है। मुझे बहुत आश्चर्य हुआ, इसलिए कि सब थाने वाले उसके मित्र थे। फिर क्या कारण हो सकता था? मैंने उसी व्यक्ति से पूछा कि बात क्या हुई जो ममद भाई गिरफ्तार हो गया? उसने बताया कि इसी अरब गली में एक औरत रहती है जिसका नाम शीरनबाई है। उसकी एक जवान लड़की है, जिसे कल एक व्यक्ति ने खराब कर दिया—अर्थात् उसका सतीत्व भंग कर दिया। शीरनबाई रोती हुई ममद भाई के पास आई और उससे कहा, 'तुम यहाँ के दादा हो—मेरी बेटी से अमुक आदमी ने यह बुरा किया—लानत है तुमपर कि तुम घर बैठे हो।' ममद भाई ने एक मोटी गाली बुढ़िया को दी और कहा, 'तुम चाहती क्या हो?' उसने कहा, 'मैं चाहती हूँ कि तुम उस हरामजादे का पेट फाड़ डालो।'

ममद भाई उस होटल में कबाब खा रहा था। यह सुनकर उसने अपने नेफे में से खन्जर निकाला। उसपर अँगूठा फेरकर उसकी धार देखी और बुढ़िया से कहा—'जा, तेरा काम हो जाएगा।'

और उसका काम हो गया—दूसरे शब्दों में उस आदमी का, जिसने बुढ़िया

की बेटी का सतीत्व भंग किया था, आधे घण्टे के भीतर-भीतर काम तमाम हो गया।

ममद भाई गिरफ्तार तो हो गया था लेकिन उसने अपना काम ऐसी चतुराई से किया था कि उसके खिलाफ कोई गवाही नहीं थी। इसके अतिरिक्त यदि कोई मौके का गवाह होता तब भी अदालत में वह कभी उसके विरूद्ध बयान न देता। परिणाम यह हुआ कि उसे जमानत पर छोड़ दिया गया।

दो दिन हवालात में रहा था, लेकिन वहाँ उसे कोई कष्ट न हुआ था—पुलिस के सिपाही, इन्स्पेक्टर, सब-इंस्पेक्टर, सब उसको जानते थे लेकिन जब वह जमानत पर रिहा होकर बाहर आया तो मैंने महसूस किया कि उसे अपने जीवन का सबसे बड़ा धचका पहुँचा है। उसकी मूँछें जो भयावह रूप से ऊपर को उठी हुई थीं, अब कुछ झुक-सी गई थीं।

चीनी के होटल में उससे मेरी मुलाकात हुई। उसके कपड़े, जो हमेशा उजले होते थे, मैले थे। मैंने उससे कत्ल के सम्बन्ध में कोई बात न की लेकिन उसने स्वयं ही कहा 'विम्टो साहब! मुझे इस बात का अफसोस है कि साला देर से मरा—छुरी मारने में मुझसे चूक हो गई, हाथ टेढ़ा पड़ा—लेकिन वह भी उस साले का कसूर था—एकदम मुड़ गया—इस वजह से सारा मामला कंडम हो गया—लेकिन मर गया—ज़रा तकलीफ के साथ, जिसका मुझे अफसोस है।'

आप स्वयं सोच सकते हैं कि यह सुनकर मेरी प्रतिक्रिया क्या हुई होगी। अर्थात् उसे यदि अफसोस था तो केवल इस बात का कि मरने वाले को ज़रा तकलीफ हुई थी।

मुकदमा चलना था—और ममद भाई उससे बहुत घबराता था। उसने अपने जीवन में कभी कचहरी की शक्ल तक नहीं देखी थी। न जाने उसने पहले भी कत्ल किए थे या नहीं, लेकिन जहाँ तक मुझे पता है, वह मजिस्ट्रेट, वकील और गवाह के बारे में कुछ नहीं जानता था, इसलिए कि इन लोगों से उसका कभी सरोकार नहीं पड़ा था।

वह बहुत चिन्तित था—पुलिस ने केस पेश करना चाहा और तारीख नियत हो गई तो ममद भाई बहुत परेशान हो गया। अदालत में मजिस्ट्रेट के सामने कैसे हाज़िर हुआ जाता है, इस बारे में उसे कुछ मालूम नहीं था। बार-बार अपनी कँटीली मूँछों पर उँगलिया फेरता था और मुझसे कहता था—'विम्टो साहब! मैं मर जाऊँगा, पर कचहरी में नहीं जाऊँगा—साली मालूम नहीं कैसी जगह है?'

अरब गली में उसके कई मित्र थे। उन्होंने उसे ढाढ़स बंधाया कि मामला संगीन नहीं है। कोई गवाह मौजूद नहीं, एक केवल उसकी मूँछें हैं जो मजिस्ट्रेट

के दिल में उसके विरुद्ध कोई विरोधी भाव उत्पन्न कर सकती हैं।

जैसा कि मैं इससे पहले कह चुका हूँ, उसकी केवल मूँछें ही थीं जो उसको भयावह बनाती थीं—यदि यह न होतीं तो वह किसी पहलू से भी 'दादा' दिखाई न देता।

उसने बहुत सोचा। उसकी जमानत थाने में ही हो गई थी, अब उसे कचहरी में पेश होना था। मजिस्ट्रेट से वह बहुत घबराता था। ईरानी के होटल में जब मेरी-उसकी मुलाकात हुई तो मैंने महसूस किया कि वह बहुत परेशान है। उसे अपनी मूँछों की बड़ी चिन्ता थी, वह सोचता था कि यदि मूँछों के साथ वह कचहरी में पेश हुआ तो बहुत सम्भव है, उसको सज़ा हो जाए।

आप समझते हैं कि यह कहानी है, लेकिन यह वास्तविकता है कि वह बहुत परेशान था। उसके समस्त शिष्य हैरान थे—इसलिए कि वह कभी हैरान-परेशान नहीं हुआ था। उसे अपनी मूँछों की चिन्ता थी क्योंकि उसके कुछ अभिन्न मित्रों ने उससे कहा था—'ममद भाई! कचहरी में जाना है तो इन मूँछों के साथ कभी न जाना—मजिस्ट्रेट तुमको अन्दर कर देगा।'

और वह सोचता था, हर समय सोचता था कि उसकी मूँछों ने उस आदमी को कत्ल किया है या उसने—लेकिन वह किसी परिणाम पर नहीं पहुँच पाता था। उसने अपना खन्जर, मालूम नहीं, जो पहली बार लहू में डूबा था या इससे पहले कई बार डूब चुका था, अपने नेफे से निकाला और होटल के बाहर गली में फेंक दिया।

मैंने आश्चर्य से उससे पूछा, 'मदद भाई! यह क्या?'

'कुछ नहीं विम्टो भाई—बहुत घोटाला हो गया है—कचहरी में जाना है—यार-दोस्त कहते हैं कि तुम्हारी मूँछें देखकर वह ज़रूर तुमको सज़ा देगा—अब बोलो क्या करूँ?'

मैं क्या बोल सकता था? मैंने उसकी मूँछों की ओर देखा जो सचमुच भयानक थीं। मैंने उससे केवल इतना कहा, 'ममद भाई, बात तो ठीक है—तुम्हारी मूँछें मजिस्ट्रेट के फैसले पर ज़रूर असर डालेंगी—सच पूछो तो जो कुछ होगा, तुम्हारे खिलाफ नहीं, तुम्हारी मूँछों के खिलाफ होगा।'

'तो मैं मुंडवा दूँ?' ममद भाई ने अपनी चहेती मूँछों पर बड़े प्यार से उँगली फेरी।

मैंने उससे पूछा, 'तुम्हारा क्या खयाल है?'

'मेरा ख्याल जो कुछ भी है, वह मत पूछो—लेकिन यहाँ हर किसी का यही ख्याल है कि मैं इन्हें मुँडवा दूँ—वह साला मजिस्ट्रेट मेहरबान हो जाएगा। तो मुँडवा दूँ विम्टो भाई?'

किंचित् विलम्ब के बाद मैंने उससे कहा—'हाँ, अगर तुम मुनासिब समझते हो तो मुँडवा दो—कचहरी का मामला है और तुम्हारी मूँछें सचमुच बड़ी भयानक हैं।'

दूसरे दिन ममद भाई ने अपनी मूँछें—अपने प्राणों से प्यारी मूँछें-मुँडवा डालीं क्योंकि उसकी इज़्ज़त खतरे में थी, लेकिन केवल दूसरों के मशविरे पर!

मिस्टर एफ.एच. टेल की कचहरी में उसका मुकदमा पेश हुआ। ममद भाई मूँछों के बिना पेश हुआ। मैं भी वहाँ मौज़ूद था। उसके खिलाफ कोई गवाह मौज़ूद नहीं था। लेकिन मजिस्ट्रेट साहब ने उसको गुन्डा सिद्ध कर 'तड़ी-पार' अर्थात् प्रान्त छोड़ देने का दण्ड दे दिया। उसे केवल एक दिन मिला था जिसमें उसे अपना सब कुछ समेट-बटोरकर बम्बई छोड़ देना था।

कचहरी से निकलकर उसने मुझसे कोई बात नहीं की। उसकी छोटी-बड़ी उँगलियाँ बार-बार ऊपर के होंठ की ओर बढ़ती थीं लेकिन वहाँ एक बाल तक न था।

शाम को जब उसे बम्बई छोड़कर कहीं और जाना था, मेरी-उसकी मुलाकात ईरानी के होटल में हुई। उसके दस-बीस शिष्य आस-पास की कुर्सियों पर बैठे चाय पी रहे थे। जब मैं उससे मिला तो उसने मुझसे कोई बात नहीं की। मूँछों के बिना वह बहुत भद्र पुरुष दिखाई दे रहा था लेकिन मैंने महसूस किया कि वह बहुत दुःखी है।

उसके पास कुर्सी पर बैठकर मैंने उससे कहा, 'क्या बात है ममद भाई?'

उसने उत्तर में एक बहुत बड़ी गाली भगवान जाने किसको दी और कहा, 'साला अब ममद भाई ही नहीं रहा।'

मुझे मालूम था कि उसे प्रान्त छोड़ने का दण्ड दिया जा चुका है। मैंने कहा, 'कोई बात नहीं ममद भाई—यहाँ नहीं तो किसी और जगह सही।'

उसने समस्त जगहों को अनगिनत गालियाँ दीं—'साला—अप्पन को यह गम नहीं—यहाँ रहे या किसी और जगह रहे—यह साला मूँछें क्यों मुँडवाई।' फिर उसने उन लोगों को जिन्होंने उसको मूँछें मुँडवाने का मशविरा दिया था, एक करोड़ गालियाँ दीं और कहा, 'साला अगर मुझे 'तड़ी-पार' ही होना था तो मूँछों के साथ क्यों न

हुआ!’

मुझे हँसी आ गई—वह लाल भभूका हो गया—‘साला, तुम कैसा आदमी है विम्टो—हम सच कहता है, खुदा की कसम—फाँसी लगा देते पर...यह बेवकूफी तो हमने खुद की...आज तक किसी से नहीं डरा था...साला अपनी मूँछों से डर गया।’ यह कहकर उसने अपने मुँह पर दोहत्तड़ मारा और चिल्लाकर बोला, ‘ममद भाई, लानत है तुझ पर—साला—अपनी मूँछों से डर गया—अब जा अपनी माँ के... ’

और उसकी आँखों में आँसू आ गए जो उसकी मूँछों से खाली चेहरे पर कुछ विचित्र दिखाई देते थे।

• • • • • •

मम्मी

उसका नाम मिसेज स्टेला जैक्सन था, मगर सब उसे मम्मी कहते थे। दर्मियाने कद की अधेड़ उम्र की स्त्री थी। उसका पति जैक्सन प्रथम महायुद्ध में मारा गया था। उसकी पेंशन स्टेला को लगभग दस वर्ष से मिल रही थी।

वह पूना में कैसे आई, कब से वहाँ थी, इसके बारे में मुझे कुछ मालूम नहीं। दरअसल मैंने उसके बारे में कुछ जानने की कभी कोशिश ही नहीं की। वह इतनी दिलचस्प स्त्री थी कि उससे मिलकर सिवाय उसके व्यक्तित्व के और किसी चीज़ से दिलचस्पी नहीं रहती थी। उससे कौन सम्बन्धित है, यह जानने की आवश्यकता ही महसूस न होती थी, क्योंकि वह पूना के ज़र्रे-ज़र्रे से परिचित थी। हो सकता है कि यह एक हद तक अतिशयोक्ति हो, लेकिन मेरे लिए पूना वही पूना है। उसके वही ज़र्रे, उसके तमाम ज़र्रे हैं, जिनके साथ मेरी कुछ यादें जुड़ी हुई हैं—और मम्मी का विचित्र व्यक्तित्व उनमें से हर एक में विद्यमान है।

उससे मेरी पहली मुलाकात पूना में ही हुई...मैं बहुत ही सुस्त किस्म का आदमी हूँ। यों घुमक्कड़ी की बड़ी-बड़ी उमंगें मेरे दिल में मौजूद हैं, और अगर आप मेरी बातें सुनें तो आपको लगेगा कि मैं कंचनजंघा या हिमालय की इसी तरह की किसी अन्य चोटी को सर करने के लिए निकल जाने वाला हूँ। ऐसा हो सकता है, लेकिन इससे भी अधिक सम्भावना इस बात की है कि वह चोटी सर करके मैं वहीं का हो रहूँ।

खुदा जाने कितने बरसों से बम्बई में था। आप इससे अन्दाज़ा लगा सकते हैं कि जब मैं पूना गया तो बीवी मेरे साथ थी। एक लड़का होकर उसको मरे करीब-करीब चार बरस हो गए थे। इस बीच में...ठहरिए, मैं हिसाब लगा लूँ... आप यह समझ लीजिए कि आठ बरस से बम्बई में था, लेकिन उस बीच में मुझे

वहाँ का विक्टोरिया गार्डन और म्यूजियम देखने की भी फुरसत नहीं मिली थी। यह तो केवल संयोग की बात थी कि मैं एकदम पूना जाने के लिए तैयार हो गया। जिस फिल्म कम्पनी में नौकर था, उसके मालिकों से एक मामूली-सी बात पर मनमुटाव हो गया और मैंने सोचा कि यह कटुता दूर करने के लिए पूना हो आऊँ। वह भी इसलिए कि वह पास था और मेरे कुछ मित्र वहाँ रहते थे।

मुझे प्रभातनगर जाना था, जहाँ मेरा फिल्मों का एक पुराना साथी रहता था। स्टेशन से बाहर निकलने पर मालूम हुआ कि वह जगह काफी दूर है, लेकिन तब तक हम ताँगा ले चुके थे।

सुस्त रफ्तार से चलने वाली चीज़ों से मेरी तबीयत बहुत घबराती है, लेकिन मैं अपने दिल की रंजिश को दूर करने के लिए यहाँ आया था, इसलिए मुझे प्रभातनगर जाने की बहुत जल्दी थी। ताँगा बहुत ही वाहियात किस्म का था, अलीगढ़ के इक्कों से भी ज़्यादा वाहियात, जिनमें हर समय गिरने का खतरा बना रहता है। घोड़ा आगे चलता है, और सवारियाँ पीछे। एक-दो गर्द से अटे बाज़ारों और सड़कों को पार करते-करते मेरी तबीयत घबरा गई। मैंने अपनी बीवी से मशविरा किया और पूछा कि ऐसी हालत में क्या करना चाहिए। उसने कहा कि धूप तेज़ है। मैंने जो और ताँगे देखे हैं, वे भी इसी तरह के हैं। अगर इसे छोड़ दिया तो पैदल चलना होगा, जो जाहिर है कि इस सवारी से ज़्यादा तकलीफदेह है। बात ठीक थी। धूप सचमुच बहुत तेज़ थी। घोड़ा एक फर्लांग आगे बढ़ा होगा कि पास से वैसा ही वाहियात किस्म का ताँगा गुज़रा। मैंने सरसरी तौर पर उधर देखा तभी एकदम कोई चिल्लाया, 'ओए मण्टो के घोड़े!'

मैं चौंक पड़ा। चड्ढा था, एक घिसी हुई मेम के साथ। दोनों साथ-साथ जुड़कर बैठे थे। मेरी पहली प्रतिक्रिया बड़ी दुःखद थी कि चड्ढे की सौन्दर्यप्रियता कहाँ गई, जो ऐसी लगामी[1] के साथ बैठा है। उम्र का ठीक अन्दाज़ तो मैंने उस समय नहीं किया था, मगर उस स्त्री की झुर्रियाँ पाउडर और रूज की तहों में से भी साफ दिखाई देती थीं। इतना शोख मेकअप था कि देखने से आँखों को कष्ट होता था।

मैंने चड्ढे को काफी समय के बाद देखा था। वह मेरा बेतकल्लुफ दोस्त था। 'ओए मण्टो के घोड़े!' के जवाब में मैंने भी कुछ इसी किस्म का नारा लगाया होता, लेकिन उस स्त्री को उसके साथ देखकर मेरी बेतकल्लुफी झिरियाँ-झिरियाँ हो गई।

---

1. 'बूढ़ी घोड़ी लाल लगाम'—मुहावरा।

मैंने अपना ताँगा रुकवा लिया। चड्ढे ने भी अपने कोचवान को ठहरने के लिए कहा। फिर उसने उस स्त्री से अंग्रेज़ी में कहा, 'मम्मी, जस्ट ए मिनट!'

ताँगे से कूदकर वह मेरी ओर अपना हाथ बढ़ाते हुए चिल्लाया, 'तुम!... तुम यहाँ कैसे आए?' फिर अपना बढ़ा हुआ हाथ बड़ी बेतकल्लुफी से मेरी पुरतकल्लुफ बीवी से मिलाते हुए कहा, 'भाभीजान, आपने कमाल कर दिया। इस गुलमुहम्मद को आखिर आप खींचकर यहाँ ले ही आईं।

मैंने उससे पूछा, 'तुम कहाँ जा रहे हो?'

चड्ढे ने ऊँचे स्वर में कहाँ, 'एक काम से जा रहा हूँ—तुम ऐसा करो सीधे...' वह एकदम पलटकर मेरे ताँगे वाले से मुखातिब हुआ, 'देखो साहब को हमारे घर ले जाओ; किराया-बिराया मत लेना इनसे।' उधर से तुरन्त ही निपटकर उसने निश्चिंत-सा होकर मुझसे कहा, 'तुम जाओ, नौकर वहाँ होगा, बाकी तुम देख लेना।'

और वह फुदककर अपने ताँगे में उस बूढ़ी मेम के साथ जा बैठा, जिसको उसने मम्मी कहा था। इससे मुझे एक प्रकार का सन्तोष हुआ था, बल्कि यों कहिए कि जो बोझ उन दोनों को साथ-साथ देखकर मेरे सीने पर आ पड़ा था, काफी हद तक हल्का हो गया था।

उसका ताँगा चल पड़ा। मैंने अपने ताँगे वाले से कुछ न कहा। तीन या चार फर्लांग चलकर वह एक डाक बँगले की तरह की इमारत के पास रुका और नीचे उतरकर बोला, 'चलिए साहब...'

मैंने पूछा, 'कहाँ?'

उसने जवाब दिया, 'चड्ढा साहब का मकान यही है।'

'ओह!' मैंने प्रश्नवाचक दृष्टि से अपनी बीवी की ओर देखा। उसके तेवरों ने मुझे बताया कि वह चड्ढे के मकान में रहने के हक में नहीं थी। सच पूछिए तो वह पूना आने के ही हक में नहीं थी। उसको यकीन था कि मुझको वहाँ पीने-पिलाने वाले दोस्त मिल जाएँगे। मनःसंताप दूर करने का बहाना पहले से ही मौजूद है, इसलिए दिन-रात उड़ेगी। मैं ताँगे से उतर गया। छोटा-सा अटैची केस था, वह मैंने उठाया और अपनी बीवी से कहा, 'चलो!'

वह शायद मेरे तेवरों से भाँप गई थी कि हर हालत में उसे मेरा फैसला मानना होगा, इसलिए उसने कोई हील-हुज्जत न की और चुपचाप मेरे साथ चल पड़ी।

बहुत मामूली किस्म का मकान था। ऐसा मालूम होता था कि मिलिट्री वालों ने टेम्परेरी तौर पर एक छोटा-सा बँगला बनाया था। कुछ दिन उसे इस्तेमाल किया

और फिर छोड़कर चलते बने। चूने और कीच का काम बड़ा कच्चा था। जगह-जगह से पलस्तर उखड़ा हुआ था। और घर के भीतर का भाग वैसा ही था, जैसाकि एक लापरवाह कुँआरे का हो सकता है, जो फिल्मों का हीरो हो और ऐसी कम्पनी में नौकर हो, जहाँ महीने की तनख्वाह हर तीसरे महीने मिलती हो और वह भी कई किस्तों में।

मुझे इस बात का पूरा एहसास था कि वह स्त्री, जो बीवी हो, ऐसे गन्दे वातावरण में निश्चय ही परेशानी और घुटन महसूस करेगी। लेकिन मैंने सोचा था कि चड्ढा आ जाए तो उसके साथ ही प्रभातनगर चलेंगे। वहाँ जो मेरा फिल्मों का पुराना साथी रहता था, उसकी बीवी और बाल-बच्चे भी थे। वहाँ के वातावरण में मेरी बीवी जैसे-तैसे दो-तीन दिन काट सकती थी।

नौकर भी अजीब बेफिक्रा आदमी था। जब हम उस घर में पहुँचे तो सब दरवाज़े खुले थे, और वह मौजूद नहीं था। जब वह आया तो उसने हमारी मौजूदगी की ओर कोई ध्यान न दिया, जैसे हम बरसों से वहीं बैठे थे और इसी तरह बैठे रहने का इरादा किए हुए थे।

जब वह कमरे में प्रवेश कर हमें देखे बिना पास से गुज़र गया तो मैंने समझा कि कोई मामूली एक्टर है, जो चड्ढा के साथ रहता है; लेकिन जब मैंने उससे नौकर के बारे में पूछताछ की तो मालूम हुआ कि वही हजरत चड्ढा साहब के चहेते नौकर थे।

मुझे और मेरी बीवी दोनों को प्यास लग रही थी। उससे पानी लाने को कहा तो वह गिलास ढूँढ़ने लगा। बड़ी देर के बाद उसने एक टूटा हुआ जग अलमारी के नीचे से निकाला और बड़बड़ाया, 'रात एक दर्जन गिलास साहब ने मँगवाए थे, मालूम नहीं किधर गए।'

मैंने उसके हाथ में पकड़े हुए जग की ओर इशारा किया, 'क्या आप इसमें तेल लेने जा रहे हैं?'

'तेल लेने जाना' मुम्बई का एक खास मुहावरा है। मेरी बीवी इसका मतलब न समझी, मगर हँस पड़ी। नौकर बौखला गया, 'नहीं साहब...मैं...तलाश कर रहा था कि गिलास कहाँ है।'

मेरी बीवी ने उसको पानी लाने से मना कर दिया। उसने वह टूटा हुआ जग वापस अलमारी के नीचे इस तरह से रखा कि जैसे वही उसकी जगह थी, अगर उसे कहीं और रख दिया तो सारी व्यवस्था अस्त-व्यस्त हो जाएगी। इसके बाद वह यों कमरे से बाहर निकला, जैसे उसे मालूम था कि हमारे मुँह में कितने दाँत है।

मैं पलंग पर बैठा था, जो शायद चड्ढा का था। इससे कुछ दूर हटकर दो आरामकुर्सियाँ थीं। उनमें से एक पर मेरी बीवी बैठी पहलू बदल रही थी। काफी देर तक हम दोनों खामोश रहे। इतने में चड्ढा आ गया। वह अकेला था। उसको इस बात का बिलकुल एहसास नहीं था कि हम उसके मेहमान हैं और इस लिहाज से उसे हमारी खातिरदारी करनी चाहिए। कमरे में दाखिल होते ही उसने मुझसे कहा, 'वेट इज वेट। तो तुम आ गए ओल्ड ब्याय! चलो, ज़रा स्टूडियो तक हो आएँ। तुम साथ होगे तो एडवाँस मिलने में आसानी हो जाएगी...आज शाम को... ।' मेरी बीवी पर उनकी नज़र पड़ी तो वह रुक गया और खिलखिलाकर हँसने लगा। 'भाभीजान, कहीं आपने इसे मौलवी तो नहीं बना दिया?' फिर और ज़ोर से हँसा, 'मौलवियों की ऐसी-तैसी! उठो मण्टो, भाभीजान यहाँ बैठती हैं, हम अभी आ जाएँगे।'

मेरी बीवी जल-भुनकर पहले कोयला थी तो अब बिलकुल राख हो गई थी। मैं उठा और चड्ढा के साथ हो लिया। मुझे मालूम था कि थोड़ी देर तक क्रोधित होकर वह सो जाएगी। अतएव वही हुआ। स्टूडियो पास ही था। अफरा-तफरी में मेहताजी के सिर चढ़कर चड्ढा ने दो सौ रुपए वसूल कर लिए और पौन घण्टे में जब हम वापस आए तो देखा कि वह बड़े मज़े से आरामकुर्सी पर सो रही थी। हमने उसे परेशान करना उचित न समझा और दूसरे कमरे में चले गए, जो कबाड़खाने से मिलता-जुलता था। इसमें जो चीज़ें थीं, वे अजीब तरीके से टूटी हुई थीं, जो सब मिलकर एक पूर्णता का दृश्य प्रस्तुत कर रही थीं।

हर चीज़ पर गर्द जमी थी और उस जमी हुई गर्द में भी एक प्रकार का अपनापन था, जैसे उसकी मौजूदगी उस कमरे में ज़रूरी हो। चड्ढा ने तुरन्त ही अपने नौकर को ढूढ़ निकाला और उसे सौ रुपए का नोट देकर कहा, 'चीन के शहजादे! दो बोतलें थर्ड क्लास रम की ले आओ...मेरा मतलब है, 'श्री एक्स' रम की और आधा दर्जन गिलास।'

मुझे बाद में मालूम हुआ कि उसका नौकर सिर्फ चीन का ही नहीं, दुनिया के हर बड़े देश का शहजादा था। चड्ढे की जबान पर जिस देश का नाम आ जाता, वह उसी का शहजादा बन जाता था। उस समय का चीन का शहजादा सौ का नोट उँगलियों से खड़खड़ाता चला गया।

चड्ढा ने टूटे हुए स्प्रिंगों वाले पलंग पर बैठकर अपने होंठ श्री एक्स रम के स्वागत में चटखारते हुए कहा, 'वेट इज वेट—आफ्टर आल, तुम इधर आ ही निकले।' फिर एकदम चिन्तित होकर बोला, 'यार, भाभी का....क्या होगा? वह तो घबरा जाएँगी।'

चड्ढा बिना बीवी के था, मगर उसको दूसरों की बीवियों का बहुत खयाल रहता था। वह उनका इतना सम्मान करता था, मानो सारी उम्र कुँवारा रहना चाहता था। वह कहा करता था, 'यह हीनता भाव है, जिसने मुझे अब तक इस नेमत से महरूम रखा है। जब शादी का सवाल आता है तो फौरन तैयार हो जाता हूँ, लेकिन बाद में यह सोचकर कि मैं बीवी के काबिल नहीं हूँ, सारी तैयारी 'कोल्ड स्टोरेज' में डाल देता हूँ।'

रम बहुत जल्दी आ गई, गिलास भी। चड्ढा ने छः मँगवाए थे और चीन का शहजादा तीन लाया था, बाकी तीन रास्ते में टूट गए थे। चड्ढे ने उनकी कोई परवाह न की और भगवान को धन्यवाद दिया कि बोतल सलामत रहीं। एक बोतल जल्दी-जल्दी खोलकर उसने कोरे गिलासों में रम डाली और कहा, 'तुम्हारे पूना आने की खुशी में।'

हम दोनों ने लम्बे-लम्बे घूँट भरे और गिलास खाली कर दिए।

दूसरा दौर शुरू करके चड्ढा उठा और कमरे में देखकर आया कि मेरी बीवी अभी तक सो रही है। उसको बहुत तरस आया। कहने लगा, 'मैं शोर करता हूँ, उनकी नींद खुल जाएगी—फिर ऐसा करेंगे...ठहरो...पहले मैं चाय मँगवाता हूँ।' यह कहकर उसने रम का एक छोटा-सा घूँट लिया और नौकर को आवाज़ दी, 'जमीका के शहजादे।'

जमीका का शहजादा तुरन्त आ गया। चड्ढे ने उससे कहा, 'देखो, मम्मी से कहो, एकदम फर्स्ट क्लास चाय तैयार करके भेज दे।'

नौकर चला गया। चड्ढे ने अपना गिलास खाली किया और शरीफाना पेग डालकर कहा, 'मैं इस वक्त ज्यादा नहीं पीऊँगा। पहले चार पेग मुझे बहुत जज़्बाती बना देते हैं। मुझे भाभी को छोड़ने तुम्हारे साथ प्रभातनगर जाना है।'

आधे घण्टे के बाद चाय आ गई। बहुत साफ बरतन थे और बड़े सलीके से ट्रे में रखे हुए थे। चड्ढे ने टीकोजी उठाकर चाय की खुशबू सूँघी और प्रसन्नता प्रकट करता हुआ बोला, 'मम्मी इन ए ज्यूल...' फिर उसने इथोपिया के शहजादे पर बरसना शुरू कर दिया। उसने इतना शोर मचाया कि मेरे कान बिलबिला उठे। इसके बाद उसने ट्रे उठाई और मुझसे कहा, 'आओ!'

मेरी बीवी जाग रही थी। चड्ढे ने ट्रे बड़ी सफाई से टूटी हुई तिपाई पर रखी और बड़े अदब से कहा, 'हाजिर है बेगम साहबा!' मेरी बीवी को यह मजाक पसन्द न आया, लेकिन चाय का सामान चूँकि साफ-सुथरा था, इसलिए उसने इनकार न किया और दो प्यालियाँ पी लीं। इनसे उसको कुछ ताजगी मिली। इसके बाद

हम दोनों की ओर मुड़कर उसने रहस्यपूर्ण स्वर में कहा, 'आप अपनी चाय तो पहले ही पी चुके हैं!'

मैंने जवाब न दिया, मगर चड्ढे ने झुककर बड़ी ईमानदारी दर्शते हुए कहा, 'जी हाँ, यह गलती हमसे हो चुकी है; लेकिन हमें यकीन था कि आप ज़रूर माफ कर देंगी।

मेरी बीवी मुस्कराई तो वह खिलखिलाकर हँसा, 'हम दोनों बहुत ऊँची नस्ल के सूअर हैं, जिनपर हर हराम की चीज़ हलाल है। चलिए, अब हम आपको मस्जिद तक छोड़ आएँ।'

मेरी बीवी को फिर चड्ढा का यह मज़ाक पसन्द न आया। वास्तव में उसको चड्ढा ही से घृणा थी या यों कहिए कि उसे मेरे हर दोस्त से घृणा थी, और चड्ढा उनमें सबसे ज़्यादा खलता था, क्योंकि कभी-कभी वह बेतकल्लुफी की हदें भी फाँद जाता था। लेकिन चड्ढे को इसकी कोई परवाह नहीं थी। मेरा खयाल है कि उसने कभी इसके बारे में सोचा ही नहीं था। वह ऐसी बेकार की बातों में दिमाग खर्च करना एक ऐसा 'इन डोर गेम' समझता था, जो लूडो से कहीं अधिक बेमानी होता है। उसने मेरी बीवी के बिगड़े तेवरो को बड़ी खुश-खुश नज़रों से देखा और नौकर को आवाज़ दी, 'ओ कबाबिस्तान के शहजादे! एक अदद ताँगा लाओ—रोल्ज़ रायस किस्म का।'

कबाबिस्तान का शहजादा चला गया और साथ ही चड्ढा भी। वह शायद दूसरे कमरे में गया था। एकान्त मिला तो मैंने अपनी बीवी को समझाया कि कबाब होने की कोई ज़रूरत नहीं। आदमी की ज़िन्दगी में ऐसे क्षण आ ही जाया करते है, जिनका कभी खयाल तक नहीं आता। उनसे गुज़रने का सबसे अच्छा तरीका यही है कि उनको गुज़र जाने दिया जाए। लेकिन नियमानुसार उसने मेरी इस सीख पर कोई ध्यान नहीं दिया और बड़बड़ाती रही। इतने में कबाबिस्तान का शहजादा रोल्ज रायस किस्म का ताँगा लेकर आ गया और हम प्रभातनगर के लिए चल पड़े।

बहुत ही अच्छा हुआ कि मेरा फिल्मों का पुराना साथी घर में मौजूद नहीं था, उसकी बीवी थी। चड्ढे ने मेरी बीवी उसके सुपुर्द की और कहा, 'खरबूजा खरबूजे को देखकर रंग पकड़ता है। बीवी बीवी को देखकर रंग पकड़ती है, यह हम अभी आकर देखेंगे।' फिर वह मुझसे बोला, 'चलो मण्टो, स्टूडियो में तुम्हारे दोस्त को पकड़ें।'

चड्ढा कुछ ऐसे अफरा-तफरी मचा दिया करता था कि दूसरों को सोचने-समझने का बहुत कम मौका मिलता था। उसने मेरी बाँह पकड़ी और बाहर ले गया और

बीवी सोचती ही रह गई। ताँगे में सवार होकर अब चड्ढे ने कुछ सोचने के ढंग में कहा, 'यह तो हो गया, अब क्या प्रोग्राम है?' फिर खिलखिलाकर हँसा, 'मम्मी... ग्रेट मम्मी!'

मैं उससे पूछने ही वाला था कि यह मम्मी किस चिड़ीमार की औलाद है कि चड्ढे ने बातों का ऐसा सिलसिला शुरू कर दिया कि मेरा प्रश्न बेमौत मर गया।

ताँगा वापस उस डाकबँगलेनुमा कोठी पर पहुँचा, जिसका नाम सईदा काटेज था, लेकिन चड्ढा उसको 'रंजीदा काटेज' कहा करता था, क्योंकि उसमें रहने वाले सबके सब रंजीदा रहते हैं। हालाँकि यह गलत था, जैसा कि मुझे बाद में मालूम हुआ।

उस काटेज में काफी आदमी रहते थे, हालाँकि ऊपरी ढंग से देखने में यह जगह बिलकुल गैरआबाद मालूम होती थी। सबके सब उसी फिल्म कम्पनी के नौकर थे, जो महीने की तनख्वाह हर तीन महीने बाद देती थी और वह भी कई किस्तों में। एक-एक करके जब वहाँ के निवासियों से मेरा परिचय हुआ, तो पता चला कि सबके सब असिस्टैण्ट डायरेक्टर थे, कोई चीफ असिस्टैण्ड डायरेक्टर, कोई उसका सहायक और कोई उस सहायक का सहायक। हर दूसरा किसी पहले का सहायक था, और अपनी निजी फिल्म कम्पनी की नींव डालने के लिए पैसा इकट्ठा कर रहा था। अपने पहनावे और हाव-भाव से हर कोई हीरो मालूम होता था। कण्ट्रोल का जमाना था, लेकिन किसी के पास राशन कार्ड नहीं था। वे चीज़ें भी, जो थोड़ी-सी तकलीफ के बाद आसानी से कम कीमत पर मिल सकती थीं, ये लोग ब्लैक मार्केट से खरीदते थे। पिक्चर ज़रूर देखते थे, रेस का जमाना होता तो रेस खेलते थे, नहीं तो सट्टा। जीतते कभी-कभार ही थे, लेकिन हारते हर रोज थे।

सईदा काटेज की आबादी बहुत घनी थी। चूँकि जगह कम थी, इसलिए मोटर गैरेज भी रहने के काम में लाया जाता था। उसमें एक फैमिली रहती थी। शीरीं नाम की एक स्त्री थी, जिसका पति शायद एकरूपता तोड़ने के लिए असिस्टैण्ड डायरेक्टर नहीं था। वह उसी फिल्म कम्पनी में नौकर था, लेकिन मोटर ड्राइवर था। मालूम नहीं वह कब आता था और कब जाता था, क्योंकि मैंने उस शरीफ आदमी को वहाँ कभी नहीं देखा। शीरीं का एक छोटा-सा लड़का भी था, जिसको सईदा काटेज के सभी निवासी फुरसत के समय प्यार करते। शीरीं, जो काफी सुन्दर थी, अपना अधिकतर समय गैरेज में गुजारती थी।

काटेज का सम्मानित भाग चड्ढा और उसके दो साथियों के पास था। ये दोनों भी एक्टर थे, लेकिन हीरो नहीं थे। एक सईद था, जिसका फिल्मी नाम रंजीतकुमार

था। चड्ढा कहा करता था कि सईद काटेज उसी गधे के नाम से प्रसिद्ध है, अन्यथा उसका नाम 'रंजीदा काटेज' ही था। वह काफी सुन्दर और कम-गो था। चड्ढा कभी-कभी उसे कछुआ कहा करता था, क्योंकि वह हर काम बहुत धीरे-धीरे करता था।

दूसरे एक्टर का नाम मालूम नहीं था, लेकिन सब उसे गरीबनवाज कहते थे। वह हैदराबाद के एक खाते-पीते घराने से सम्बन्ध रखता था और एक्टिंग के शौक में यहाँ चला आया था। तनख्वाह ढाई सौ रुपए माहवार मुकर्रर थी, लेकिन उसे नौकर हुए एक बरस हो गया था, और इस बीच उसने केवल एक बार ढाई सौ रुपए एडवाँस के रूप में लिए थे—वह भी चड्ढा के लिए, जिसे एक खूंख्वार पठान की अदायगी करनी थी। ऊँटपटांग किस्म की भाषा में फिल्मी कहानियाँ लिखना उसका शगल था और कभी-कभी वह शायरी भी कर लिया करता था। काटेज का हर आदमी उसका ऋणी था।

शकील और अकील दो भाई थे। दोनों किसी असिस्टैण्ट डायरेक्टर के असिस्टैण्ट थे और सबकी तरह अपनी फिल्म कम्पनी बनाने के लिए पैसे जुटाने के चक्कर में थे।

तीन बड़े यानी चड्ढा, सईद और गरीबनवाज़ शीरीं का बहुत खयाल रखते थे, लेकिन तीनों कभी इकट्ठे गैरेज में नहीं जाते थे। हालचाल पूछने का उनका कोई समय भी निश्चित न था। तीनों जब काटेज के बड़े कमरे में इकट्ठे होते तो उनमें से एक उठकर गैरेज में चला जाता और कुछ देर वहाँ बैठकर शीरीं से घरेलू मामलों पर बातचीत करता रहता। बाकी दो अपने-अपने काम में लगे रहते।

जो असिस्टैण्ट किस्म के लोग थे, वे शीरीं का हाथ बँटाया करते थे। कभी उसको बाज़ार से सौदा-सट्टा ला दिया, कभी लाण्ड्री में उसके कपड़े धुलने दे आए और कभी उसके रोते बच्चे को बहला दिया। उनमें से 'रंजीदा' कोई भी न था, सबके सब प्रसन्न थे। अपनी कठिन परिस्थितियों की चर्चा भी करते तो बड़े उल्लास से। इसमें कोई सन्देह नहीं कि उनकी ज़िन्दगी बड़ी दिलचस्प थी।

हम काटेज के गेट में दाखिल होने जा रहे थे कि गरीबनवाज़ साहब बाहर आ रहे थे। चड्ढे ने उनकी ओर ध्यान से देखा और अपनी जेब में हाथ डालकर नोट निकाले। बिना गिने उसने कुछ गरीबनवाज़ को दे दिए और कहा, 'चार बोतलें स्काच की चाहिए, कमी आप पूरी कर दीजिएगा, बेशी हों तो मुझे वापस मिल जाएँ।'

गरीबनवाज़ के हैदराबादी होंठों पर गहरी साँवली मुस्कराहट आ गई। चड्ढा खिलखिलाकर हँसा और मेरी ओर देखकर उसने गरीबनवाज से कहा, 'यह मिस्टर

मण्टो हैं...लेकिन इनसे तफ़सीली मुलाकात की इजाजत इस वक़्त नहीं मिल सकती। यह रम पिए हैं। शाम को स्काच आ जाए तो...लेकिन आप जाइए।'

गरीबनवाज़ चला गया। हम अन्दर दाखिल हुए। चड्ढे ने एक ज़ोर की जम्हाई ली और रम की बोतल उठाई, जो आधी से ज़्यादा खाली थी। उसने रोशनी में उसकी मात्रा का सरसरी तौर पर अनुमान लगाया और नौकर को आवाज़ दी, 'कजाकिस्तान के शहज़ादे।' जब वह न आया तो उसने अपने गिलास में एक बड़ा पेग डालते हुए कहा, 'ज़्यादा पी गया है कम्बख़्त!'

गिलास खत्म करते हुए वह कुछ चिन्तित हो गया, 'यार, भाभी को तुम ख्वाहमख्वाह यहाँ लाए। खुदा कसम, मुझे अपने सीने पर एक बोझ-सा महसूस हो रहा है।' फिर स्वयं ही उसने अपने को धैर्य बँधाया, 'लेकिन मेरा ख्याल है कि वे बोर नहीं होंगी वहाँ।'

मैंने कहा, 'हाँ, वहाँ रहकर वह मेरे कत्ल का जल्दी इरादा नहीं कर सकती।' यह कहकर मैंने अपने गिलास में रम डाली, जिसका स्वाद बुसे हुए गुड़ जैसा था।

जिस कबाड़खाने में हम बैठे थे, उसमें सलाखों वाली दो खिड़कियाँ थीं, जिनसे बाहर का खाली-खाली-सा भाग नज़र आता था। इधर से किसी ने चड्ढा को नाम लेकर ज़ोर से पुकारा। मैं चौंक पड़ा और देखा कि म्यूज़िक डायरेक्टर वनकतरे है। कुछ समझ में नहीं आता था कि वह किस नस्ल का है। मंगोल है, हब्शी है, आर्य है या क्या बला है! कभी-कभी उसके किसी नखशिख को देखकर आदमी किसी परिणाम पर पहुँचने ही वाला होता था कि उसके बदले में कोई ऐसा चिन्ह नज़र आ जाता कि तुरन्त ही नए सिरे से विचार करना पड़ जाता। वैसे वह मराठा था, लेकिन शिवाजी की तीखी नाक के बजाय उसके चेहरे पर बड़े आश्चर्यजनक ढंग से मुड़ी हुई चपटी नाक थी, जो उसके विचारानुसार उन सुरों के लिए बहुत ज़रूरी थी, जिनका सीधा सम्बन्ध नाक से होता है। उसने मुझे देखा तो चिल्लाया, 'मण्टो-मण्टो सेठ!'

चड्ढे ने उससे ज़्यादा ऊँची आवाज़ में कहा, 'सेठ की ऐसी-तैसी—चल, अन्दर आ!'

वह तुरन्त अन्दर आ गया। अपनी जेब से उसने हँसते हुए रम की एक बोतल निकाली और तिपाई पर रख दी, 'मैं साला उधर मम्मी के पास गया। वह बोला—तुम्हारा फरेण्ड आए ला मैं बोला—साला यह फरेण्ड कौन होने को सकता... साला मालूम न था, साला मण्टो है!'

चड्ढे ने वनकतरे के कद्दू, ऐसे सिर पर एक धौल जमाई, 'अब चुप कर

साले...तू रम ले आया...बस ठीक है।' वनकतरे ने अपना सिर सहलाया और मेरा खाली गिलास उठाकर अपने लिए पेग बनाया, 'मण्टो, यह साला आज मिलते ही कहने लगा—आज पीने को जी चाहता है...मैं एक दम कड़का...सोचा, क्या करूँ...'

चड्ढे ने एक और धप्पा उसके सिर पर जमाया, 'बैठ बे, जैसे तूने सचमुच ही कुछ सोचा होगा।'

'सोचा नहीं तो साला यह इतनी बड़ी बाटली कहाँ से आया—तेरे बाप ने दिया?' वनकतरे ने एक ही घूँट में रम खत्म कर दी। चड्ढे ने उसकी बात सुनी अनसुनी कर दी और उससे पूछा, 'तू यह तो बता कि मम्मी क्या बोली?'—बोली थी कि मोजेल कब आएगी?...अरे हाँ...वह प्लेटीनम ब्लौण्ड।'

वनकतरे ने जवाब में कुछ कहना चाहा, लेकिन चड्ढे ने मेरी बाँह पकड़कर कहना शुरू कर दिया, 'मण्टो—खुदा की कसम, क्या चीज़ है! सुना करते थे कि एक चीज़ प्लेटीनम ब्लौण्ड भी होती है, मगर देखने का मौका कल मिला—बाल है, जैसे चाँदी के महीन-महीन तार...ग्रेट...खुदा की कसम मण्टो, बहुत ग्रेट...मम्मी ज़िन्दाबाद!' फिर उसने क्रोधित नज़रों से वनकतरे की ओर देखा और कड़ककर कहा, 'कनकुतरे के बच्चे...नारा क्यों नहीं लगाता...मम्मी ज़िन्दाबाद!'

चड्ढे और वनकतरे दोनों ने मिलकर 'मम्मी ज़िन्दाबाद!' के कई नारे लगाए। इसके बाद वनकतरे ने चड्ढे के सवालों का फिर जवाब देना चाहा, लेकिन उसने उसे चुप करा दिया, 'छोड़ो यार...मैं जज़्बाती हो गया हूँ—इस वक्त यह सोच रहा हूँ कि आम तौर पर माशूकों के बाल काले होते हैं, जिन्हें काली घटा कहा जाता रहा है...मगर यहाँ कुछ और ही मामला हो गया है।' फिर वह मुझसे सम्बोधित हुआ, 'मण्टो, बड़ी गड़बड़ हो गई है, उसके बाल चाँदी के तारों जैसे हैं—चाँदी का रंग भी नहीं कहा जा सकता—मालूम नहीं, प्लेटीनम का रंग कैसा होता है, क्यों कि मैंने अभी तक यह धातु देखी नहीं...कुछ अजीब-सा ही रंग है—फौलाद और चाँदी दोनों मिला दिए जाएँ...'

वनकतरे ने दूसरा पेग खत्म करते हुए कहा, 'और उसमें थोड़ी-सी थ्री एक्स रम मिक्स कर दी जाए।'

चड्ढे ने भिन्नाकर उसे एक बहुत ही मोटी गाली दी। '...बकवास न कर!' फिर उसने बड़ी दयनीय नज़रों से मेरी ओर देखा। 'यार...मैं सचमुच जज़्बाती हो गया हूँ...हाँ...वह रंग...खुदा की कसम, लाजवाब रंग है...वह तुमने देखा है...वह, जो मछलियों के पेट पर होता है...नहीं-नहीं, हर जगह होता है—पोमफ्रेट मछली... उसके वे क्या होते हैं?...नहीं-नहीं, साँपों के...वे नन्हे-नन्हे खपरे...हाँ, खपरे...बस,

उनका रंग...खपरे...यह शब्द मुझे एक हिन्दुस्तोड़े ने बताया था...इतनी खूबसूरत चीज़ और ऐसा भोंडा नाम...पंजाबी में हम इन्हें चाने कहते हैं। इस शब्द में चिनचिनाहट है...वही, बिलकुल वही, जो उसके बालों में है। लटें नन्ही-नन्ही सँपोलियाँ मालूम होती हैं? जो लोट लगा रही हों...।' वह एकदम उठा। 'सँपोलियों की ऐसी-तैसी! मैं जज़्बाती हो गया हूँ।'

वनकतरे ने बड़े भोलेपन से पूछा, 'वह क्या होता है?'

'सेण्टीमेन्टल' चड्ढे ने जवाब दिया, 'लेकिन तू क्या समझेगा बालाजी बाजीराव और नाना फड़नवीस की औलाद...!'

वनकतरे ने अपने लिए एक और पेग बनाया और मुझसे सम्बोधित होकर कहा, 'यह साला चड्ढा समझता है कि मैं इंगलिश नहीं समझता हूँ। मैट्रीक्यूलेट हूँ...साला मेरा बाप मुझसे बहुत मोहब्बत करता था...उसने...।

चड्ढे ने चिढ़कर कहा, 'उसने तुझे तानसेन बना दिया...और तेरी नाक मरोड़ दी, ताकि निकोड़े सुर आसानी से तेरी नाक से निकल सकें। बपचन में ही उसने तुझे धुरपद गाना सिखा दिया था, और दूध पीने के लिए तू मियाँ की टोड़ी में रोया करता था और पेशाब करते वक्त अड़ाना में, और तूने पहली बात पटदीप में की थी...और तेरा बाप...जगत उस्ताद था, बैजू बावरे के भी कान काटता था... और तू आज उसके कान काटता है...इसलिए तेरा नाम कनकुतरे है।' इतना कहकर वह मेरी ओर मुड़ा, 'मण्टो, यह साला जब भी पीता है अपने बाप की तारीफ शुरू कर देता है। वह इससे मोहब्बत करता था तो मुझपर उसने क्या एहसान किया और उसने इसे मैट्रीक्यूलेट बना दिया तो इसका यह मतलब नहीं कि मैं अपनी बी.ए. की डिग्री फाड़कर फेंक दूँ।'

वनकतरे ने इस बौछार पर आपत्ति प्रकट करनी चाही, मगर चड्ढे ने उसे वहीं दबा दिया, 'चुप रह...मैं कह चुका हूँ कि मैं सेण्टीमेन्टल हो गया हूँ...हाँ, वे रंग, पोमफ्रेट मछली के...नहीं-नहीं...साँप के नन्हे-नन्हे खपरे...बस, इन्हीं का रंग... मम्मी ने खुदा जाने अपनी बीन पर कौन-सा राग बजाकर उस नागिन को बाहर निकाला है।'

वनकतरे सोचने लगा। 'पेटी मँगाओ, मैं बजाता हूँ।'

चड्ढा खिलखिलाकर हँसने लगा, 'बैठ बे मैट्रीक्यूलेट के चाकुलेट...!' उसने रम की बोतल में से बची हुई रम को अपने गिलास में उड़ेल लिया और मुझसे कहा, 'मण्टो, अगर वह प्लेटीनम ब्लौण्ड न पटी तो चड्ढा हिमालय पहाड़ की किसी चोटी पर धूनी रमाकर बैठ जाएगा...।' और उसने गिलास खाली कर दिया।

वनकतरे ने अपनी लाई हुई बोतल खोलनी शुरू की। 'मण्टो, मुलगी[1] एकदम चाँगली[2] है।'

मैंने कहा, 'देख लेंगे'।

'आज ही, आज रात में एक पार्टी दे रहा हूँ। यह बहुत ही अच्छा हुआ कि तुम आ गए और श्री एक सौ आठ मेहताजी ने तुम्हारी वजह से एडवाँस दे दिया, नहीं तो बड़ी मुश्किल हो जाती...आज रात...आज की रात...' चड्ढे ने बड़े भोंड़े सुरों में गाना शुरू कर दिया, 'आज की रात साजे-दर्द न छेड़।'

बेचारा वनकतरे उसकी इस ज़्यादती पर एक बार फिर आपत्ति करने ही वाला था कि तभी गरीबनवाज़ और रंजीतकुमार आ गए। दोनों के पास स्काच की दो-दो बोतलें थीं। वे उन्होंने मेज़ पर रख दीं।

रंजीतकुमार से मेरे अच्छे-खासे सम्बन्ध थे; लेकिन बेतकल्लुफी नहीं थी, इसलिए हम दोनों ने थोड़ी-सी 'आप कब आए?' 'आज की आया' ऐसी रस्मी बातें कीं और गिलास टकराकर पीने लग गए।

चड्ढा वाकई बहुत जज़्बाती हो गया था। हर बात में उस प्लेटीनम ब्लौण्ड का ज़िक्र ले आता था। रंजीतकुमार दूसरी बोतल का चौथाई हिस्सा चढ़ा गया था। गरीबनवाज़ ने स्काच के तीन पेग पिए थे। नशे के मामले में उन सबकी हालत अब तक एक जैसी थी। मैं चूँकि ज़्यादा पीने का आदी हूँ, इसलिए मैं ज्यों का त्यों बैठा था। उनकी बातचीत से मैंने अन्दाज़ लगाया कि वे चारों उस नई लड़की पर बहुत बुरी तरह मर मिटे थे, जो मम्मी ने कहीं से पैदा की थी। इस अमूल्य मोती का नाम फिलिस था। पूने में कोई हेअर ड्रेसिंग सैलून था, जहाँ वह नौकरी करती थी। उसके साथ आम तौर पर एक हिजड़ा-सा लड़का रहा करता था। लड़की की उम्र चौदह-पन्द्रह वर्ष के करीब थी। गरीबनवाज़ तो यहाँ तक उस पर गर्म था कि वह हैदराबाद में अपने हिस्से की जायदाद बेचकर भी उसके दाँव पर लगाने के लिए तैयार था। चड्ढे के पास तुरुप का केवल एक पत्ता था, अपनी सुन्दरता। वनकतरे का विचार था कि उसकी पेटी सुन वह परी जरूर शीशे में उतर आएगी, और रंजीतकुमार ज़ोर-ज़बरदस्ती को ही कारगर समझता था...लेकिन सब अन्त में यही सोचते थे कि देखिए, मम्मी किस पर कृपा करती है। इससे मालूम होता था कि उस प्लेटीनम ब्लौण्ड फिलिस को वह स्त्री, जिसे मैंने चड्ढे के साथ ताँगे में देखा था, किसी के भी हवाले कर सकती थी।

---

1. लड़की, 2. अच्छी

फिलिस की बातें करते-करते चड्ढे ने अचानक अपनी घड़ी देखी और मुझसे कहा, 'जहन्नुम में जाए यह छोकरी, चलो यार...भाभी वहाँ कबाब हो रही होंगी—लेकिन मुसीबत यह है कि मैं वहाँ भी कहीं सेण्टीमेन्टल न हो जाऊँ...खैर, तुम मुझे सम्भाल लेना।' अपने गिलास की कुछ आखिरी बूँदें अपने कण्ठ में टपकाकर उसने नौकर को आवाज़ दी, 'ममियों के मुल्क मिस्र के शहजादे।'

ममियों के मुल्क मिस्र का शहजादा इस तरह आँखें मलता वहाँ आया, जैसे उसे सदियों के बाद खोदकर बाहर निकाला गया हो। चड्ढे ने उसके मुँह पर रम के छींटे मारे और कहा, 'दो अदद ताँगे लाओ...जो मिस्र के रथ मालूम हों।'

ताँगे आ गए। हम सब उन पर लदकर प्रभातनगर के लिए चल पड़े। मेरा पुराना फिल्मों का साथी हरीश घर पर मौजूद था। इतनी दूर स्थित स्थान पर रहने के बावजूद उसने मेरी बीवी की खातिरदारी में कोई कसर नहीं उठा रखी थी। चड्ढे ने आँख के इशारे से उसे सारा मामला समझा दिया था, अतएव वह बहुत हितकर साबित हुआ। मेरी बीवी ने अपना...व्यक्त नहीं किया। उसका समय वहाँ कुछ अच्छा ही बीता था। हरीश ने, जो स्त्रियों की प्रकृति का अच्छा जानकार था, बड़ी मज़ेदार बातें कीं और अन्त में मेरी बीवी से प्रार्थना की कि वह उसकी शूटिंग देखने चले, जो उस दिन होने वाली थी। मेरी बीवी ने पूछा, 'कोई गाना फिल्मा रहे हैं आप।'

हरीश ने जवाब दिया, 'जी नहीं, वह कल का प्रोग्राम है—मेरा खयाल है, आप कल चलिएगा।'

हरीश की बीवी शूटिंग देख-देखकर और दिखा-दिखाकर तंग आई हुई थी। उसने तुरन्त मेरी बीवी से कहा, 'हाँ, कल ठीक रहेगा।' फिर सबकी ओर देखकर बोली, 'आज इन्हें सफर की थकान भी है।'

हम सबने सन्तोष की साँस ली। हरीश ने फिर कुछ देर तक मज़ेदार बातें कीं, अन्त में मुझसे कहा, 'चलो यार, तुम चलो मेरे साथ,' फिर मेरे तीन साथियों की ओर देखा, 'इनको छोड़ो...सेठ साहब तुम्हारी कहानी सुनना चाहते हैं।'

मैंने बीवी की ओर देखा और हरीश से कहा, 'इनसे इजाज़त ले लो।'

मेरी भोली-भाली बीवी जाल में फँस चुकी थी। उसने हरीश से कहा, 'मैंने बम्बई से चलते वक्त इनसे कहा भी था कि अपना डाकूमेण्ट केस साथ ले चलिए, लेकिन इन्होंने कहा, कोई ज़रूरत नहीं। अब ये कहानी क्या सुनाएँगे?'

हरीश ने कहा, 'ज़बानी सुना देगा।' फिर उसने मेरी ओर यों देखा, जैसे कह रहा हो कि जल्दी हाँ कहो।

मैंने धीमे से कहा, 'हाँ, ऐसा हो सकता है।'

चड्ढे ने उस ड्रामें में अन्तिम टच दिया, 'तो भई हम चलते हैं।' और वे तीनों सलाम-नमस्ते करके चले गए। थोड़ी देर के बाद मैं और हरीश निकले। प्रभातनगर के बाहर ताँगे खड़े थे। चड्ढे ने हमें देखा और ज़ोर का नारा लगाया, 'राजा हरीशचन्द्र की जय!'

शाम को हमारी महफिल जमी मम्मी के घर।

यह भी एक काटेज थी—शक्ल-सूरत और वनावट में सईद काटेज जैसी, मगर बहुत साफ-सुथरी, जिससे मम्मी के सलीके का पता चलता था। फर्नीचर मामूली था, लेकिन जो चीज़ जहाँ थी, सजी हुई थी। मैंने सोचा था कि मम्मी का घर कोई वेश्यालय होगा, लेकिन उस घर की किसी चीज़ से भी नज़रों को ऐसा सन्देह नहीं होता था। वह वैसा ही शरीफाना था, जैसा कि एक मध्यम वर्ग के ईसाई का होता है। लेकिन मम्मी की उम्र के मुकाबले में वह कुछ जवान-जवान-सा दिखाई देता था। उसपर वह मेकअप नहीं था, जो मैंने मम्मी की झुर्रियों वाले चेहरे पर देखा था। जब मम्मी ड्राइंग रूप में आई तो मैंने सोचा कि इर्द-गिर्द की जितनी चीज़ें हैं, वे आज की नहीं बहुत वर्षों की हैं, केवल मम्मी आगे निकलकर बूढ़ी हो गई है और वे वैसी की वैसी पड़ी रही हैं—उनकी जो उम्र थी, वह वहीं की वहीं रही है...लेकिन जब मैंने उसके गहरे और शोख मेकअप की ओर देखा तो मेरे दिल में न जाने क्यों, यह इच्छा पैदा हुई कि वह भी अपने इर्द-गिर्द के वातावरण की तरह पूरी तरह जवान बन जाए।

चड्ढे ने उससे मेरा परिचय कराया, जो बहुत संक्षिप्त था और फिर संक्षेप में ही उसने मुझसे मम्मी के बारे में यह कहा, 'यह मम्मी है...दी ग्रेट मम्मी...।'

मम्मी अपनी प्रशंसा सुनकर मुस्करा दी और मेरी तरफ देखकर उसने चड्ढे से अंग्रेज़ी में कहा, 'तुमने जो चाय मँगवाई थी वह बहुत जल्दी में बनी थी, वह शायद इन्हें पसन्द न आई हो।' फिर उसने मेरी ओर मुड़कर कहा, 'मिस्टर मण्टो, मैं बहुत शर्मिन्दा हूँ। असल में सारा कुसूर तुम्हारे दोस्त चड्ढे का है, जो मेरा बेहद बिगड़ा हुआ लड़का है।'

मैंने उचित शब्दों में चाय की प्रशंसा की और उसको धन्यवाद दिया। मम्मी ने मुझे बेकार की तारीफ न करने के लिए कहा और फिर चड्ढे से बोली, 'रात का खाना तैयार है...यह मैंने इसलिए किया कि तुम ऐन वक्त के वक्त मेरे सिर पर सवार हो जाओगे...।'

चड्ढे ने मम्मी को गले से लगा लिया, 'यू आर ए ज्यूल मम्मी! यह खाना अब हम खाएँगे।'

मम्मी ने चौंककर पूछा, 'क्या?...नहीं, हरगिज नहीं।' चड्ढे ने उसे बताया, 'मिसेज मण्टो को हम प्रभातनगर छोड़ आए हैं।'

मम्मी चिल्लाई, 'खुदा तुम्हें गारत करे...यह तुमने क्या किया!' चड्ढा खिलखिलाकर हँसा, 'आज पार्टी जो होने वाली थी।'

'वह तो मैंने मिस्टर मण्टो को देखते ही अपने दिल में कैंसिल कर दी थी।' मम्मी ने अपना सिगरेट सुलगाया।

चड्ढे का दिल डूब गया। 'खुदा अब तुम्हें गारत करे...और यह सब प्लान हमने इस पार्टी के लिए बनाया था।' वह कुर्सी पर रंजीदा-सा होकर बैठ गया और कमरे के कण-कण से सम्बोधन कर कहने लगा, 'लो, सारे सपने मलियामेट हो गए...प्लेटीनम ब्लौण्ड...औंधे साँप के नन्हे-नन्हे खपरों जैसे रंग वाली...।' एकदम उठकर उसने मम्मी को बाँहों से पकड़ लिया, 'कैंसिल की थी—अपने दिल में कैंसिल की थी ना...लो, उस पर साद (सही का चिन्ह) बना देता हूँ।' और उसने मम्मी के दिल की जगह पर उँगली से बहुत बड़ा साद बना दिया और ऊँची आवाज़ में पुकारा 'हुर्रे!'

मम्मी सम्बन्धित लोगों को सूचना भेज चुकी थी कि पार्टी कैंसिल हो चुकी है। लेकिन मैंने महसूस किया कि वह चड्ढे का दिल तोड़ना नहीं चाहती थी। इसलिए उसने बड़े लाड़ से उसके गाल थपथपाए और कहा, 'तुम फिक्र न करो, मैं अभी इन्तज़ाम करती हूँ।'

वह इन्तज़ाम करने बाहर चली गई। चड्ढे ने खुशी का एक और नारा लगाया और वनकतरे से कहा, 'जनरल वनकतरे, जाओ, हेडक्वार्टर से सारी तोपें ले आओ।'

वनकतरे ने सैल्यूट किया और आज्ञा-पालन के लिए चला गया। सईद काटेज बिल्कुल पास थी। दस मिनट के अन्दर-अन्दर वह बोतलें लेकर वापस आ गया। उसके साथ चड्ढे का नौकर था। चड्ढे ने उसको देखा तो उसका स्वागत किया, 'आओ, आओ, मेरे कोहकाफ के शहजादे...वह...वह साँप के खपरों जैसे रंग के बालों वाली छोकरी आ रही है...तुम भी किस्मत-आजमाई कर लेना।'

रंजीतकुमार और गरीबनवाज़ को चड्ढे का इस प्रकार का निमन्त्रण अच्छा न लगा। दोनों ने मुझसे कहा कि यह चड्ढे की बहुत बेहूदगी है। इस बेहूदगी को उन्होंने बहुत महसूस किया था। चड्ढा नियमानुसार अपनी हाँकता रहा और वे चुपचाप एक कोने में बैठे धीरे-धीरे रम पीकर एक-दूसरे से अपने सुख-दुख की बातें करते रहे।

मैं मम्मी के सम्बन्ध में सोचता रहा। ड्राइंगरूम में गरीबनवाज, रंजीतकुमार

और चड्ढा बैठे थे। ऐसा लगता था कि ये छोटे-छोटे बच्चे बैठे हैं और इनकी माँ बाहर खिलौने लेने गई है। ये सब इन्तज़ार में हैं। चड्ढा सन्तुष्ट है कि सबसे अच्छा खिलौना उसे मिलेगा, इसलिए कि वह अपनी माँ का चहेता है। बाकी दो का दुख चूँकि एक जैसा था, इसलिए वे एक-दूसरे के खैरख्वाह बन गए थे... शराब इस माहौल में दूध मालूम होती थी और वह प्लेटिनम ब्लौण्ड...उसकी कल्पना दिमाग में एक छोटी-सी गुड़िया के रूप में आती थी...हर माहौल का अपना एक खास संगीत होता है। उस वक्त जो संगीत मेरे दिल के कानों तक पहुँच रहा था, उसमें कोई सुर उत्तेजक नहीं था। हर चीज़ माँ और उसके बच्चों के आपसी सम्बन्धों की तरह ज़ाहिर थी।

मैंने जब उसको ताँगे में चड्ढा के साथ देखा था तो मुझे धक्का-सा लगा था। मुझे अफसोस हुआ कि मेरे दिल में उन दोनों के बारे में बुरे ख्याल पैदा हुए; लेकिन यह चीज़ मुझे बार-बार सता रही थी कि वह इतना गहरा मेकअप क्यों करती है, जो उसकी झुर्रियों की तौहीन है। उस ममता की तौहीन है, जो उसके दिल में चड्ढा, गरीबनवाज़ और वनकतरे के लिए मौजूद है...और खुदा जाने और किस-किसके लिए... ।''

बातों-बातों में मैंने चड्ढा से पूछा, ''यार, यह तो बताओ कि तुम्हारी मम्मी इतना शोख मेकअप क्यों करती है?''

''इसलिए कि दुनिया हर शोख चीज़ को पसन्द करती है—तुम्हारे और मेरे जैसे उल्लू इस दुनिया में बहुत कम बसते हैं, जो मद्धिम सुर और मद्धिम रंग पसंद करते हैं। जो जवानी को बचपन के रूप में नहीं देखना चाहते और...जो बुढ़ापे पर जवानी की टीपटाप पसन्द नहीं करते...हम जो खुद को कलाकार कहते हैं, उल्लू के...हैं।

मैं तुम्हें एक दिलचस्प घटना सुनाता हूँ...बैसाखी का मेला था...तुम्हारे अमृतसर में...राम बाग के उस बाज़ार में, जहाँ टकैइयाँ (वेश्याएँ) रहती थीं—जाट गुज़र रहे थे...एक तन्दुरुस्त जवान ने...खालिस दूध और मक्खन पर पले जवान ने जिसकी नई जूती उसकी लाठी पर बाजीगरी कर रही थी, ऊपर एक कोठे की ओर देखा, जहाँ एक टकई की तेल में भीगी हुई जुल्फें उसके माथे पर बड़े बदसूरत ढंग से जमी हुई थीं। उसने अपने साथी की पसलियों में टहोका देकर कहा, ''ओए लहनासिंहा ...वेख, ओए ऊपर वेख, असीं ते पिण्ड विच मझई।'' आखिरी लफ्ज़ चड्ढा ने न जाने क्यों गोल कर दिया। हालाँकि वह किसी तरह की शिष्टता का कायल नहीं था। फिर वह खिलखिलाकर हँसने लगा और मेरे गिलास में रम डालकर बोला, ''उस जाट के लिए वह चुड़ैल ही उस वक्त कोहकाफ की परी थी...और उसके

गाँव की हसीन और तन्दुरुस्त मुटियारें बेडौल भैंस...हम सब चुगद हैं...दर्मियाने दर्जे के...इसलिए कि इस दुनिया में कोई चीज़ अव्वल दर्जे की नहीं...तीसरे दर्जे की है या दर्मियाने दर्जे की ...लेकिन...लेकिन फिलिस खासुलखास दर्जे की चीज़ है...वह साँप के खपरों...।''

वनकतरे ने अपना गिलास उठाकर चड्ढा के सिर पर उंड़ेल दिया। ''खपरे ...खपरे...तुम्हारा भेजा फिर गया है।''

चड्ढा ने माथे से रम की टपकती बूँदें चाटनी शुरू कर दीं और वनकतरे से कहा, ''ले, अब सुना...तेरा बाप साला तुमसे कितनी मुहब्बत करता था...मेरा दिमाग अब काफी ठण्डा हो गया है।''

वनकतरे बहुत गम्भीर होकर मुझसे बोला, ''बाई गॉड, वह मुझसे बहुत मोहब्बत करता था...मैं फिफ्टीन ईयर का था कि उसने मेरी शादी बना दी।''

चड्ढा ज़ोर से हँसा, ''तुम्हें कार्टून बना दिया उस साले ने...खुदा उसे बहिश्त में भी केसरियल की पेटी दे कि वहाँ भी उसे बजा-बजाकर वह तुम्हारी शादी के लिए कोई खूबसूरत हूर ढूँढ़ता रहे। और तुम्हारी खूबसूरत बीवी की ऐसी-तैसी... इस वक्त फिलिस की बात करो...उससे ज़्यादा और कोई खूबसूरत नहीं हो सकता।'' चड्ढा ने गरीबनवाज़ और रंजीतकुमार की ओर देखा जो कोने में बैठे फिलिस के हुस्न पर अपनी राय एक-दूसरे पर ज़ाहिर करने वाले थे। ''गन पाउडर प्लांट के बानियो...सुन लो, तुम्हारी कोई साज़िश कामयाब नहीं हो सकती...मैदान चड्ढा के हाथ में रहेगा...क्यों वेल्ज़ के शाहज़ादे.''

वेल्ज़ का शाहजादा रम की खाली होती हुई बोतल की तरफ हसरत-भरी नज़रों से देख रहा था। चड्ढा ने कहकहा लगाया और उसको आधा गिलास भरकर दे दिया। ''गरीबनवाज़ और रंजीतकुमार एक-दूसरे से फिलिस के बारे में घुल-मिलकर बातें तो कर रहे थे, लेकिन अपने दिमाग में उसको हासिल करने के लिए प्रोग्राम अलग-अलग बना रहे थे। यह उनकी बातचीत के अंदाज़ से प्रकट होता था।

ड्राइंगरूम में अब बिजली के बल्ब जल रहे थे, क्योंकि शाम गहरी हो चली थी। चड्ढा मुझे बम्बई की फिल्म इण्डस्ट्री की ताज़ी खबरें सुना रहा था कि बाहर बरामदे में मम्मी की तेज़ आवाज़ सुनाई दी। चड्ढे ने नारा लगाया और बाहर चला गया। गरीबनवाज़ ने रंजीतकुमार की ओर अर्थपूर्ण नज़रों से देखा। फिर दोनों दरवाज़े की ओर देखने लगे।

मम्मी चहकती हुई अन्दर दाखिल हुई। उसके साथ चार-पाँच ऐंग्लोइण्डियन लड़कियाँ थीं। विभिन्न प्रकार के नख-शिख और कद-काठी की—पोली, डोली, किटी,

एलिमा और थैलिमा...और वह हिजड़ा-सा लड़का...उसे सिसी कहकर पुकारता था। फिलिस सबसे पीछे आई और वह भी चड्ढे के साथ। उसकी एक बाँह प्लेटिनम ब्लौण्ड की पतली कमर के पीछे लगी थी। मैंने गरीबनवाज़ और रंजीतकुमार की प्रतिक्रिया नोट की। उनको चड्ढे की यह दिखावटी विजयी हरकत पसन्द न आई थी।

लड़कियों के भीतर आते ही शोर मच गया। एकदम इतनी अंग्रेज़ी बरसी कि वनकतरे मैट्रीक्यूलेशन परीक्षा में कई बार फेल हुआ। लेकिन उसने कोई परवाह न की और बराबर बोलता रहा। जब किसी ने उसका नोटिस न लिया तो वह एलिमा की बड़ी बहन थैलिमा के साथ एक सोफे पर अलग बैठ गया और पूछने लगा कि उसने हिन्दुस्तानी डाँस के और कितने नए तोड़ सीखे हैं—वह इधर 'धा नी ता कत ता थई थई' की वन, टू, थ्री बना-बनाकर उसको तोड़े बता रहा था, उधर चड्ढा बाकी लड़कियों के झुरमुट में अंग्रेज़ी के नंगे-नंगे मज़ाक सुना रहा था, जो उसे हज़ारों की संख्या में ज़बानी याद थे। मम्मी सोडे की बोतलें और खाने-पीने का सामान मँगवा रही थी। रंजीतकुमार सिगरेट के कश लगाकर टकटकी बाँधे फिलिस की ओर देख रहा था, और गरीबनवाज़ मम्मी से बार-बार कहता था कि रुपए कम हों तो वह उससे ले ले।

स्काच खुली और पहला दौर शुरू हुआ। फिलिस को जब शामिल होने के लिए कहा गया तो उसने अपने प्लेटीनमी बालों को एक हल्का-सा झटका देकर मना कर दिया कि वह व्हिस्की नहीं पिया करती।

सबने मिन्नत-खुशामद की, लेकिन वह न मानी। चड्ढे ने इसपर दुख प्रकट किया तो मम्मी ने एक हलका-सा पैग तैयार करके गिलास को फिलिस के होंठों से लगाते हुए बड़े दुलार से कहा, 'बहादुर लड़की बनो और पी जाओ।'

फिलिस इनकार न कर सकी। चड्ढा खुश हो गया और उसने इसी खुशी में बीस-पच्चीस और नंगे मज़ाक सुना दिए। सब मज़े लेते रहे। मैंने सोचा, आदमी ने नग्नता से तंग आकर वस्त्र पहनने शुरू किए होंगे। यही कारण है कि अब वह वस्त्रों से उकताकर कभी-कभी नग्नता की ओर दौड़ने लगता है। शिष्टता की प्रतिक्रिया निस्सन्देह अशिष्टता है। इस पलायन का एक दिलचस्प पहलू भी है। आदमी को इससे निरन्तर एकरसता के कष्ट से कुछ क्षणों के लिए मुक्ति मिल जाती है...।

मैंने मम्मी की ओर देखा, जो उन जवान लड़कियों में घुलमिलकर चड्ढे के नंगे-नंगे मज़ाक सुनकर हँस रही थी और कहकहे लगा रही थी। उसके चेहरे पर

बड़ा वाहियात मेकअप था। उसके नीचे उसकी झुर्रियाँ साफ नज़र आ रही थीं। मगर वह भी उल्लसित थी...मैंने सोचा, आखिर लोग क्यों पलायन को बुरा समझते हैं...वह पलायन, जो मेरी आँखों के सामने था। उसका बाह्य रूप यद्यपि सुन्दर न था, लेकिन भीतर बहुत सुन्दर था...उसपर कोई बनाव-शृंगार न था। कोई गाजा, कोई उबटना नहीं था। पोली थी, वह एक कोने में रंजीतकुमार के साथ खड़ी अपने नए फ्राक के बारे में बातचीत कर रही थी और उसे बता रही थी कि सिर्फ अपनी होशियारी से उसने बड़े सस्ते दामों पर उम्दा चीज़ तैयार करा ली है। दो टुकड़े थे, जो बिलकुल बेकार मालूम पड़ते थे, मगर अब वे एक सुन्दर पोशाक में बदल गए थे। और रंजीतकुमार बड़ी गम्भीरता के साथ उसको दो नए ड्रेस बनवा देने का वायदा कर रहा था, हालाँकि उसे फिल्म कम्पनी से इतने रुपए इकट्ठे मिलने की कोई आशा न थी। डोली थी, वह गरीबनवाज़ से कुछ कर्ज़ माँगने की कोशिश कर रही थी और उसको विश्वास दिला रही थी कि दफ्तर से तनख्वाह मिलने पर वह यह कर्ज़ ज़रूर अदा कर देगी। गरीबनवाज़ को पूरी तरह मालूम था कि वह यह रुपया नियमानुसार कभी वापस नहीं देगी; लेकिन वह उसके वायदे पर एतबार किए जा रहा था। थैलिमा वनकतरे से ताण्डव नाच के बड़े मुश्किल तोड़े सीखने की कोशिश कर रही थी। वनकतरे को मालूम था कि सारी उम्र उसके पैर कभी उसके भाव अदा नहीं कर सकेंगे, लेकिन वह उसको बताए जा रहा था। थैलिमा भी अच्छी तरह जानती थी कि वह बेकार अपना और वनकतरे का समय बरबाद कर रही हे, मगर वह बड़ी लगन और तन्मयता से पाठ याद कर रही थी। एलिमा और किटी दोनों पिए जा रही थीं और आपस में किसी ऐसे आदमी की बातचीत कर रही थीं, जिसने पिछली रेस में खुदा जाने कब का बदला लेने के लिए गलत टिप दी थी। और चड्ढा फिलिस के खपरे ऐसे रंग के बालों को पिघले हुए सोने के रंग की स्काच में मिला-मिलाकर पी रहा था। फिलिस का हिजड़ा-सा दोस्त बार-बार जेब से कंघी निकालता था और अपने बाल सँवारता था। मम्मी कभी इससे बात करती थी, कभी उससे; कभी सोडा खुलवाती, कभी टूटे हुए गिलास के टुकड़े उठवाती...उसकी नज़र सब पर थी, उस बिल्ली की तरह, जो देखने में तो अपनी आँखें बन्द किए सुस्ता रही होती है, लेकिन उसको मालूम होता है कि उसके पाँचों बच्चे कहाँ-कहाँ हैं और क्या-क्या शरारत कर रहे हैं।

इस दिलचस्प चित्र में कौन-सा रंग, कौन-सी रेखा गलत थी?...मम्मी का वह भड़कीला और शोख मेकअप भी ऐसा मालूम होता था कि उस चित्र का एक आवश्यक अंग है।

गालिब कहता है :

कैदे-हयात-ओ-बन्दे-गम[1], अस्ल में दोनों एक हैं,
मौत से पहले आदमी गम से निजात[2] पाए क्यों?

कैदे-हयात और बन्दे-गम जब वास्तव में एक ही हैं तो यह क्या जरूरी है कि आदमी मौत से पहले थोड़ी देर के लिए निजात हासिल करने की कोशिश न करें? इस निजात के लिए कौन यमराज का इन्तजार करे...क्यों आदमी थोड़े-से क्षणों के लिए आत्मप्रवंचना के दिलचस्प खेल में भाग न ले...!

मम्मी हर किसी की प्रशंसा करना जानती थी। उसके सीने में ऐसा दिल था, जिसमें उन सबके लिए ममता थी। मैंने सोचा, शायद इसलिए उसने अपने चेहरे पर रंग मल लिया है कि लोगों को उसकी वास्तविकता का ज्ञान न हो... उसमें शायद इतनी शारीरिक शक्ति नहीं थी कि वह हर किसी की माँ बन सकती और इसीलिए उसने अपनी ममता और स्नेह के लिए कुछ व्यक्ति चुन लिए थे और शेष सारी दुनिया को छोड़ दिया था।

मम्मी को मालूम नहीं था कि चड्ढा एक तगड़ा पेग फिलिस को पिला चुका था। चोरी-छिपे नहीं, सबके सामने; मगर मम्मी उस समय बावर्चीखाने में पोटैटो चिप्स तल रही थी...अब फिलिस नशे में थी, और जिस तरह उसके पालिश किए हुए फौलाद के रंग के बाल धीरे-धीरे लहराते थे, उसी तरह वह स्वयं भी लहरा रही थी।

रात के बारह बज चुके थे। वनकतरे थैलिमा को तोड़े सिखा-सिखाकर थक जाने के बाद अब बता रहा था कि उसका बाप साला उससे बहुत मोहब्बत करता था। बचपन ही में उसने उसकी शादी बना दी थी। उसकी वाइफ बहुत ब्यूटीफुल है...और गरीबनवाज़ डोली को कर्ज़ देकर भूल भी चुका था। रंजीतकुमार पोली को अपने साथ कहीं बाहर ले गया था। एलिमा और किटी दोनों दुनिया-भर की बातें करके अब थक गई थीं और आराम करना चाहती थीं—तिपाई के इर्द-गिर्द फिलिस, उसका हिजड़ा-सा दोस्त और मम्मी बैठे थे। चड्ढा अब जज़्बाती नहीं था। फिलिस उसकी बगल में बैठी थी, जिसने पहली बार शराब का सुरूर चखा था—उसको प्राप्त करने का संकल्प उसकी आँखों में साफ मौजूद था। मम्मी इससे गाफिल नहीं थी।

थोड़ी देर बाद फिलिस का हिजड़ा-सा दोस्त उठकर सोफे पर जा लेटा और अपने बालों में कंघी करते-करते सो गया। गरीबनवाज़ और डोली उठकर कहीं चले

---

1. जीवनरूपी कैद तथा गम की पकड़, 2. मुक्ति

गए। एलिमा और किटी ने आपस में किसी मारग्रेट के बारे में बातें करते हुए मम्मी से विदा ली और चली गई...वनकतरे ने आखिरी बार अपनी बीवी की खूबसूरती की प्रशंसा की और फिलिस की ओर ललचाई नज़रों से देखा, फिर थैलिमा की ओर, जो उसके पास बैठी थी, और फिर वह उसकी बाँह पकड़कर चाँद दिखाने के लिए बाहर मैदान में ले गया।

एकदम जाने क्या हुआ कि चड्ढे और मम्मी में गरमागरम बातें शुरू हो गई। चड्ढे की जबान लड़खड़ा रही थी। वह एक कुपुत्र की तरह मम्मी से बदज़बानी करने लगा। फिलिस ने एक हद तक बीच-बचाव करने की कोशिश की, लेकिन चड्ढा हवा के घोड़े पर सवार था। वह फिलिस को अपने साथ सईदा काटेज में ले जाना चाहता था और मम्मी इसके खिलाफ थी। वह उसको बहुत देर तक समझाती रही कि वह इस इरादे से बाज आए, लेकिन वह इसके लिए तैयार न होता था और बार-बार मम्मी से कह रहा था, 'तुम पागल हो गई हो...बूढ़ी दलाला...फिलिस मेरी है...पूछ लो इससे।'

मम्मी ने बहुत देर तक उसकी गालियाँ सुनीं, अन्त में बड़े समझाने वाले ढंग में उससे कहा, 'चड्ढा, माई सन...तुम क्यों नहीं समझते...शी इज़ यंग...शी इज़ वेरी यंग...।'

उसकी आवाज़ में कँपकँपाहट थी, एक प्रार्थना थी, एक ताड़ना थी, एक बड़ी भयानक तसवीर थी, लेकिन चड्ढा बिल्कुल न समझा। उस समय उसके सम्मुख केवल फिलिस और उसकी प्राप्ति थी। मैंने फिलिस की ओर देखा और पहली बार इस बात को महसूस किया कि वह सचमुच बहुत छोटी उम्र की थी, मुश्किल से पन्द्रह वर्ष की...उसका सफेद चेहरा, चाँदी रंग के बादलों में घिरा हुआ वर्षा की पहली बूँद की तरह कँपकँपा रहा था।

चड्ढे ने उसे बाँह से पकड़कर अपनी ओर खींचा और फिल्मों के हीरो के ढंग से अपनी छाती से लगाकर भींच लिया। मम्मी एकदम लाल होकर चिल्लाई, 'चड्ढा...छोड़ दो...फौर गाड सेक...छोड़ दो इसे!'

जब चड्ढे ने अपने चौड़े सीने से फिलिस को अलग न किया तो मम्मी ने उसके मुँह पर एक ज़ोरदार चाँटा मारा और चिल्लाई, 'गेट आउट...गेट आउट...!'

चड्ढा भौंचक्का रह गया। फिलिस को अलग करके उसने धक्का दिया और मम्मी की ओर आग बरसाने वाली नज़रों से देखता हुआ बाहर चला गया। मैंने भी उठकर विदा ली और चड्ढा के पीछे-पीछे चल दिया।

सईदा काटेज पहुँचकर मैंने देखा कि वह पतलून-कमीज और बूटों समेत

पलंग पर औंधे मुँह पड़ा था। मैंने उससे कोई बात न की और दूसरे कमरे में जाकर बड़ी मेज़ पर सो गया।

सुबह देर से उठा। घड़ी में दस बज रहे थे। चड्ढा सुबह ही सुबह उठकर बाहर चला गया था। कहाँ, यह किसी को मालूम नहीं था; लेकिन जब मैं गुसलखाने से बाहर निकल रहा था तो मैंने उसकी आवाज़ सुनी, जो गैरेज से बाहर आ रही थी। मैं रुक गया। वह किसी से कह रहा था, 'वह लाजवाब औरत है...खुदा की कसम, बड़ी लाजवाब औरत है...दुआ करो कि उसकी उम्र को पहुँचकर तुम भी वैसे ही ग्रेट हो जाओ।'

उसके स्वर में एक विचित्र प्रकार की कटुता थी। पता नहीं उसका रुख उसकी अपनी ओर था या उस व्यक्ति की ओर, जिससे वह सम्बोधित था। मैंने अधिक देर तक वहाँ रुके रहना ठीक न समझा और अन्दर चला गया। आधे घंटे तक मैंने उसका इन्तज़ार किया। जब वह न आया तो मैं प्रभातनगर चला गया।

मेरी बीवी का मिजाज़ ठीक था—हरीश घर में नहीं था। हरीश की बीवी ने उसके बारे में पूछा तो मैंने कह दिया, 'वह अभी स्टूडियो में सो रहा है।'

पूने में काफी तफरीह हो गई थी, इसलिए मैंने हरीश की बीवी से जाने की इजाज़त माँगी। शिष्टाचार के नाते उसने हमें रुकने को कहा, लेकिन मैं सईदा काटेज में ही फैसला करके चला था कि रात की घटना मेरी मानसिक जुगाली के लिए काफी है।

हम चल दिए। रास्ते में मम्मी से बातें हुई। जो कुछ हुआ था, मैंने बीवी को सब कुछ बता दिया। उसका कहना था कि फिलिस उसकी कोई रिश्तेदार होगी या वह उसे किसी अच्छी असामी को पेश करना चाहती होगी, तभी उसने चड्ढे से लड़ाई की...मैं चुप रहा। न समर्थन किया, न विरोध।

कई दिन गुज़रने पर चड्ढे का पत्र आया, जिसमें उस रात की घटना का सरसरी-सा ज़िक्र था और उसने अपने बारे में यह कहा था, 'मैं उस दिन जानवर बन गया था—लानत है मुझपर!'

तीन महीने बाद मुझे एक ज़रूरी काम से पूना जाना पड़ा। सीधा सईदा काटेज पहुँचा। चड्ढा मौजूद नहीं था। गरीबनवाज़ से उस समय मुलाकात हुई, जब वह गैरेज से निकलकर शीरीं के नन्हे बच्चे को प्यार कर रहा था। वह बड़े तपाक से मिला। थोड़ी देर बाद रंजीतकुमार आ गया, कछुए की चाल चलता, और चुपचाप बैठ गया। मैं अगर उससे कुछ पूछता था तो वह बड़े संक्षेप में उत्तर दे देता था। उससे बातों-बातों में मालूम हुआ कि चड्ढा उस रात के बाद मम्मी के पास नहीं

गया और न कभी वह यहाँ आई है। फिलिस को उसने दूसरे दिन ही अपने माँ-बाप के पास भिजवा दिया था। वह उस हिजड़ा जैसे लड़के के साथ घर से भागकर आई हुई थी।...रंजीतकुमार को विश्वास था कि अगर वह कुछ दिन और पूना में रहती तो वह ज़रूर उसे ले उड़ता। गरीबनवाज़ का ऐसा कोई दावा नहीं था। केवल इतना अफसोस था कि वह चली गई।

चड्ढे के बारे में यह पता चला कि दो-तीन दिन से उसकी तबीयत ठीक नहीं है, बुखार रहता है, लेकिन वह किसी डाक्टर से राय नहीं लेता—सारा दिन इधर-उधर घूमता रहता है। गरीबनवाज़ ने जब मुझे ये बातें बताना शुरू कीं तो रंजीतकुमार उठकर चला गया। मैंने सलाखों वाली कोठरी में से देखा, उसका रुख गैरेज की ओर था।

मैं गरीबनवाज़ से गैरेज वाली शीरीं के सम्बन्ध से कुछ पूछताछ करने के बारे में सोच ही रहा था कि वनकतरे बड़ा घबराया हुआ कमरे में दाखिल हुआ। उससे मालूम हुआ कि चड्ढे को तेज़ बुखार था। वह उसे ताँगे में वहाँ ला रहा था कि वह रास्ते में बेहोश हो गया...मैं और गरीबनवाज़ बाहर दौड़े। ताँगे वाला बेहोश चड्ढे को सम्भाले हुए था। हम सबने मिलकर उसे उठाया और कमरे में पहुँचाकर बिस्तर पर लिटा दिया। मैंने उसके माथे पर हाथ रखकर देखा, सचमुच बहुत तेज़ बुखार था। एक सौ छः डिग्री से कम न होगा।

मैंने गरीबनवाज से कहा, 'फौरन डाक्टर को बुलाना चाहिए।' उसने वनकतरे से मशविरा किया और 'अभी आता हूँ' कहकर बाहर चला गया। जब वापस आया तो उसके साथ मम्मी थी, जो हाँफ रही थी। अन्दर घुसते ही उसने चड्ढे की ओर देखा और लगभग चीखकर पूछा, 'क्या हुआ है मेरे बेटे को?'

वनकतरे ने जब उसे बताया कि चड्ढा कई दिन से बीमार था तो मम्मी ने बड़े दुख और क्रोध से कहा, 'तुम कैसे लोग हो—मुझे खबर क्यों न की?' फिर उसने गरीबनवाज़, मुझे और वनकतरे को विभिन्न हिदायतें दीं—एक को चड्ढे के पाँव सहलाने की, दूसरे को बरफ लाने की और तीसरे को पँखा करने की। चड्ढे की हालत देखकर उसकी अपनी हालत बिगड़ गई थी, लेकिन उसने धैर्य से काम लिया और डाक्टर बुलाने चली गई।

मालूम नहीं, रंजीतकुमार को गैरेज में कैसे पता चला। वह मम्मी के जाने के तुरन्त बाद घबराया हुआ आया। उसके पूछने पर वनकतरे ने चड्ढे के बेहोश होने की घटना का वर्णन कर दिया और यह भी बता दिया कि मम्मी डाक्टर के पास गई है। यह सुनकर रंजीतकुमार की बेचैनी किसी हद तक दूर हो गई।

मैंने देखा कि वे तीनों बहुत सन्तुष्ट थे, मानो चड्ढे के स्वास्थ्य की सारी ज़िम्मेदारी मम्मी ने अपने ऊपर ले ली हो।

उसकी हिदायत के अनुसार चड्ढे के पाँव सहलाए जा रहे थे, सिर पर बरफ की पट्टियाँ रखी जा रही थीं। मम्मी जब डाक्टर लेकर आई तो वह कुछ-कुछ होश में आ चुका था। डाक्टर ने मुआयने में काफी देर लगाई। उसके चेहरे से मालूम होता था कि चड्ढे की ज़िन्दगी खतरे में है। मुआयने के बाद डाक्टर ने मम्मी को इशारा किया और वे कमरे से बाहर चले गए—मैंने सलाखों वाली खिड़की में देखा, गैरेज के टाट का परदा हिल रहा था।

थोड़ी देर बाद मम्मी आई। गरीबनवाज़, वनकतरे और रंजीतकुमार से उसने एक-एक करके कहा कि घबराने की कोई बात नहीं। चड्ढा अब आँखें खोलकर सुन रहा था। मम्मी को उसने आश्चर्य की दृष्टि से नहीं देखा था, लेकिन वह उलझन-सी ज़रूर महसूस कर रहा था। कुछ क्षणों के बाद जब वह समझ गया कि मम्मी क्यों और कैसे आई है, तो उसने मम्मी का हाथ अपने हाथ में ले लिया और दबाकर कहा, 'मम्मी, यू आर ग्रेट!'

मम्मी उसके पास पलंग पर बैठ गई। वह ममता की साक्षात् मूर्ति थी। उसने चड्ढे के तपते हुए माथे पर हाथ फेरकर मुस्कराते हुए केवल इतना कहा, 'मेरे बेटे...मेरे गरीब बेटे!'

चड्ढे की आँखों में आँसू आ गए, लेकिन तुरन्त ही उसने उन्हें सोखने की कोशिश की और कहा, 'नहीं, तुम्हारा बेटा अव्वल दर्जे का स्काउण्ड्रल है...जाओ, अपने मृत पति का पिस्तौल लाओ और उसकी छाती पर दाग दो।'

मम्मी ने चड्ढे के गाल पर धीरे से तमाचा मारा, 'बेकार की बातें न करो।' फिर वह चुस्त-चालाक नर्स की तरह उठी और हम सबकी ओर मुड़कर कहा, 'लड़को, चड्ढा बीमार है और इसको हास्पीटल ले जाना है—समझे?'

सब समझ गए। गरीबनवाज़ ने तुरन्त टैक्सी का बन्दोबस्त कर दिया। चड्ढे को उठाकर उसमें डाला गया। वह बहुत कहता रहा कि ऐसी कौन-सी आफत आ गई है जो मुझे अस्पताल के सुपुर्द किया जा रहा है, लेकिन मम्मी यही कहती रही कि बात कुछ भी नहीं, अस्पताल में ज़रा आराम रहता है। चड्ढा बहुत ज़िद्दी था, लेकिन इस समय वह मम्मी की किसी बात से इन्कार नहीं कर सकता था।

चड्ढा अस्पताल में दाखिल हो गया। मम्मी ने अकेले में मुझे बताया कि मर्ज बहुत खतरनाक है—यानी प्लेग। यह सुनकर मेरे होश उड़ गए। स्वयं मम्मी बहुत परेशान थी, लेकिन उसको आशा थी कि यह बला टल जाएगी और चड्ढा

बहुत जल्द स्वस्थ हो जाएगा।

इलाज होता रहा। प्राइवेट अस्पताल था। डाक्टरों ने चड्ढे का इलाज बहुत ध्यान से किया, लेकिन कई पेचीदगियाँ पैदा हो गईं। उसकी त्वचा जगह-जगह से फटने लगी और बुखार बढ़ता गया। अन्त में डाक्टरों ने यह राय दी कि उसे बम्बई ले जाया जाए, लेकिन मम्मी न मानी। उसने चड्ढे को उसी हालत में उठाया और अपने घर ले गई।

मैं ज़्यादा दिन पूना में नहीं रुक सकता था। वापस बम्बई आया तो मैंने टेलीफोन के जरिए कई बार उसका हाल मालूम किया। मेरा खयाल था कि वह किसी प्रकार भी जीवित न बच सकेगा, लेकिन मुझे मालूम हुआ कि धीरे-धीरे उसकी हालत सम्भल रही है। एक मुकदमे के सिलसिले में मुझे लाहौर जाना पड़ा। वहाँ से पन्द्रह दिन के बाद लौटा तो मेरी बीवी ने चड्ढे का एक पत्र दिया, जिसमें केवल इतना लिखा था—'महामाया मम्मी ने अपने कपूत को मौत के मुँह से बचा लिया है।'

उन थोड़े-से शब्दों में बहुत कुछ था...भावनाओं का एक पूरा समुद्र था। मैंने अपनी बीवी से इसका ज़िक्र बड़ी भावुकता से किया तो उसने प्रभावित होकर केवल इतना कहा, 'ऐसी औरतें अक्सर खिदमतगुजार होती हैं।'

मैंने चड्ढे को दो-तीन पत्र लिखे, जिनका जवाब न आया। बाद में मालूम हुआ कि मम्मी ने उसको जलवायु बदलने के लिए अपनी एक सहेली के पास लोनावाला भिजवा दिया था। चड्ढा मुश्किल से वहाँ एक सप्ताह रहा और उकताकर चला आया। जिस दिन वह पूना पहुँचा, संयोग से मैं वहीं था। प्लेग के ज़बरदस्त हमले के कारण वह बहुत कमज़ोर हो गया था, लेकिन उसका गुलगपाड़ा करने वाला स्वभाव आज भी वैसा ही था। अपनी बीमारी का ज़िक्र उसने इस प्रकार किया, जैसे आदमी साइकिल की मामूली घटना का करता है। अब जबकि वह बच गया था, अपनी खतरनाक बीमारी के बारे में विस्तार से बात करना वह बेकार समझता था।

सईदा काटेज में चड्ढे की अनुपस्थिति के दिनों में छोटे-छोटे परिवर्तन हुए थे। अकील और शकील कहीं और उठ गए थे, क्योंकि उन्हें अपनी निजी फिल्म कम्पनी कायम करने के लिए सईदा काटेज का वातावरण अनुकूल नहीं लगता था। उनकी जगह एक बंगाली म्यूजिक डायरेक्टर आ गया था। उसका नाम सेन था। उसके साथ लाहौर से भागा हुआ एक लड़का रामसिंह रहता था। सईदा काटेज में रहने वाले सबके सब लोग उससे काम लेते थे। तबीयत का बहुत शरीफ और

सबका सेवक था। चड्ढे के पास वह उस समय आया था, जब वह मम्मी के कहने पर लोनावाला जा रहा था। उसने गरीबनवाज़ और रंजीतकुमार से कह दिया था कि उसे सईदा काटेज में रख लिया जाए। सेन के कमरे में चूँकि जगह खाली थी, इसलिए उसने वहीं अपना डेरा जमा लिया था।

रंजीतकुमार को कम्पनी की नई फिल्म में बतौर हीरो चुन लिया गया था और उसके साथ वादा किया गया था कि अगर फिल्म सफल हुई तो उसको दूसरी फिल्म डायरेक्ट करने का मौका दिया जाएगा। चड्ढा अपनी दो बरस की पेण्डिंग तनख्वाह में से डेढ़ हज़ार रुपया एक साथ प्राप्त करने में सफल हो गया था, इसलिए उसने रंजीतकुमार से कहा था, 'मेरी जान, अगर कुछ वसूल करना चाहते हो तो मेरी तरह प्लेग में मुबतला हो जाओ...हीरो और डायरेक्टर बनने से तो, मेरा ख्याल है, यह कहीं अच्छा है।'

गरीबनवाज़ कुछ ही दिन पहले हैदराबाद होकर आया था, इसलिए सईदा काटेज किंचित् सम्पन्न थी। मैंने देखा, गैरेज के बाहर अलगनी पर ऐसी कमीजें और सलवारें लटक रही थीं, जिनका कपड़ा अच्छा और कीमती था। शीरीं के बच्चे के पास नए खिलौने थे।

मुझे पूना में पन्द्रह दिन रहना पड़ा। मेरा पुराना फिल्मों का साथी अब नई फिल्म की हीरोइन की मुहब्बत में मुबतला होने की कोशिश कर रहा था, लेकिन डरता था, क्योंकि यह हीरोइन पंजाबी थी और उसका पति बड़ी-बड़ी मूँछों वाला हट्टा-कट्टा मुश्टण्डा था। चड्ढे ने सलाह दी थी, 'कुछ परवाह न करो, उस साले की...जिस पंजाबी एक्ट्रेस का पति बड़ी-बड़ी मूँछों वाला पहलवान हो, वह इश्क के मैदान में ज़रूर चारों खाने चित्त गिरा करता है। बस, इतना करो कि सौ रुपए फी गाली के हिसाब से मुझसे दस-बीस हेवी वेट किस्म की गालियाँ सीख लो। ये तुम्हारी खास मुश्किलों में बहुत काम आया करेंगी।'

हरीश एक बोतल फी गाली के हिसाब से छः गालियाँ पंजाब के खास लहजे में याद कर चुका था, लेकिन अभी तक उसे अपने इश्क के रास्ते में कोई ऐसी खास मुश्किल पेश नहीं आई थी, जो वह उनके प्रभाव को परख सकता।

मम्मी के घर नियमानुसार महफिलें जमती थीं। पोली, डोली, किटी, एलिमा, थैलिमा आदि सब आती थीं। वनकतरे पूर्ववत् थैलिमा को कथकली और ताण्डव नाच की ता थई और धा नी ना कत वन टू थ्री बना बनाकर बताता था, और वह उसे सीखने की पूरी कोशिश करती थी। गरीबनवाज़ उसी तरह कर्ज़ दे रहा था, और रंजीतकुमार, जिसको अब कम्पनी की नई फिल्म में हीरो का चाँस मिल

रहा था, उनमें से किसी भी एक को बाहर खुली हवा में ले जाता था—चड्ढे के नंगे-नंगे मज़ाक सुनकर उसी तरह कहकहे लगते थे—एक सिर्फ वह नहीं थी...वह, जिसके बालों के रंग के लिए सही उपमा ढूंढने में चड्ढे ने काफी समय लगाया था। लेकिन इन महफिलों में चड्ढे ने काफी समय लगाया था। लेकिन इन महफिलों में चड्ढे की निगाहें उसे ढूँढ़ती नहीं थीं। फिर भी कभी-कभी जब चड्ढे की नज़रें मम्मी की नज़रों से टकराकर झुक जाती थीं तो मैं अनुभव करता था कि उसको अपनी उस रात की दीवानगी का अफसोस है। ऐसा अफसोस, जिसकी याद से उसको तकलीफ होती है। अतएव चौथे पेग के बाद किसी समय इस तरह का एक वाक्य उसकी ज़बान से निकल जाता 'चड्ढा, यू आर ऐ डेम्ड ब्रूट!'

यह सुनकर मम्मी होंठों ही होंठों में मुस्करा देती, जैसे वह उस मुस्कराहट की मिठास में लपेट-लपेटकर कह रही हो—'डाण्ट टाक राट!'

वनकतरे से पहले ही की तरह उसकी चख-चख चलती थी। नशे में आकर जब भी वह अपने बाप की प्रशंसा में या अपनी बीवी की खूबसूरती के सम्बन्ध में कुछ कहने लगता तो वह उसकी बात बहुत बड़े गण्डासे से काट डालता। वह बेचारा चुप हो जाता और मैट्रीक्यूलेशन का सर्टिफिकेट तह करके जेब में डाल लेता।

मम्मी, वही मम्मी थी...पोली की मम्मी, डोली की मम्मी, चड्ढे की मम्मी, रंजीतकुमार की मम्मी। सोडे की बोतलों, खाने-पीने की चीज़ों और महफिल जमाने के दूसरे साजो-सामान के प्रबन्ध में वह वैसी ही स्नेहपूर्ण दिलचस्पी से हिस्सा लेती थी। उसके चेहरे का मेकअप वैसा ही वाहियात होता था। उसके कपड़े उसी तरह भड़कीले थे। सुर्खी की तहों से उसकी झुर्रियाँ उसी तरह झाँकती थीं, लेकिन अब मुझे ये पवित्र दिखाई देती थीं। इतनी पवित्र कि प्लेग के कीड़े उन तक नहीं पहुँच सकते थे। डरकर, सिमटकर वे भाग गए थे...चड्ढे के शरीर से भी निकल भागे थे, क्योंकि उन झुर्रियों की छत्रच्छाया थी—उन पवित्र झुर्रियों की, जो हर समय बहुत ही वाहियात रंगों में लिथड़ी रहती थीं।

वनकतरे की खूबसूरत बीवी का जब गर्भपात हुआ था तो मम्मी की ही तत्कालीन सहायता से उसकी जान बची थी। थैलिमा जब हिन्दुस्तानी नाच सीखने के शौक में एक मारवाड़ी कत्थक के हत्थे चढ़ गई, और उसके सौदे में एक दिन जब उसे मालूम हुआ कि उसने एक खतरनाक रोग खरीद लिया है तो मम्मी ने उसको बहुत डाँटा था और उससे कोई सम्बन्ध न रखने का दृढ़ संकल्प कर लिया था, लेकिन फिर उसकी आँखों में आँसू देखकर उसका दिल पसीज गया था। उसने उसी दिन शाम को अपने बेटों को सारी बात सुना दी थी और उनसे प्रार्थना की थी कि वे

थैलिमा का इलाज कराएँ। किटी को एक पजल (पहेली) हल करने के सिलसिले में पाँच सौ रुपए का इनाम मिला था तो मम्मी ने उसे मजबूर किया था कि कम से कम आधे रुपए गरीबनवाज को दे दे, क्योंकि उस गरीब का हाथ तंग है। उसने किटी से कहा था, 'तुम इस समय इसे दे दो—बाद में लेती रहना।' और मुझसे उसने मेरे पन्द्रह दिन के वास में कई बार मेरी मिसेज के बारे में पूछा था और चिन्ता व्यक्त की थी कि पहले बच्चे की मृत्यु को इतने वर्ष हो गए हैं, दूसरा बच्चा क्यों नहीं हुआ। रंजीतकुमार के साथ वह अधिक घुल-मिलकर बात नहीं करती थी। ऐसा मालूम होता था कि उसकी दिखावटी तबीयत उसको अच्छी नहीं लगती थी। मेरे सामने भी एक-दो बार इसकी चर्चा कर चुकी थी। म्यूजिक डायरेक्टर सेन से वह घृणा करती थी। चड्ढा उसको अपने साथ लाता था तो वह उससे कहती थी, 'ऐसे जलील आदमी को यहाँ मत लाया करो।' चड्ढा उससे पूछता तो वह बड़ी गम्भीरता से उत्तर देती, 'मुझे यह आदमी ऊपरा-ऊपरा-सा मालूम होता है—जंचता नहीं मेरी नज़रों में।' यह सुनकर चड्ढा हँस देता था।

मम्मी की महफिलों की स्नेहपूर्ण गर्मी लिए मैं वापस बम्बई चला गया। इन महफिलों में शराब की मस्ती थी, सेक्स था, लेकिन कोई उलझाव नहीं था। हर चीज़ गर्भवती स्त्री के पेट की तरह स्पष्ट थी। उसी तरह उभरी हुई, देखने में उसी तरह की कुढब और असमंजस में डालने वाली, लेकिन वास्तव में बड़ी सही, शिष्ट और अपनी जगह पर कायम।

दूसरे दिन सुबह के अखबारों में पढ़ा कि सईदा काटेज में बंगाली म्यूजिक डायरेक्टर सेन मारा गया है। उसकी हत्या करनेवाला कोई रामसिंह है, जिसकी आयु चौदह-पन्द्रह वर्ष के लगभग बताई जाती है। मैंने तुरन्त पूना टेलीफोन किया, लेकिन फोन पर कोई न मिल सका।

एक हफ्ते के बाद चड्ढा का खत आया, जिसमें उस हत्याकाण्ड का पूरा विवरण था। रात को सब सोए हुए थे कि अचानक चड्ढे के पलंग पर कोई गिरा। वह हड़बड़ाकर उठा। बिजली जलाई तो देखा, सेन है, खून में लथपथ। चड्ढा अभी अच्छी तरह होश-हवाश सम्भालने भी न पाया था कि दरवाज़े पर रामसिंह दिखाई दिया। उसके हाथ में छुरी थी। तुरन्त ही गरीबनवाज और रंजीतकुमार भी आ गए। सारी सईदा काटेज जग गई। रंजीतकुमार और गरीबनवाज ने रामसिंह को पकड़ लिया और छुरी उसके हाथ से छीन ली। चड्ढा ने सेन को अपने पलंग पर लिटाया और उससे घावों के बारे में कुछ पूछने ही वाला था कि उसने आखिरी हिचकी ली और ठण्डा हो गया।

रामसिंह गरीबनवाज़ और रंजीतकुमार की जकड़ में था, मगर वे दोनों काँप

रहे थे। सेन मर गया तो रामसिंह ने चड्ढा से पूछा, 'भापाजी...मर गया?'

चड्ढा ने 'हाँ' में उत्तर दिया, तो रामसिंह ने रंजीतकुमार और गरीबनवाज़ से कहा, 'मुझे छोड़ दीजिए, मैं भागूँगा नहीं।'

चड्ढा की समझ में नहीं आता था कि वह क्या करे। उसने तुरन्त नौकर भेजकर मम्मी को बुलवाया। मम्मी आई तो सब निश्चिंत हो गए कि मामला सुलझ जाएगा। उसने रामसिंह को छुड़वा दिया और थोड़ी देर के बाद अपने साथ थाने ले गई और उसका बयान दर्ज करा दिया। इसके बाद चड्ढा और उसके साथी कई दिन तक बड़े परेशान रहे। पुलिस की पूछताछ, बयान, फिर अदालत में मुकदमे की पैरवी। मम्मी इस बीच बहुत दौड़-धूप करती रही थी। चड्ढा को विश्वास था कि रामसिंह बरी हो जाएगा, और ऐसा ही हुआ। अदालत ने उसे साफ बरी कर दिया। अदालत में उसका वही बयान था, जो उसने थाने में दिया था। मम्मी ने उससे कहा था, 'बेटा, घबराओ नहीं, जो कुछ हुआ है, सच-सच बता दो।' और उसने सारी बातें ज्यों की त्यों बयान कर दी थीं कि सेन ने उसे प्लेबैक सिंगर बना देने का लालच दिया था। स्वयं उसे भी संगीत से बहुत लगाव था और सेन बड़ा अच्छा गाने वाला था। वह इस चक्कर में आकर उसकी हैवानी इच्छाएँ पूरी करता रहा, लेकिन उसको इससे बहुत घृणा थी। उसका दिल बार-बार उसे लानत-मलामत करता था। अन्त में वह इतना तँग आ गया था कि उसने सेन से कह भी दिया था कि उसने फिर उसे मजबूर किया तो वह उसे जान से मार डालेगा। अतएव घटना की रात को यही हुआ।

अदालत में उसने यही बयान दिया। मम्मी मौजूद थी। आँखों ही आँखों में वह रामसिंह को दिलासा दे रही थी कि घबराओ नहीं, जो सच है, कह दो, सच की हमेशा जीत होती है। इसमें कोई शक नहीं कि तुम्हारे हाथों ने खून किया है, लेकिन एक बड़ी मनहूस चीज़ का, एक हैवान का, एक अमानुष का।

रामसिंह ने बड़ी सादगी और बड़े भोलेपन से सारी घटनाओं का वर्णन किया। मजिस्ट्रेट इतना प्रभावित हुआ कि उसने रामसिंह को बरी कर दिया।

चड्ढे ने कहा, 'इस झूठे ज़माने में यह सच की एक अनोखी विजय है, और इसका श्रेय मेरी बूढ़ी मम्मी को है।'

चड्ढा ने मुझे उस जलसे में बुलाया था जो रामसिंह की रिहाई की खुशी में सईदा काटेज वालों ने किया था; लेकिन मैं व्यस्तता के कारण उसमें शामिल न हो सका।

शकील और अकील दोनों सईदा काटेज में वापस आ गए थे। बाहर का

वातावरण भी उनकी निजी फिल्म कम्पनी की नींव डालने के लिए रास नहीं आया था।

अब वे फिर अपनी पुरानी कम्पनी में किसी असिस्टैण्ट के असिस्टैण्ट हो गए थे। उन दोनों के पास उस पूँजी में से कुछ सैकड़े बाकी बचे हुए थे, जो उन्होंने निजी फिल्म कम्पनी की नींव डालने के लिए जुटाई थी। चड्ढे के मशविरे पर उन्होंने यह सब रुपया जलसे को सफल बनाने के लिए दे दिया। चड्ढा ने हमसे कहा था, 'अब मैं चार पेग पीकर दुआ करूँगा कि वह तुम्हारी निजी फिल्म कम्पनी फौरन खड़ी कर दे।'

चड्ढा का कहना था कि इस जलसे से वनकतरे ने शराब पीकर अपनी आदत के खिलाफ अपने बाप की प्रशंसा न की और न ही अपनी खूबसूरत बीवी का ज़िक्र किया। गरीबनवाज़ ने किटी की तत्कालीन आवश्यकता को पूरा करने के लिए दो सौ रुपए कर्ज़ दिए और रंजीतकुमार से उसने कहा, 'तुम इन बेचारी लड़कियों को यों ही झाँसे न दिया करो...हो सकता है कि तुम्हारी नीयत साफ हो, लेकिन लेने के मामले में इनकी नीयत इतनी साफ नहीं होती—कुछ न कुछ दे दिया करो।'

मम्मी ने उस जलसे में रामसिंह को बहुत प्यार किया और सबको मशविरा दिया कि उसे घर वापस जाने के लिए कहा जाए। अतएव वही फैसला हुआ और दूसरे दिन गरीबनवाज़ ने उसके टिकट का प्रबन्ध कर दिया। शीरीं ने सफर के लिए उसको खाना पकाकर दिया। स्टेशन पर सब उसे छोड़ने गए। ट्रेन चली तो वे देर तक हाथ हिलाते रहे।

ये छोटी-छोटी बातें मुझे जलसे के दस दिन बाद मालूम हुईं, जब मुझे एक ज़रूरी काम से पूना जाना पड़ा। सईदा काटेज में कोई परिवर्तन नहीं हुआ था। ऐसा मालूम होता था कि वह ऐसा पड़ाव है, जिसका रंग-रूप हज़ारों काफिलों के ठहरने से भी नहीं बदलता। वह कुछ ऐसी जगह थी, जो अपनी रिक्तता को स्वयं ही भर लेती थी। मैं जिस दिन वहाँ पहुँचा शीरनी बँट रही थी। शीरीं के एक और लड़का हुआ था। वनकतरे के हाथ में ग्लैक्सो का डिब्बा था। उन दिनों यह बड़ी मुश्किल से प्राप्त होता था। अपने बच्चे के लिए उसने कहीं से दो प्राप्त किए थे। उनमें से एक वह शीरीं के नवजात शिशु के लिए ले आया था। चड्ढा ने आखिरी दो लड्डू उसके मुँह में ठूँसे और कहा, 'तू ग्लैक्सो का डिब्बा ले आया... बड़ा कमाल किया है तूने...अपने साले बाप और अपनी साली बीवी की, देखना, हरगिज़ कोई बात न करना।'

वनकतरे ने बड़े भोलेपन के साथ कहा, 'साले, मैं अब कोई पियेला हूँ?'...

वह तो दारू बोला करती है...वैसे बाई गाड, मेरी बीवी बड़ी हैण्डसम है।'

चड्ढे ने इतनी ज़ोर का कहकहा लगाया कि वनकतरे को और कुछ कहने का अवसर न मिला। उसके बाद चड्ढा, गरीबनवाज़ और रंजीतकुमार मेरी ओर मुड़े और उस कहानी की बातें शुरू हो गईं जो मैं अपने पुराने फिल्मों के साथी के जरिए से वहाँ के एक प्रोड्यूसर के लिए लिख रहा था। फिर कुछ देर शीरीं के नवजात लड़के का नाम रखा जाता रहा। सैकड़ों नाम रखे गए, लेकिन चड्ढे को कोई पसन्द न आया। अंत में मैंने कहा कि जन्मस्थान अर्थात् सईदा काटेज के नाम पर लड़के का नाम मसऊद होना चाहिए। चड्ढे को पसन्द नहीं था, लेकिन अस्थायी रूप से उसने स्वीकार कर लिया।

इस बीच में मैंने अनुभव किया कि चड्ढा, गरीबनवाज़ और रंजीतकुमार तीनों की तबीयत कुछ बुझी-बुझी-सी थी। मैंने सोचा, शायद इसका कारण पतझड़ का मौसम हो, जब आदमी अकारण ही थकावट-सी महसूस करने लगता है। शीरीं का नया बच्चा भी इस शिथिलता का कारण हो सकता था, लेकिन यह कोई ठोस कारण मालूम नहीं होता था। सेन के कत्ल की ट्रेजडी? मालूम नहीं, क्या कारण था... लेकिन मैंने पूरी तरह महसूस किया कि वे सब उदास थे, ऊपर से हँसते-बोलते थे, लेकिन भीतर ही भीतर घुट रहे थे।

मैं प्रभातनगर में अपने पुराने फिल्मों के साथी के घर में कहानी लिखता रहा। यह व्यस्तता पूरे सात दिन तक जारी रही। मुझे बार-बार ख्याल आता था कि इस बीच में चड्ढे ने कोई बाधा क्यों नहीं डाली। वनकतरे भी कहीं गायब था। रंजीतकुमार से मेरे कोई खास सम्बन्ध नहीं थे, जो वह मेरे पास इतनी दूर आता। गरीबनवाज़ के बारे में मैंने सोचा था कि शायद हैदराबाद चला गया हो। और मेरा पुराना फिल्मों का साथी अपनी नई फिल्म की हीरोइन से, उसके घर में, उसके बड़ी-बड़ी मूँछें वाले पति की मौजूदगी में, इश्क लड़ाने का दृढ़ निश्चय कर रहा था।

मैं अपनी कहानी के एक बड़े दिलचस्प हिस्से की पटकथा तैयार कर रहा था कि चड्ढा आ टपका और कमरे में घुसते ही उसने मुझसे पूछा, 'इस बकवास का तुमने कुछ वसूल किया है?'

उसका इशारा मेरी कहानी की ओर था, जिसके पारिश्रमिक की दूसरी किस्त मैंने दो दिन पहले वसूल की थी। 'हाँ...दो हज़ार परसों लिया है।'

'कहाँ है?' यह कहते हुए चड्ढा मेरे कोट की ओर बढ़ा।

'मेरी जेब में।'

चड्ढे ने मेरी जेब में हाथ डाला। सौ-सौ के चार नोट निकाले और मुझसे कहा, 'आज शाम को मम्मी के यहाँ पहुँच जाना—एक पार्टी है।'

मैं उस पार्टी के बारे में उससे कुछ पूछने ही वाला था कि वह चला गया। वह शिथिलता और उदासीनता, जो मैंने कुछ दिन पहले उसमें महसूस की थी, वैसी की वैसी थी। वह कुछ बेचैन भी था। मैंने उसके बारे में सोचना चाहा, लेकिन दिमाग तैयार न हुआ। वह कहानी के दिलचस्प हिस्से की पटकथा में बुरी तरह फँसा हुआ था।

अपने पुराने फ़िल्मों के साथी की बीवी से अपनी बीवी की बातें करके शाम को साढ़े पाँच बजे के करीब मैं वहाँ से चलकर सात बजे सईदा काटेज पहुँचा। गैरेज के बाहर अलगनी पर गीले-गीले पोतड़े लटक रहे थे और नल के पास अकील और शकील शीरीं के बड़े लड़के के साथ खेल रहे थे। गैरेज के टाट का परदा हटा हुआ था और शीरीं उनसे शायद बातें कर रही थी। मुझे देखकर वे चुप हो गए। मैंने चड्ढे के बारे में पूछा तो अकील ने कहा कि वह मम्मी के घर मिल जाएगा।

मैं वहाँ पहुँचा तो देखा, एक शोर मचा हुआ था। सब नाच रहे थे। गरीबनवाज़ पोली के साथ, रंजीतकुमार किटी और एलिमा के साथ और वनकतरे थैलिमा के साथ। वह उसको कथकली की मुद्राएँ बता रहा था। चड्ढा मम्मी को गोद में उठाए इधर-उधर कूद रहा था। सब नशे में थे। एक तूफान मचा हुआ था। मैं अन्दर पहुँचा तो सबसे पहले चड्ढे ने नारा लगाया। इसके बाद देशी-विदेशी आवाज़ों का एक गोला-सा फटा, जिसकी गूँज देर तक कानों में सरसराती रही। मम्मी बड़े तपाक से मिली—ऐसे तपाक से, जो बेतकल्लुफी की हद तक बढ़ा हुआ था। मेरा हाथ उसने अपने हाथ में लेकर कहा, 'किस मी डीयर।' लेकिन उसने स्वयं ही मेरा एक गाल चूम लिया और घसीटकर नाचने वालों के झुरमुट में ले गई। चड्ढा ने एकदम पुकारा, 'बन्द करो—अब शराब का दौर चलेगा!' फिर उसने नौकर को आवाज़ दी, 'स्काटलैण्ड के शहजादे! ह्विस्की की नई बोतल लाओ!' स्काटलैण्ड का शहजादा नई बोतल ले आया। नशे में धुत् था, खोलने लगा तो हाथ से गिरी और चकनाचूर हो गई। मम्मी ने उसको डाँटना चाहा तो चड्ढे ने रोक दिया, 'एक तो बोतल टूटी है मम्मी, जाने दो, यहाँ दिल टूटे हुए हैं।'

महफिल एकदम सूनी हो गई, लेकिन तुरन्त ही चड्ढे ने उस उदासीनता को अपने कहकहों से छिन्न-भिन्न कर दिया। नई बोतल आई। हर गिलास में बड़ा तगड़ा पेग डाला गया। इसके बाद चड्ढे ने उखड़ा-उखड़ा-सा भाषण करना शुरू किया, 'लेडीज़ एण्ड जेण्टलमैन...आप सब जहन्नुम में जाएँ...मण्टो हमारे बीच

मौजूद है, जो अपने-आपको बहुत बड़ा कहानीकार समझता है। मानव-स्वभाव की, वह क्या कहते हैं, गहरी से गहरी गहराइयों में उतर जाता है...मगर मैं कहता हूँ कि बकवास है...कुएँ में उतरने वाले...कुएँ में उतरने वाले...' उसने इधर-उधर देखा, 'अफसोस है कि यहाँ कोई हिन्दुस्तुड़ नहीं, एक हैदराबादी है जो का को गा कहता है, और जिससे दस बरस पीछे मुलाकात हुई तो कहेगा कि परसों आपसे मिला था—लानत हो उसके निजाम हैदराबाद पर, जिसके पास कई लाख टन सोना है, करोड़ों जवाहरात हैं, लेकिन एक मम्मी नहीं...हाँ...वह कुएँ में उतरने वाले...मैंने क्या कहा था कि सब बकवास है? पँजाबी में जिन्हें टोबे कहते हैं...वे गोता लगाने वाले, वे इसके मुकाबले में मानव-स्वभाव को कई दर्जे अच्छा समझते हैं। इसलिए मैं कहता हूँ...'

सबने ज़िन्दाबाद का नारा लगाया। चड्ढा चिल्लाया, 'यह सब साजिश है—इस मण्टो की साजिश है, नहीं तो मैंने हर हिटलर की तरह मुर्दाबाद के नारे का इशारा किया था...तुम सब मुर्दाबाद...लेकिन पहले मैं...मैं...।' वह जज़्बाती हो गया। 'मैं... जिसने उस रात उस साँप के खपरों ऐसे रंग वाले बालों की एक लड़की के लिए अपनी मम्मी को नाराज़ कर दिया था। मैं खुद को—न जाने कहाँ का डान जुआन समझता था...लेकिन नहीं, उसको पाना कोई मुश्किल काम नहीं था। मुझे अपनी जवानी की कसम, एक ही चुम्बन में उस प्लैटीनम ब्लौण्ड के क्वाँरेपन का सारा रस मैं अपने इन मोटे-मोटे होंठों से चूस सकता था...लेकिन यह एक अनुचित काम था...वह कम उम्र की थी। इतनी कम उम्र, इतनी कमज़ोर, इतनी करेक्टरलेस... इतनी...' उसने मेरी ओर एक प्रश्नवाचक दृष्टि से देखा। 'बताओ यार, उसे उर्दू, फारसी या अरबी में क्या कहेंगे...करेक्टरलेस...लेडीज़ एण्ड जेंटलमैन...वह इतनी छोटी, इतनी कमज़ोर और इतनी मासूम थी कि उस रात पाप में शामिल होकर या तो वह सारी उम्र पछताती रहती या उसे बिलकुल भूल जाती...उन थोड़े क्षणों के आनन्द की याद के सहारे जीने का सलीका उसको बिलकुल न आता...मुझे इसका दुख होता—अच्छा हुआ कि मम्मी ने उसी समय मेरा हुक्का-पानी बन्द कर दिया...मैं अब अपनी बकवास बन्द करता हूँ। मैंने असल में एक लम्बा-चौड़ा लेक्चर करने का इरादा किया था, लेकिन मुझसे कुछ बोला नहीं जाता...मैं एक पेग और पीता हूँ।'

उसने एक पेग और पिया। लेक्चर के बीच में सब चुप थे। उसके बाद भी चुप रहे। मम्मी न मालूम क्या सोच रही थी। गाजे और सुर्खी की तहों के नीचे झुर्रियाँ भी ऐसी दिखाई देती थीं कि वे भी किसी गहरी चिन्ता में डूबी हुई हैं। बोलने के बाद चड्ढा जैसे खाली-सा हो गया। इधर-उधर घूम रहा था, जैसे कोई

चीज़ खाने के लिए ऐसा कोना ढूँढ़ रहा हो, जो उसके मस्तिष्क में अच्छी तरह सुरक्षित रहे। मैंने उसे एक बार पूछा, 'क्या बात है चड्ढा?'

उसने कहकहा लगाकर जबाव दिया, 'कुछ नहीं...बात यह है कि आज हिस्की मेरे दिमाग के चूतड़ों पर जमाकर लात नहीं मार रही।' उसका कहकहा खोखला था।

वनकतरे ने थैलिमा को उठाकर मुझे अपने पास बिठा लिया और इधर-उधर की बातें करने के लिए अपने बाप की प्रशंसा शुरू कर दी कि वह बड़ा गुनी आदमी था। ऐसा हारमोनियम बजाता था कि लोग अवाक् रह जाते थे। फिर उसने अपनी बीवी की खूबसूरती का ज़िक्र किया और बताया कि बचपन में ही उसके बाप ने यह लड़की चुनकर उससे ब्याह दी थी। बँगाली म्यूजिक डायरेक्टर सेन की बात चली तो उसने कहा, 'मिस्टर मण्टो, वह एकदम हलकट आदमी था...कहता था, मैं खान साहब अब्दुल करीम का चेला हूँ...झूठ, बिलकुल झूठ...वह तो बंगाल के किसी भड़वे का चेला था...।'

घड़ी ने दो बजाए। चड्ढे ने किटी को धक्का देकर एक ओर गिराया और बढ़कर वनकतरे के कद्दू जैसे सिर पर धप्पा मारकर कहा, 'बकवास बन्द कर बे...उठ...और कुछ गा...लेकिन खबरदार, अगर तूने कोई पक्का राग गाया।'

वनकतरे ने तुरन्त गाना शुरू कर दिया। आवाज़ अच्छी नहीं थी। मुर्कियों की बारीकियाँ उसके गले से निकलती थीं; लेकिन जो कुछ गाता था, पूरी तन्मयता से गाता था। मालकोश में उसने दो-तीन फिल्मी गाने सुनाएँ, जिनसे वातावरण बहुत उदास हो गया। मम्मी और चड्ढा एक-दूसरे की ओर देखते थे और नज़रें किसी और तरफ हटा लेते थे...गरीबनवाज़ इतना प्रभावित हुआ कि उसकी आँखों में आँसू आ गए। चड्ढे ने ज़ोर का कहकहा लगाया और कहा, 'हैदराबाद वालों की आँख का मसाना बहुत कमज़ोर होता है—मौके-बेमौके टपकने लगता है।'

गरीबनवाज ने अपने आँसू पोंछे और एलिमा के साथ नाचना शुरू कर दिया। वनकतरे ने ग्रामोफोन के तवे पर रिकार्ड रखकर सुई लगा दी। घिसी हुई ट्यून बजने लगी। चड्ढे ने मम्मी को फिर गोद में उठा लिया और कूद-कूदकर शोर मचाने लगा। उसका गला बैठ गया था, उन मीरासियों की तरह, जो शादी-ब्याह के मौके पर ऊँचे सुरों में गा-गाकर अपनी आवाज़ का नाश मार लेते हैं।

उस उछल-कूद और चीख-दहाड़ में चार बज गए। मम्मी एकदम चुप हो गई। फिर उसने चड्ढे की ओर मुड़कर कहा, 'बस, अब खत्म!'

चड्ढे ने बोतल से मुँह लगाया और उसे खाली करके एक ओर फेंक दिया और मुझसे कहा, 'चलो मण्टो, चलें।'

मैंने उठकर मम्मी से इजाज़त लेनी चाही कि चड्ढे ने मुझे अपनी ओर खींच लिया, 'आज कोई विदाई नहीं लेगा।'

हम दोनों बाहर निकल रहे थे कि मैंने वनकतरे के रोने की आवाज़ सुनी। मैंने चड्ढे से कहा, 'ठहरो, देखें क्या बात है।' मगर वह मुझ धकेलकर आगे ले गया। 'उस साले की आँखों का मसाना भी कमज़ोर है।'

मम्मी के घर से सईदा काटेज बिलकुल निकट थी। रास्ते में चड्ढे ने कोई बात न की। सोने से पहले मैंने उससे इस विचित्र पार्टी के बारे में जानना चाहा तो उसने कहा, 'मुझे नींद आ रही है।' और वह बिस्तर पर लेट गया।

सुबह उठकर मैं गुसलखाने में गया। बाहर निकला तो देखा कि गरीबनवाज़ गैरेज के टाट के साथ लगा खड़ा है और रो रहा है। मुझे देखकर वह आँसू पोंछता वहाँ से हट गया। मैंने पास जाकर उससे रोने का कारण पूछा तो उसने कहा, 'मम्मी चली गई।'

'कहाँ?'

'मालूम नहीं।' यह कहकर गरीबनवाज़ सड़क की ओर चला गया।

चड्ढा बिस्तर पर लेटा था। ऐसा मालूम होता था कि वह एक क्षण के लिए भी नहीं सोया था। मैंने उससे मम्मी के बारे में पूछा तो उसने मुस्कराकर कहा, 'चली गई, सुबह की गाड़ी से उसे पूना छोड़ना था।'

मैंने पूछा, 'लेकिन क्यों?'

चड्ढे के स्वर में कटुता आ गई, 'हुकूमत को उसकी अदाएँ पसन्द नहीं थीं—उसका रंग-ढंग पसन्द नहीं था। उसके घर की महफिलें उसकी नज़रों में आपत्तिजनक थीं। इसलिए कि पुलिस उनके स्नेह और ममता को भ्रष्टाचार के रूप में लेना चाहती थी...वे उसे माँ कहकर उससे एक दलाल का काम लेना चाहते थे...एक समय से उसके एक केस की छान-बीन हो रही थी। आखिर सरकार पुलिस की छानबीन से सहमत हो गई और उसको 'तड़ी पार' कर दिया। इस शहर से निकाल दिया...वह अगर वेश्या थी, या दलाल थी—उसकी मौजूदगी अगर समाज के लिए हानिकारक थी तो उसका खात्मा कर देना चाहिए था...पूने की गन्दगी से यह क्यों कहा गया कि तुम यहाँ से चली जाओ और जहाँ चाहो ढेर हो सकती हो? चड्ढे ने बड़े ज़ोर से कहकहा लगाया और थोड़ी देर चुप रहा। फिर उसने बड़े भावुक स्वर में कहा, 'मुझे दुख है मण्टो कि उस गन्दगी के साथ ऐसी पवित्रता चली गई है, जिसने उस रात मेरी एक बड़ी गलत और गन्दी तरंग को मेरे दिलोदिमाग

से निकाल दिया था—लेकिन मुझे अफसोस नहीं होना चाहिए—वह पूना से चली गई—मुझ जैसे जवानों में ऐसी गलत और गन्दी तरंगें वहाँ भी पैदा होंगी, जहाँ वह अपना घर बनाएगी...मैं अपनी मम्मी उनके सुपुर्द करता हूँ...ज़िन्दाबाद मम्मी... जिन्दाबाद...चलो, गरीबनवाज़ को ढूँढें। रो-रोकर उसने अपना बुरा हाल कर लिया होगा...हैदराबादियों की आँखों का मसाना बहुत कमज़ोर होता है—मौके-बेमौके टपकने लगता है।'

मैंने देखा, चड्ढा की आँखों में आँसू इस तरह तैर रहे थे, जिस तरह वधितों की लाशें।